DAMAS DE CORAZÓN

FABIENNE BRADU

DAMAS DE CORAZÓN

FONDO DE CULTURA ECONÓMICA

MÉXICO

Primera edición,   1994
   Primera reimpresión, 1995

Iconografía: Xavier Guzmán y Luz García Lascuráin
Diseño de la portada: Armando Hatzacorsian

El material fotográfico fue proporcionado por:

- INBA
- Fototeca del INAH
- Museo Nacional de Arte
- Biblioteca Nacional
- Archivo José Vasconcelos
- Ediciones Ocelote
- Víctor Gayol
- Bob Schalkwijk

D. R. © 1994, FONDO DE CULTURA ECONÓMICA
Carretera Picacho-Ajusco, 227; 14200 México, D. F.

ISBN 968-16-4508-1

Impreso en México

Con su rostro, con su vestido, con su ademán, con casi nada, rehíce la historia de esta mujer, o mejor dicho, su leyenda, y a veces me la cuento a mí mismo llorando [...] Acaso me dirán: "¿Estás seguro de que esta leyenda sea la verdadera?" ¿Qué me importa lo que sea la realidad fuera de mí, si me ayudó a vivir, a sentir que soy y lo que yo soy?

CHARLES BAUDELAIRE, *Le spleen de Paris.*

¿Por qué mis ojos las diferencian al grado de hacer de ellas heroínas rivales de un novelista cualquiera?

XAVIER VILLAURRUTIA, *Dama de corazones.*

INTRODUCCIÓN

Cuando publiqué la biografía de Antonieta Rivas Mercado, comentarios de los lectores me hicieron tomar conciencia de un hecho: había completado una trilogía que se cifra en tres nombres: Frida, Tina y Antonieta. Es la trilogía de las grandes trágicas que habitan el imaginario mexicano en lo que se refiere al siglo XX y a sus mujeres. Mientras escribía *Antonieta* estaba yo tan obsesionada con el personaje —a quien me liga, además, la clase de amistad vicaria que se teje entre biógrafo y biografiado—, que apenas reparé en la dimensión mítica del tríptico final. ¿Había traicionado el propósito que animaba mi biografía: despojar a Antonieta de los velos del mito para vestirla con ropajes más verdaderos? No lo creo. Sin embargo, algo escapaba de mi control, o de mi voluntad de investigadora, y no pude impedir que quienes tuvieron el libro en sus manos hicieran su propia lectura del personaje. Antonieta recobró así su envergadura mítica, pese a mi empeño por perseguir la verdad de su vida.

Confieso que me irrita la fácil asimilación entre estos destinos particulares y cierta imagen de la mujer mexicana, sufrida y trágica, que obnubila a nacionales y a extranjeros. Los tiempos han cambiado y la mujer mexicana tiende cada vez más a desmentir el estereotipo de la sumisión y de la resignación en el sufrimiento. Pero no se trata únicamente de una evolución histórica y social: también en épocas pasadas existieron mujeres que no encajaban en el esquema tradicional. De ellas escogí hablar en el presente libro, tal vez con una velada intención de contrarrestar el fiel de la balanza, siempre proclive a inclinarse hacia la tragedia.

Quiero aclarar desde ahora que las cinco mujeres que he reunido en la convivencia de estas páginas no son representativas de ninguna "condición femenina". Son tan singulares y tan excepcionales como las grandes trágicas. Pretendo, a lo sumo, dar a conocer *otras* vidas, *otras* personalidades, *distintas* maneras de encarar el destino propio y una misma sociedad. Aunque hayan dejado un libro de poesía, algunas novelas o unos cuantos cuadros, estas mujeres no son creadoras de una obra relevante que les confiera un lugar conspicuo en la cultura de México. Su mayor y mejor creación ha sido su vida misma. Cada una, en distintas épocas, fue un polo en la vida cultural del país por el imán de su belleza, por la gracia de sus palabras, por la transgresión que significaba su estilo de vida, porque las animaba una casi nata curiosidad y una apuesta fundamental por la libertad. Todas vivieron de cara a la sociedad, sin otro heroísmo que el de asumir el precio de la libertad. Si hay caídas, tropiezos o repliegues en la difícil conquista de su libertad, casi nunca aflora la amargura o el remordimiento. En este sentido, diría que son vidas risueñas, ligeras y asoleadas, no exentas, sin embargo, de dolor y complicaciones.

¿Por qué ellas y no otras? ¿Por qué cinco y no más? Tal vez porque el azar y la simpatía no tienen explicación. En las memorias de José Vasconcelos descubrí a Consuelo Sunsín bajo el seudónimo de *Charito* que, más que una identidad, encubría el misterio de un destino peculiar: originaria de un pueblito de El Salvador, acabó convirtiéndose en condesa de Saint-Exupéry, después de emprender inesperados periplos y de perturbar a más de un corazón de escritor. María Asúnsolo era para mí un nombre indisociable de la pintura mexicana contemporánea. Cuando visité la sala del MUNAL que lleva su nombre y reúne los retratos que le hicieron casi todos los miembros de la escuela moderna, me pregunté por qué ella había inspirado semejante obsesión en los pintores de varias generaciones. Posteriormente, tuve la suerte de conocerla y de comprender que su belleza no había sido el único motivo de la asombrosa colección pictórica. La conocí en casa de Ninfa Santos, con quien me ligó una entrañable amistad hasta el día de su muerte, en julio de 1990. A lo largo de varios años visité a Ninfa Santos con asiduidad y regocijo; me fue contando su vida, que revivía en cada confidencia gracias a su prodigiosa memoria y su talento narrativo. Muchas veces me sentí depositaria de historias y secretos, porque Ninfa tenía el genio de la amistad y le hacía creer a cada uno de sus numerosos amigos que el relato de su vida le era destinado. La reconstrucción que intenté es un pálido y aproximativo reflejo de esta vida tan rica en episodios y sentimientos. Es un homenaje a su memoria y una modesta retribución a la amistad con la que me honró y que tanto extraño. Machila Armida no vivía muy lejos de la casa de Ninfa Santos, en Coyoacán, y su nombre resonaba en las conversaciones de sobremesa, ligado a episodios y a otros nombres de muy diversa índole. Lo que más me incitó a indagar su vida fue la expresión de alegría que convocaba la sola mención de su nombre y la remembranza de su carácter. Quiero decir que en el transcurso de la investigación me divertí como pocas veces lo permite la tarea del biógrafo, y que al terminar la redacción del capítulo sentí que me despedía de una amiga a quien hubiera querido conocer. Lupe Marín no necesita presentación: su figura está en los muros públicos de México. Sin embargo, poco

11

se sabe de la totalidad del personaje. Su nieta me dijo un día que era complicado aprehenderla porque había sido una mujer sencilla, elemental como los colores primarios, de una sola pieza, a la medida de su personalidad volcánica y de su deseo de ser "la única". Decidí aceptar el reto e intenté recrear su complicada sencillez, que oscila entre la mujer terrenal y la diosa de un misterioso culto.

Hablé abusivamente de biografías. En rigor, se trata de retratos biográficos, no sólo por la brevedad de los capítulos, sino también por la edición que de las vidas realicé. Procuré seleccionar aquellos episodios que mejor revelaran las personalidades, no en detrimento de la verdad, sino de lo exhaustivo. Abundan las anécdotas, si bien muchas quedaron fuera de la redacción final. En un ensayo titulado "¿Qué cosa es la historia, pues?", Guillermo Cabrera Infante recuerda que Plutarco, para revelar a sus biografiados, escoge en sus retratos "una ocasión ligera, una palabra, un *hobby*". Asimismo subraya que el primer historiador, el crédulo y escéptico Heródoto, "se apoyaba en reportes de segunda mano, en leyendas, en mitos y, ¿por qué no decirlo?, en chismes de aldea, que es lo que eran la mayor parte de las ciudades de la Antigüedad". Cabrera Infante insiste:

> El chisme, por supuesto, esencial en la literatura, donde se llama anécdota, ocurrencia o dato, debe ser central a ese otro género literario, la historia [...] Es que un historiador, antes y ahora, no es más que un escritor con visión retrógrada. Esa ojeada al pasado es lo que un marxista llamaría la Proust valía.

Hoy en día, la recuperación de esta vertiente de la historia se llama "historia de la vida privada", pero la literatura la sigue aventajando en la habilidad para recrear lo singular y lo único, que es el capital de toda persona.

El retrato biográfico no es tan respetuoso del tiempo como la biografía: lo acelera, lo detiene o lo desdeña en función del personaje que debe iluminarse mediante sólo algunas pinceladas de tiempo. Admiro la tradición española en la práctica del género, y en particular a Ramón Gómez de la Serna con sus *Retratos de España*. No tendré la soberbia de pretender haberlo igualado, pero debo reconocer que él me provocó la tentación de ensayar este género un poco bastardo, a caballo entre la historia testimonial y la literatura.

Para terminar, debo explicarme sobre la elección del título. *Damas de corazón* significa algo más que una reminiscencia del título de la novela de Xavier Villaurrutia, *Dama de corazones*. Quiere decir que si por algo estas damas deben quedar en la memoria de México, es porque amaron la vida por encima de cualquier claudicación que el destino depara en el camino, incluso por encima de todos los hombres en quienes, eventualmente, encarnaron ese amor por la vida. Hay muchas historias de amor en este libro, pero la principal es la que se dibuja explícitamente en el conjunto, es decir, en la simple existencia de estas *Damas de corazón*.

CONSUELO SUNSÍN

AL NACIMIENTO de este siglo, El Salvador era un país aún más chico que en nuestros días. Armenia tenía una calle principal polvorienta, una plaza con su inevitable quiosco, tal vez una banda para los domingos y una heladería a un costado de una oscura miscelánea. Allí, en ese Sonsonate tropical —una pequeña provincia que se desdibuja entre El Salvador y Guatemala—, nació Consuelo Sunsín para redimir al pueblo de su tedio y de su anonimato.

Habrá nacido, poco más, poco menos, con el siglo XX, después de que su padre perdiera la "i" final del apellido familiar para salvar unas plantaciones cafetaleras que otros parientes de la antigua migración italiana le disputaban. La mutilación onomástica acarreó una confusión en la ortografía del apellido: aparece indistintamente como Sunsín o Suncín a lo largo de las crónicas relativas a la "salvadoreñita", cuando, de todas formas, ella había fundado su gloria sobre los apellidos de sus sucesivos maridos y amantes.

Como muchos cafetaleros centroamericanos, el coronel Sunsín y doña Hercilia Sandoval de Sunsín vivían arraigados a la falda de un volcán, acumulando una cierta riqueza que nunca redundaría en la mejoría de su entorno. El café se vendía lejos, en los mercados extranjeros, y allí era donde se gastaba el pequeño capital. Consuelo fue a educarse a un colegio de California, y a su regreso, el pueblo seguía siendo la misma aldea tediosa y ardiente de antes. Algunos hablan de un primer matrimonio en los tiempos de California con un mexica-

15

no, o mejor, un *pocho* cuyo anonimato fue tal vez la causa del divorcio y de su olvido postrero.

El sopor de Armenia se suspendía con el alboroto callejero de los puercos que se escapaban del corral y los gritos de "cochis, cochis" del chico que los perseguía. La calma excesiva se acentuaba con la violencia de los terremotos que, una o varias veces, sacudían el siglo. El volcán era el recordatorio del eventual cataclismo. El relato del terremoto que cimbró la infancia de Consuelo adquirió, a lo largo de los años y a través de sus distintas versiones, el cariz de una leyenda mítica y fundadora. Durante la segunda Guerra Mundial, cuyo estruendo quizá le recordara el escándalo de su tierra natal, Consuelo escribió esta versión:

Sabes que nací sietemesina, bajo los trópicos, durante un terremoto. Todo se derrumbaba a mi alrededor cuando di mi primer grito. Me dejaron al cuidado de un campesino brujo. Tenía una sola cabra que había salvado su vida y que salvó la mía con su leche. Y crecí entre las ruinas y las obras de reconstrucción. Este campesino fue quien, más tarde, me enseñó a atrapar a las nubes desde el fondo de un pozo. Cuando terminaron de reconstruir nuestra casa, pude volver con mis padres y comencé a explorar los cuartos, los de mis hermanos y hermanas, y la casa entera. ¡Era tan grande! Pero quedé estupefacta cuando visité el jardín. Supe pronto que había otros jardines, otras casas, y más allá calles interminables. Decidí que yo debía ir hasta el final de todo eso, hasta el final del mundo, para salir de dudas. Me puse a espiar, desde la ventana, a los mendigos, al joven cartero, a los vendedores ambulantes que llegaban hasta nuestra puerta con maletas enormes y que debían saber... A todos aquellos que traían, en los ojos, algo de ese más allá. Me decían que el fin del mundo era muy lejos.

Deseaba crecer más rápido que los bambús para ir a descubrir el secreto.

El deseo se volvió obsesión: había que salir de ese pueblo donde las mujeres se ponen gordas y viejas antes de los 30 años, por las largas siestas a las que obligan la eterna canícula y la mesa servida con abundancia. Ya en México, Consuelo recapitulaba:

—Tú comprendes que eso no es vida... Sí, es claro; podía casarme de nuevo; pero si tú vieras a mi pretendiente, don Pantaleón: gruesa leontina de oro en la panza, bigotes entrecanos, dueño de la mejor tienda y de un buen cafetal... ¡No, gracias!...

Don Pantaleón era Lisandro Villalobos, un abogado salvadoreño que, en 1919, había acudido a un congreso obrero que amenizó la vida social de Armenia con la presencia de varios intelectuales locales: abogados poetizantes o poetas leguleyos, como suelen sumarse los talentos en Centroamérica. Lisandro Villalobos pronto reparó en la guapa perinola que revoloteaba alrededor de la mesa familiar y se metía en las conversaciones con la imprudencia que provocan la juventud y una inquietud exasperada. Pero el novio se resignó a "dar su permiso" para que Consuelo viajara a México: ella quería proseguir sus estudios y, sobre todo, desentrañar el secreto del más allá. Nada ni nadie hubiera podido amarrar a Consuelo a las columnas de calor de Armenia: necesitaba ardientemente ensanchar sus horizontes.

En 1920 se embarcó en un navío mexicano ejemplarmente bautizado *La libertad*. México era, para Centroamérica, una metrópolis, una meca o, al menos, una escala intermedia antes de imaginar el salto hacia Norteamérica o Europa. A pesar de su propia barbarie posrevolucionaria, México era la imagen de la civilización y de la modernidad, en comparación con la exuberancia primitiva del sur inmediato. El 4 de junio de 1920 Vasconcelos había tomado posesión de la Rectoría de la Universidad de México, donde se quedaría poco más de un año —no tanto para "trabajar por la Universidad, como para pedir a la Universidad que trabaje para el pueblo"—, antes de asumir la dirección de la Secretaría de Educación Pública reconstituida en 1921. El fantasma de Vasconcelos ya recorría América, y si México se veía como una meca, Vasconcelos no tardaría en figurar como su profeta, sucesivamente alabado y anatematizado.

Por lo tanto, no es extraño que Consuelo, poco después de instalarse en México, dirigiera sus pasos hacia la Secretaría de Educación y se formara en la fila de las audiencias públicas que diariamente oficiaba Vasconcelos en su despacho del segundo piso. Traía consigo una carta de presentación en la que alguien, luego del preámbulo de rigor, pedía para ella un trabajo. Vasconcelos estaba en su actitud habitual: recargado en el frente de su escritorio, con su secretaria sentada a sus espaldas, resolviendo a ritmo veloz las peticiones que le hacían, con un "sí" o un "no" que dividían al mundo en dos montones. Después de leer la carta que le entregó Consuelo, levantó la vista, recorrió la figura de la joven, volvió a bajar la vista hacia el papel y declaró perentoriamente: "Usted es bonita; no necesita trabajar; aquí no damos empleo a las bonitas." Apenas terminó la frase, depositó la carta de Consuelo en la pila de los "no" y tendió la mano hacia el siguiente para recibir su escrito.

Consuelo enmudeció sin antes haber abierto la boca, paralizada por la brutalidad de la respuesta, que era una abierta incitación a la prostitución. Ni siquiera el piropo velado llegó a mitigar el odio con que su mirada fulminó a Vasconcelos; se dio la media vuelta y salió taconeando el piso con furia. "¿Y ése era el Vasconcelos que tenía fama de bueno?", murmuró para sí bajando las escaleras. Juró que nunca volvería a ver a ese funcionario déspota y majadero. Y, efectivamente, nunca lo volvió a ver hasta que dejó de ser ministro y pudo contar con los dedos de la mano el número de sus admiradores.

Consuelo estaba inscrita en la carrera de Leyes donde, al decir de unos, "presumía estudiar". Deambulaba por la Universidad y entre la numerosa colonia centroamericana, instruyéndose en todo lo que no fuera el rigor de las aulas. Vivía sorteando días de lujo y de penurias, gracias a las remesas irregulares que le situaba su familia y a causa de su legendaria incapacidad para administrar sus recursos. Confiaba sus fugaces preocupaciones a su amiga Concha, una compatriota suya que figuró entre las primeras mujeres que se graduaron en Medicina y que era, además, fiel seguidora del ministro caído. Consuelo se olvidó del agravio que había sufrido de boca de Vasconcelos y participaba acaloradamente en las discusiones sobre la obra del Maestro de América. Luego de la condena unánime del estudiantado, justo después de la renuncia de Vasconcelos, las opiniones se iban dividiendo en un más claro equilibrio entre detractores y admiradores.

Quizá convencida por Concha y algún otro centroamericano acerca del genio del Maestro, Consuelo empezó a visitar la redacción de *La Antorcha*, que Vasconcelos había fundado con la esperanza de sacar ganancias que le permitieran vivir "dentro de una oposición decorosa". El decoro lo obligó a publicar "artículos chabacanos", y pronto, a pesar de las acciones que algunos amigos suscribieron, se fue haciendo alrededor del negocio de *La Antorcha* "un vacío ruinoso". No estaba lejos la abundancia del jugoso bufete de los tiempos maderistas, pero Vasconcelos se había negado a reabrirlo, en nombre de la dignidad que siempre lo caracterizó en la cresta de las derrotas.

Consuelo empezó a frecuentar diariamente a un Vasconcelos caído y acosado, a un águila que hubiera perdido simultáneamente el brillo de su plumaje y las alturas de su vuelo. Refugiado en una oficina estrecha y oscura de un barrio remoto de la capital, Vasconcelos remascaba el mal sabor del fracaso y volvía a probar la adrenalina del peligro. Sentado detrás del escritorio cubierto de galeras, la sonrisa de Consuelo le "producía una sensación de vértigo".

Vasconcelos nunca fue muy original en la descripción física de las mujeres que agitaron su vida. Salvo unas cuantas particularidades imposibles de obviar, todas caen más o menos bajo los mismos epítetos, sobre todo en lo que se refiere a los cuerpos. Después de la pasión tormentosa con *Adriana*, Consuelo hace su entrada en *El desastre* con el seudónimo de *Charito* y bajo esta apariencia: "Tenía el pelo negro un poco crespo y no lo usaba muy corto. Era de ojos negros vivos y grandes, pálidas mejillas, labios delgados, cuello fino y cuerpo torneado, largo, movible, tormentoso." Frente a la sonoridad solariega de *Adriana* (Elena Arizmendi) y *Valeria* (Antonieta Rivas Mercado), el nombre de *Charito* se antoja de registro menor, como si de ópera se pasara a cuplé. Es, además, la única mujer cuya identidad traiciona Vasconcelos, llamándola "Consuelo", una sola vez, a lo largo de todas las páginas que la evocan. ¿Traición o lapsus involuntario? Es, en todo caso, una errata que quedó en la redacción de su vida.

Vasconcelos recuerda que Shakespeare sostenía que el peligro de la mujer no está en su belleza, sino en su habilidad para retener al hombre con la palabra. Consuelo fue, para Vasconcelos, una Scheherezada tropical. Era "atareada, musicalmente ruidosa, despierta, efusiva, de júbilo vital".

Charito no era bailarina —añade el escritor—, pero sí traía su música. Rara es la mujer que no la tiene; unas cuantas atesoran su música en el corazón, y ésas son las buenas madres, las buenas esposas; otras llevan su música en la sensibilidad y seducen por la gracia de los movimientos, el ritmo de las líneas. Charito tenía en la voz y en su dicción la clave de sus melodías. Escucharle un relato era caer en embrujo. Las palabras le venían a los labios sensuales y armoniosas. Se antojaba ponerle el dictáfono enfrente para recoger sus historias, en su misma expresión melodiosa y precisa. Insuflada de un fuego que podríamos llamar tropical, si no existiese también en el trópico el otro género de perezosas y apáticas que tan genialmente definió Paul Morand diciendo que se han cansado de no hacer nada. Charito, al contrario, se encendía platicando y los versos más triviales adquirían en sus labios un encanto de esmaltes recién lavados y sonoridades cristalinas.

¿Qué tanto le contaba Consuelo a Vasconcelos durante sus visitas a las oficinas de *La Antorcha?* Su infancia reinventada en cada evocación, las leyendas familiares y pueblerinas, sus precoces planes de evasión con el joven cartero de Armenia para conocer el mundo, los brujos y los nahuales, su sed de borrar toda clase de límites, la compra de su último traje de seda color lila, la vida de las pensiones estudiantiles, las querencias de unos y las ofuscaciones de otras. Le contaba la vida misma con la música de la vida. También le llevaba la crónica de las escuelas: lo que argumentaban los enemigos de Vasconcelos, lo que respondían sus amigos.

Una mañana, se apareció toda excitada en la oficina:

—¡Ni sabes quién me ha venido a dejar aquí hasta la puerta...! Antonio Caso...

—¿Y qué andas haciendo tú con Caso?

— ¡Cómo!, si es maestro; el año pasado asistí a su clase de filosofía... Estuvimos hablando de ti y me empeñé en traerlo para que se dieran un abrazo, pero no quiso; me bajó del taxi en la puerta y destapó... Dice que le gustan los artículos que estás escribiendo; dice que eres muy elocuente. ¡Ay!, ¡es tan simpático el maestro Caso!

—Mira, Charito: no me vayas tú a meter en líos con mis ex amigos, enemigos... Si quieres darme celos con Caso, lo lograrás, pero no me vas a hacer reñir por ti; me enfureceré, pero me alejo de ti nada más.

Faltaban muchos días (y noches) para que Vasconcelos se decidiera a estrangular a su Scheherezada por sus infidelidades o, mejor dicho, para que Consuelo optara por cautivar otros oídos.

Consuelo regresó a su tierra natal después de un conato de duelo entre Vasconcelos y Salomón de la Selva; el poeta centroamericano consideraba que su aria con la salvadoreñita no había terminado cuando Vasconcelos comenzó a cantar su parte. La situación "se deshonró en el escándalo".

En esa época escribió Vasconcelos el cuento titulado

"La casa imantada" que, según sus propias palabras, le inspiró Consuelo. En el sueño que relata el cuento de apenas tres páginas, un hombre camina por la calle con su pareja. La muchedumbre le hace perder de vista a la que acompaña dichosamente. Para encontrarla, se acerca a la puerta de una casa que está abierta y de donde sale un suave *maesltrom* que lo jala hacia adentro como un imán. Camina hasta un jardín iluminado por una viva luz de estrellas, una claridad transparente, con la esperanza de encontrar a su amada. "Se acercó a las cosas pretendiendo tocarlas y sintió que las penetraba, pero sin deshacerlas ni deshacerse de ellas; estaba como en el interior de todo..." Había encontrado y penetrado la belleza ideal.

De pronto, en medio de su profunda voluptuosidad, tuvo este pensamiento: ¡Oh, si ella se encontrase en el jardín! Cómo la penetraría en toda su sustancia, cómo lograría entonces lo que nunca han podido conseguir totalmente los amantes: confundirse de una manera absoluta sin destruirse.

El sueño, dichoso y amargo como toda voluptuosidad, termina con esta sospecha que cifra la incomodidad que Consuelo representaba para Vasconcelos:

[...] acaso ella estaba allí cerca, observándole desde el escondite de una sombra, negándose a verle, a causa de que, precisamente, ella también había descubierto que en aquel sitio encantado ni las mismas flores conservaban oculto su misterio; y ella quizás no quería, quizás no podía entregar así su corazón...

No era tanto su corazón como su misterio lo que Consuelo se resistía a entregarle.

Sin embargo, desde El Salvador, Consuelo le mandaba cartas cariñosas y confiadas, en las que aseguraba que su destino era "seguir a un hombre grande, por la derrota y por la fortuna, y aunque fuese tan sólo una amante o una esclava..." Solía afirmar también que "vale más un quinto de hombre grande que un mediocre entero". Se negaba a casarse con un don Pantaleón; quería regresar a México, aun a sabiendas de que muy pronto Vasconcelos se marcharía a París. Él se enternecía con sus declaraciones, no sabía resistir a la dichosa aventura de ser amado, sobre todo cuando ésta implicaba un sacrificio y una rendición tan contundentes como las palabras de Consuelo. Resistía y pretendía huir para rendirse mejor unos días después.

A sus hermanas Lola y Amanda, que se espantaban y se maravillaban del valor de irse sola a vivir una vida tan incierta, Consuelo contestaba: "Valor el de ustedes: ¡permanecer en estos pueblos mal alumbrados! Es lo que admiro." Era, por supuesto, una admiración meramente retórica que, en sus adentros, se transformaba en un escalofrío ante la visión de un futuro similar al de sus hermanas.

Consuelo reapareció en México un mes antes de que Vasconcelos partiera a un largo y solitario viaje por Europa. Hubo un segundo simulacro de adiós, ni trágico ni enfadado. Los dos amantes estaban plenamente convencidos de que ahora sí sus caminos se separaban sin celos ni consuelo.

Después de un periplo casi enteramente estético por el Viejo Mundo, Vasconcelos llegó a París el 2 de noviembre de 1925 para vivir su segundo exilio francés en la promiscuidad de su familia y de su amante, como era su costumbre. En efecto, casi inmediatamente le llegó una carta de Consuelo —con quien la relación epistolar había seguido un tono amistoso— en la que ella le pedía que le enviara la mitad del pasaje para reunirse con él en París. "Y le mandé —aseguró Vasconcelos años después—, no la mitad, sino todo el pasaje. [...] Ni preví ni me han preocupado las consecuencias de aventuras que tienen por base la simpatía y el cariño."

Consuelo arribó a París en enero de 1926, dispuesta a iniciar su segundo cuarto de siglo con todo el *glamour* que le ofreciera la Ciudad Luz. El rencuentro con su "Pitágoras" fue solar, tanto por el calor con que la recibió como por el resplandor de la vida parisiense que le descubrió. Alfonso Reyes, ministro de la Legación Mexicana, fue testigo de la entrada de la salvadoreñita en el *grand monde* parisiense:

La primera vez que la llevé a un restaurante de lujo —recuerda Vasconcelos—, Alfonso nos acompañó. Su afán de notoriedad quedó halagado comiendo con un ministro. Recién llegada, todo lo veía con el azoro de sus ojos negros de pestañas sedosas. Sin embargo, irguiéndose en un extremo de la elegante sala, preguntó a Alfonso:

—¿Y éste es uno de los mejores lugares?

—Sí, Charito.

—¿Y éstas que están por allí, en las mesas, son las más bonitas, las más elegantes de París?

—Sí, Charito; está usted entre la *crème*...

Entonces, volviéndose a mí, exclamó:

—Pues creo que puedo con ellas.

Vasconcelos tomó su afirmación como la presunción de una paya. No entendió qué clase de seguridad animaba a Consuelo para formular lo que otras miden con una secreta matemática de cálculos comparativos y proporcionales. Consuelo difícilmente les hubiera ganado a las *mondaines* de *La closerie des Lilas* en una competencia de centímetros: era bajita, menuda y con pocos ornamentos vistosos. Por otra parte, no disponía de los recursos económicos que suelen mitigar ciertas carencias físicas con una elegancia llamativa. Su seguridad provenía más bien de su capacidad para tocar siempre su propia música, de nunca desentonar de sí misma, de dejarse oír como una melodía auténtica. Esto también sorprendía a Vasconcelos: Consuelo no se encubría, y lo mismo contaba lo que la favorecía como lo que podía desfavorecerla.

—Dame tu alma —le pidió un día Vasconcelos, explicitando tal vez lo que en sueño reclamaba en "La casa imantada".
—Mira —contestó Consuelo—: yo no dudo que tú tengas alma; pero yo no tengo, no me la siento; yo creo que no todos tenemos alma.

La música de Consuelo, auténtica y única, estaba hecha de paradojas: cuando podía sonar ambiciosa e incluso arribista, confesaba las claves secretas de su personalidad, indicando así el *tempo* y el temple de su alma. Pretendía mucho sin pretender pasar por más, pero tampoco menos, de lo que era. Le aclaraba a Vasconcelos: "No me exijas mucho. No pidas más de lo que puedo dar; en el fondo, no soy más que una...; pero tuya; soy tu... No te engaño." ¿Qué palabra habrá usado Consuelo que Vasconcelos sustituyó por puntos suspensivos en sus memorias: amante, querida, puta?
Había madurado su arte de Scheherezada y cuando decía, por ejemplo, el poema "Estudio" de Carlos Pelli-

cer, las frutas caían en su punto de sus labios jugosos: la sandía pintada de prisa, el grito amarillo de las piñas, las uvas como enormes gotas de una tinta esencial, las peras frías y cinceladas, la soberbia guanábana con ropa interior de seda, los silenciosos chicozapotes llenos de cosas de mujeres y las *eses* redondas de las naranjas. Decía la carne de las frutas y su propia carne llena del sol primigenio: "En las tardes sutiles de otras tierras / pasaré con mis ruidos de vidrio tornasol." París descubría un embelesamiento exótico por las frutas tropicales en la faldita de bananas que vestía Josephine Baker para bailar sus danzas sincopadas. Consuelo haría bailar a sus embelesados al ritmo agridulce de su propia ensalada de frutas.

Una gira de conferencias por América Latina alejó a Vasconcelos de la primavera parisiense, durante la cual la capital suele convertirse en una fiesta. Consuelo entró a todos los bailes y rozó su música con todos los ritmos en boga, hasta que encontró, en la persona de Enrique Gómez Carrillo, una melodía acorde con la suya, igualmente ruidosa y embriagadora. Era el "maestro de la frase corta, toda en músculo, sonriente y escéptica", dice un admirador de su prosa: Manuel Ugarte, que asimismo pinta al personaje: "Tan vanidoso era que todo lo contaba por miles. Añadía ceros hasta al número de la casa en que vivía. Banquero de la ilusión, acabó por creer en su propio engaño y realizó el imposible de que el eco superase al ruido inicial."

Para imaginar la gloria que favoreció al escritor guatemalteco, tan vagamente conocido por las nuevas generaciones, habría que evocar su sepelio en la iglesia de la Madeleine, el 2 de diciembre de 1927. La noticia de su muerte, acaecida en su departamento de la *rue* Castellane el 29 de noviembre, se había regado por los cafés, los teatros, los bulevares, los periódicos franceses e internacionales.

La conducción del féretro revistió sencilla y grave solemnidad; la bandera argentina con el mismo azul y blanco del pabellón guatemalteco lo cubría, y cuatro oficiales de la Legión de Honor llevaban las cintas negras que pendían de él. Oficialmente presidió los funerales el ilustre estadista Eduardo Herriot y como representante de la familia del extinto, el joven Salvador Ortega. Puede decirse que la intelectualidad europea tenía su representación legítima en Mauricio Maeterlinck, como el más alto jerarca de las letras entre los numerosos poetas, escritores y periodistas que marchaban silenciosos hacia la Madeleine, o refiriendo en voz baja los recuerdos personales unidos al nombre de Gómez Carrillo. [...] En la Madeleine las flores formaron un montículo de profusos matices, y los sones lastimeros del órgano y los acentos de la letanía, decían adiós al que se iba del bulevar para no regresar jamás.

Entre las numerosas reacciones a la muerte de Gómez Carrillo, D'Annunzio exclamó: "Gómez Carrillo ha muerto, el amor ha muerto." Su retrato fue expuesto durante un mes en el café Napolitain, el refugio de su tertulia, dentro de un marco de bombillas eléctricas. Finalmente, el alcalde de París cedió un trozo del suelo consagrado a los hombres ilustres de Francia en el Père Lachaise, donde descansa hasta la fecha.

Autor de incontables libros y artículos periodísticos, cuyos temas se diluyen en la actualidad de sus tiempos, Gómez Carrillo es recordado como el creador de una prosa sin par en la lengua castellana de los principios de este siglo. "Pocas veces alcanzó el castellano flexibilidad tan eficaz y relieve tan elocuente —afirma una vez más Manuel Ugarte—, como bajo la pluma de este maravilloso descreído para quien sólo tuvo importancia lo insignificante." La otra parte de la leyenda de Gómez Carrillo está constituida por un sinfín de anécdotas de la vida bohemia que, siguiendo a Murger, fue a buscar en París y en Madrid a la edad de 18 años; por un no menos descomunal número de mujeres que conquistó y amó con la misma glotonería desesperada que le hacía garabatear cuartillas y columnas de periódico. Era, además, un espectacular y obsesivo retador de duelos que, según malevolencias de Rubén Darío, le iban a dar más fama que todos sus volúmenes. Consuelo Sunsín fue el motivo de su último desafío y se convirtió, casi simultáneamente, en su tercera y última esposa, y en su soberana viuda.

Cuando Consuelo lo conoció —parece que fue en una fiesta en el taller del pintor Van Dongen—, Gómez Carrillo le ofreció, esa misma noche y de rodillas ante ella, la indisoluble mezcla de su fama y de su temprana decrepitud. La vida atareada y disoluta que había llevado desde su arribo a París (donde realizó el sueño acariciado desde Guatemala: cumplir sus 18 años bajando los Campos Elíseos) había envejecido prematuramente su imagen de dandi bohemio. Cuando las canas fueron borrando las dos negras tildes de su bigote viril, resolvió desaparecer toda puntuación de su cara de escribidor profesional. Todavía en Guatemala, había trocado el *Tible* de su apellido materno por el sonoro *Carrillo*, para acallar el apodo de *Comestible* con que lo habían tildado.

Lo que conmovió a Consuelo no fue, por supuesto, la decrepitud alcoholizada y sifilítica de Gómez Carrillo; tampoco la pudo atraer la fortuna del cronista que nunca se caracterizó por un espíritu ahorrativo, problema por el cual lo abandonó su segunda esposa: Raquel Meller, la célebre cupletista española creadora de la inmortal *Violetera*. La sedujo la pura fama que Gómez Carrillo había cosechado con su pluma, su espada y su labia. ¡Se había rozado con tantas celebridades: Verlaine, Oscar Wilde, Théodore de Banville, los otros parnasos, D'Annunzio, Maeterlinck...! ¡Había rodado por tantas tierras: Japón, San Petersburgo, Jerusalén, Grecia, Buenos Aires...! ¡Había escrito, leído, criticado, traducido, antologado tantos libros! A pesar de que Unamuno calificó su prosa de "merengue", ¿no decían de él que era el Pierre Loti de la lengua castellana? Argentina lo había hecho cónsul en París, lo cual le trajo, además de un sueldo más o menos respetable, un aura diplomática en los salones parisienses. Había sido corresponsal de guerra en la primera conflagración mundial, lo que le permitió desarrollar la más delirante y vehemente francofilia. No le fue difícil deslumbrar a una Consuelo ávida de celebridad. Nada la podía embriagar más que el ruido social de un hombre; nada ambicionaba más que oír su propio ruido en el mundo.

Sin embargo, no cedió inmediatamente y sólo accedió al simulacro de la conquista, dándose el gusto supremo de pasearse del brazo de Gómez Carrillo por los Campos Elíseos. El guatemalteco había prometido matrimonio, pero quizá se tratara de una treta de tenorio para consumir el fuego de la salvadoreñita. Ella prefirió que Vasconcelos se encargara de esclarecer el enredo y lo lanzó al escenario donde se actuaría el siguiente sainete amoroso.

Para el gusto de Vasconcelos, en unos cuantos meses Consuelo había cambiado: "se había hecho desenvuelta, estaba levemente marchita y había en sus ojos esa flama turbia que promete voluptuosidades diabólicas". Tenía lengua de víbora y risa de cascabel. Vasconcelos oyó con suspicacia el relato de Consuelo. Cuando ella llegó al punto del matrimonio, Vasconcelos afirmó con celeridad: "Si se trata de tu casamiento, me retiro en seguida, no lo estorbo, respeto a quienquiera que sea tu novio..." Pero enfureció cuando Consuelo le reveló la carta de presentación que ostentaba Gómez Carrillo para introducirla con sus amistades latinoamericanas: "Aquí traigo a la querida de Vasconcelos..."

Conforme a la tradición de las comedias de enredo, a su vez desapareció Gómez Carrillo: se fue a Buenos Aires, haciendo un alto en Madrid donde declaró, en entrevista pública, que tenía novia y que se casaría a su regreso de los mares del Sur. Vasconcelos planeó entonces el segundo acto que consistía, según sus parcas y propias palabras, en lo siguiente: "Si él paseó a mi amante, yo ahora voy a pasearle la novia." Consuelo no opuso la menor resistencia al plan: estaba indecisa entre la gloria oficial del guatemalteco y la fama disidente del mexicano, aunque no dudara de que ambos fueran genios o trofeos más o menos equiparables. En ese segundo acto, Vasconcelos jugó el papel del astuto que se cobra una doble venganza contra el rival y la libertina, pero el desenlace podría sugerir que, en realidad, Vasconcelos se limitó a representar el papel del burlador burlado.

Como un gato se apropia del territorio de otro gato, Vasconcelos fue a lucirse con Consuelo en el café de los Campos Elíseos donde se reunían los amigos de Gómez Carrillo. Se sentó con la pálida Consuelo en la mesa más visible y esperó calmadamente que las miradas y las murmuraciones registraran su presencia. No tardó en llegar el secretario de Gómez Carrillo, un costarricense llamado León Pacheco, colaborador de *La Razón* de Buenos Aires, y a quien Vasconcelos rebautizó como el *Pardito* de Gómez Carrillo, alias *Gomarella*.

—Siéntese, Pardito; a ver, qué toma.
—¿Y cuándo regresó, licenciado?
—Hace pocos días. ¿Qué tal está París? Un poco desierto, ¿verdad?, con el verano.

El simple diálogo desencadenó esa misma noche una avalancha de telegramas a Buenos Aires, de amonestaciones a Consuelo por parte del secretario y la amenaza de un duelo fatal para Vasconcelos. Consuelo fue presa de un soplo de pánico:

[...] si viene de allá Gomarella y te desafía, y como tú eres también indio terco, le aceptas y te mata; es la primera espada de Europa; tiene en el brazo cicatrices y lleva una lista de desafíos, todos ganados. ¡Te mata, Dios mío! Yo me quiero ir. ¿A dónde me voy?

Al caudal de aspavientos y especulaciones de Consuelo, Vasconcelos contestó: "Vístete y vámonos a cenar; pero al mismo sitio en que hayas cenado con Gomarella."

Vasconcelos seguía dirigiendo la puesta en escena, pero algo en la actitud (¿o actuación?) de Consuelo lo perturbaba secretamente: su histeria ante la tensión creciente no concordaba con la calma resignación con que se sometía a sus provocaciones. La inercia de la situación iba apretando nudos más complicados aún: por un lado, Vasconcelos se estaba haciendo un enemigo mortal de quien ni siquiera conocía la cara y, por el otro, el afecto que antes lo ligaba con Consuelo, "se había transformado en una sombría atracción violenta y dolorosa". "Nunca nos habíamos querido tanto", afirmó después recordando esos días. Sin embargo, todo lo planteaba en términos de honor y de desprendimiento: lo importante era que Gómez Carrillo cumpliera su promesa de matrimonio. En caso contrario, Vasconcelos había ideado que Consuelo se regresara a El Salvador para casarse con algún Pantaleón y expiar así la osadía de su libertinaje. No parecía importarle mucho lo que Consuelo hubiese preferido y, como en otras ocasiones, resolvía los destinos ajenos para eludir los estorbos que le significaban.

> Habíamos reducido de peso, de estarnos devorando. [...] El fuego de un deseo súbitamente encendido nos llevaba de baile en baile, de posada en posada, sedientos de voluptuosidad vergonzosa, pero insaciable. Ojeras hondas como la muerte marcaban mi rostro poseído de las llamas y los rencores del Infierno.

Ambos pretendientes, acorralados por sus respectivas defensas de la honra, en las que arriesgaban la vida hasta olvidarse del porqué y de la dama, encontraron la misma y expedita solución: culpar a Consuelo del lío en el que tal vez los había metido, pero que ellos solos habían alimentado con el combustible de su vanidad.

Vasconcelos se fue a pasar unas vacaciones en la costa vasca, con su familia y los Díez-Canedo, para resarcir su salud y su moralidad. Carlos Pellicer era el confidente y el asesor en esta última materia: "[...] juzgábamos con severidad aquella doblez femenina que se valía de mí para estar atormentando al otro, y viceversa..." Por su parte, Gómez Carrillo escribía a sus amigos y protegidos, León Pacheco y Toño Salazar:

Curado estoy ya del mal de amor, desesperado y loco, que me infiltraba en el alma la zorra de Consuelo. Es más: en un baile, con derroche de luces, seda y champán, que me obsequió la otra noche un club de Buenos Aires, di principio a un flirteo con una dama de aquí, viuda, millonaria y bella, que aparte de que nos va a sacar el pie del lodo, me va a mí a hacer olvidar a nuestra zorra. De Biarritz recibí hace poco un cablegrama suyo: "Aquí sola y pensando única y constantemente en ti." Ni le contesté ni me estremecí. Como si hubiera sido un cablegrama cualquiera.

Por supuesto, Consuelo no estaba sola en Biarritz, ni pensando acerca de su futura relación con Gómez Carrillo: Vasconcelos seguía siendo, inexplicablemente, su mejor asesor. Inexplicablemente también, al mismo tiempo que seducía a la viuda millonaria de Buenos Aires, Gómez Carrillo le mandaba a Consuelo un telegrama en que la invitaba a reunirse con él en Madrid para consumar el matrimonio. Vasconcelos, que había amenazado con un duelo a pistola, sintió que el otro eludía el encuentro en París. Aprovechando la ventaja, regresó a la capital francesa para vivir sus últimos días de amor con Consuelo. Una sola pregunta le daba vueltas en la cabeza: "¿A cuál de los dos quiere ésta?", porque Consuelo lloraba verdaderas lágrimas ante la inminente separación. Lloraba, lo amaba más cada noche, pero ella también traía una sola pregunta en los labios: "Dime la verdad, Pitágoras: ¿me sigues a mí o sigues tu venganza?"

Unos días después, Vasconcelos recibió el siguiente mensaje de Consuelo: "Salgo para Niza; nos casaremos; se apartan nuestros caminos; lo siento; deseo que seas muy feliz..."

Hacia fines de 1926, Consuelo se volvió *Madame Gómez Carrillo* y asestó así a Vasconcelos una puñalada ladera que lo llevó a escribirle una carta en la que aparecía una sola palabra: la de Cambronne, repetida a lo largo de la página y en todos los idiomas que conocía el despechado. Vasconcelos juró que jamás volvería a verla.

El matrimonio Gómez Carrillo se instaló en la villa El Mirador, propiedad del escritor, que dominaba la Costa Azul en la ciudad de las flores.

La casita estaba pintada exteriormente de rojo; dentro, tapices de seda revestían las paredes; en las puertas la luz se interceptaba por cortinajes de terciopelo; lacas relucientes cubrían la armazón de las ventanas y puertas de las habitaciones, cada una pintada de diferente color. Una de ellas ocupaba la magnífica biblioteca del dueño.

Gómez Carrillo vivió los escasos meses que duró el matrimonio con la relativa paz de quien ordena su posteridad, en la obra y en los sentimientos. La *zorra* salvadoreña pasó a ser, como reza una dedicatoria, "mi compañera fiel, la luz de mis últimos días". Tal vez porque el matrimonio duró tan poco, Consuelo parece haber desempeñado con ejemplaridad su papel de esposa bienhechora, cuya juventud y hermosura se derraman en las agrias heridas de un moribundo. Se autoproclamó una belleza de *bibelot* con la misma frescura con la que

35

Odette de Crécy enamoró a Swann, a fuerza de comentarios degradados sobre el arte y el refinamiento del buen vivir.

"Yo llevo un muerto adentro", le había confiado Gómez Carrillo a su hermano poco después del matrimonio. Un derrame cerebral le sobrevino en el café Napolitain, donde había ido a sentarse por última vez. Murió al poco tiempo, en su cama parisiense, rodeado de sus amigos que oyeron cómo articuló silábicamente el diagnóstico sobre su estado final: "Ya es... toy... i... dio... ta."

Consuelo accedió así, sin gran sacrificio, al envidiable título de "viuda de Gómez Carrillo", que le disputó Raquel Meller, ofendida porque la presa se le hubiese escapado de las manos. Además del título honorífico, heredó El Mirador, el departamento de la *rue* Castellane y los derechos de autor del difunto. Sólo le faltaba conseguir con el presidente argentino Irigoyen la pensión de viuda que le correspondía por haber sido Gómez Carrillo cónsul de esa nación en París. Tres años después viajaría a Buenos Aires para reclamársela y conquistar su segundo título, esta vez de nobleza, convirtiéndose a su regreso en la condesa de Saint-Exupéry.

Pero antes de ingresar a la rancia aristocracia francesa, Consuelo se dedicó al periodismo en revistas mundanas, se hizo escultora y vivió un fulminante romance con D'Annunzio. "Me gusta el camino que conduce al tesoro, más que el tesoro en sí —escribía Consuelo—. Me gusta partir, me gusta ir como la vida que fluye y luego pasar la estafeta a otros y se acabó, pero también me gusta dejar huellas, algo de mí que perdure en este planeta." Nada como el arte lapidario para dejar una huella perdurable.

Su primera escultura encarnó en un pato que modeló

sobre el armazón de un gallo y que terminó bajo la especie de un cisne. Poco le importó la torcedura de pato en cisne, puesto que con ella adquirió el título de escultora, que perfeccionó en la siguiente obra, cuando era alumna de la Academia Rançon de París. La segunda comenzó en forma de pirámide, con 50 kilos de arcilla, y acabó en ídolo de la isla de Pascua. Consuelo relata la creación de la tercera, un Quijote, que consagró como su obra maestra:

Esa vez, había decidido ir más despacio. Construí, como todo el mundo, un armazón de fierro, un bello esqueleto, que me tomó varios días. Me puse a meditar sobre las proporciones del cuerpo humano, ya que hasta ahora sólo había hecho un pato y un ídolo. Luego, en lugar de recurrir a la arcilla, hice un polvo de cemento con agua. La mezcla se solidifica muy rápido. Vertí varias cubetas sobre mi armazón y obtuve un esqueleto blanco que me aterraba a mí misma. Compré dos ojos de vidrio y los pegué en las órbitas. Una noche, cuando todos los alumnos se habían ido, daba vueltas alrededor de mi Quijote descarnado, sin vida, y le puse en los hombros mi hermosa capa española, dejando al descubierto sólo un brazo y una pierna. Me gustó tanto así que le regalé mi capa para siempre. Arreglé cuidadosamente los pliegues y vertí otras tantas cubetas de cemento blanco sobre el conjunto. ¡El resultado era maravilloso! Esta capa solidificada lucía mucho. Al día siguiente, todos me felicitaron, pero nunca se enteraron de mi método de trabajo ni comprendieron cómo había yo obtenido esos pliegues magistralmente armoniosos. El día en que se desmorone ese Quijote, se desmoronará asimismo mi reputación de escultor.

Pero no fue en su calidad de escultora como se presentó al castillo de Il Vittoriale, a orillas del lago Garda, para visitar a D'Annunzio. Según le relata Consuelo a Vasconcelos, ella misma le solicitó la entrevista a D'Annunzio, expresándole su deseo de conocer al genio que le despertaba tanta admiración. Firmó su carta como *Madame Gómez Carrillo* y deslizó su retrato en el sobre, para que D'Annunzio comprobase la juventud y la belleza de la viuda de su antiguo amigo. El retrato fue suficiente para abrirle las puertas del castillo y hacerle descubrir el espectacular, delirante y decadente entorno del "filibustero del Adriático".

Mussolini había recluido a D'Annunzio en ese castillo, cerca de Brescia, para alejarlo de la política nacional (socialista) y eclipsar así la rivalidad que le hubiese significado en el liderazgo del movimiento. Lo exilió en una jaula dorada y le concedió un solo privilegio para dulcificar su reclusión: el uso ilimitado y gratuito del telégrafo italiano. El poeta, casi septuagenario, vivía en la paz camuflada de su "monasterio", dedicado, según él, a la poesía en lugar de las armas, pero los únicos "capítulos" que le interesaba redactar eran, como solía llamarlos, sus últimos orgasmos. Una eficaz organización regía la vida del serrallo, capitaneado por la ama de llaves, Aelis Mazoyer, que, además de ofrecer sus propios servicios y de administrarle a D'Annunzio sus dosis cotidianas de cocaína, estaba encargada de renovar el harén y de evitar que la esposa legítima se cruzase con alguna de las favoritas en turno. La sultana oficial era Luisa Baccarra, que había interrumpido su carrera de pianista para dedicarse a la felicidad del insaciable egregio. Miss Natalie Barney afirmó que la situación mundial de 1914 cabía en esta observación: "Las mujeres que no habían dormido con D'Annunzio eran objeto de burla."

El día de su llegada a Il Vittoriale, un paje condujo a

Consuelo hasta un pabellón reservado para las huéspedes especiales, que daba a un jardín oscurecido y tan claustrofóbico como el interior de la villa. Allí, una doncella la ató con pesadas y valiosas joyas que otra sirvienta trajo en un cofre tallado, para que se sentara a cenar en la mesa de su Alteza. Sólo así pudo dirigirse hacia el comedor, forrado de libros, que parecía "un cofre lacado de rojo y oro": "las sillas eran negras y la mesa estaba cubierta con un mantel brocado". Cruzó una serie de salones, todos atiborrados de libros encuadernados en pergamino y bautizados por el dueño con nombres dignos de un Versailles rococó. En el Salón del Mapamundi "había una mesa de refectorio totalmente cubierta de documentos y álbumes, y coronada por una ametralladora austriaca"; en el Salón Lila, "el adorno principal consistía en un órgano"; el estudio del poeta estaba repleto de enciclopedias, diccionarios y volúmenes de los clásicos, y sus paredes

estaban recubiertas con reproducciones en yeso de los frisos del Partenón y fotos de la Capilla Sixtina y de frescos de Mantegna... El salón de música estaba tapizado en seda roja o negra, según el tipo de música que se escuchara... Las paredes del cuarto de baño estaban recubiertas de azulejos persas y de platos de Rodas. La bañera y el bidet eran de azul oscuro... Todo allí estaba acolchado, apagado, desordenado. La casa estaba llena también de cojines realizados en todas las telas posibles, confeccionados de acuerdo con indicaciones precisas de D'Annunzio y colocados aquí y allí, de manera que pudieran amortiguar cualquier caída que se produjese, ya debida al amor, ya al sueño.

Reproducciones de estatuas de Miguel Ángel estaban revestidas de terciopelo púrpura y ataviadas con joyas:

"Odio la imperfección —explicaba D'Annunzio a sus visitas—, ofende mi vista y, como quiera que sus piernas son demasiado cortas, pedí a mi amigo Poiret que me hiciese unas túnicas." Después de la cena, y para demorar un poco el capítulo que más le interesaba redactar con Consuelo, la llevó a dar una vuelta por los jardines. La encaminó hasta

una rotonda llena de nichos alternados con pilastras, entre dos tapias ocres cubiertas de rosas. En uno de los nichos estaba su ataúd y sobre él una pequeña urna de vidrio: "Aquí reposarán mis orejas para toda la eternidad, separadas de mi cuerpo y encima de él. ¿Por qué? No resulta tan extraño como se pudiera pensar. Mis oídos han sido siempre la parte más sensible de mi cuerpo. ¡He escuchado tanta música con ellos!"

Y la condujo finalmente al Salón de Leda, su dormitorio, que coronaba "el enorme cabezal de la cama tallado en figura de Leda y el cisne". Consuelo fue discreta sobre lo que allí sucedió. "Figúrate —le explicó a Vasconcelos— que al día siguiente mandaron recoger todas las joyas explicando que el uso de la casa era prestarlas para el atavío y en seguida devolverlas a la caja fuerte." Se desvanecía el cuento de Cenicienta para ceder el lugar al de Barba Azul, disfrazado de San Francisco, porque si San Francisco había sido para D'Annunzio el primer fascista, él era ahora el último franciscano.

Consuelo relata así lo que siguió:

Al comienzo la curiosidad me retenía, aunque resultaba aburrido estar sola; apenas podía pasearme por el jardín. Las comidas me las servían en mis habitaciones; pero una tarde me llevaron a la sala de música; una especie de capilla, con asientos y reclinatorios, como de iglesia protestante. En primera fila vi dos o tres mujeres; en las facciones avejentadas, y a pesar del cabello cano, reconocí a la Baccarra, la antigua amante del artista; las otras dos, más jóvenes, me dieron idea de que eran, como yo, accesión reciente del serrallo... Interrumpió el silencio una música de órgano. La escuchaban todas con recogimiento. Enfrente, en un altar, había un San Francisco, detrás de un Crucifijo. Inclinada la cabeza, meditábamos; de pronto, fijando la vista, me pareció que el San Francisco se movía. "¡Ay! —pensé— me estoy volviendo loca." Pero no, no cabía duda: los brazos del falso santo separaron las ropas y apareció desnudo un viejecito huesoso. ¡Era D'Annunzio que se hacía adorar de nosotras! Un instante se exhibió, lamentable; luego, dejó caer el manto, y desapareció por una puerta oculta en el muro...

Scheherezada se dio a la fuga. Comprobó que no tenía alma de concubina multitudinaria. Poco antes de ese episodio había rechazado la oferta del rajá de Kapurtala de engrosar las filas de su harén. Ni todas las joyas del mundo podían aplacar su sed de celebridad. El serrallo significaba, antes que el encierro en un convento del placer, la condena al anonimato.

Cuando Benjamin Crémieux se embarcó para Buenos Aires, en el verano de 1930, no imaginó que la travesía iba a ser tan fantástica como una obra de Pirandello, de quien era el traductor al francés. El escritor de la *NRF* cruzaba el Atlántico para dar unas conferencias en la Alianza Francesa de Buenos Aires, y en el barco conoció a "una muy pequeña mujer de pelo oscuro, petulante, colibrí, pájaro-mosca del cochero, muy joven viuda de un grafómano guatemalteco que había hecho fortuna en Argentina por sus amistades políticas". Durante la travesía, Crémieux se dejó marear por las historias de la Scheherezada en busca de una pensión y, eventualmente, de un marido. "Realmente está poseída por un frenesí inventivo perfectamente barroco que encanta a unos, exaspera a otros, pero no deja a nadie indiferente", recordaría Crémieux sin saber en qué categoría ubicarse. De todas formas, el mareo no debió de haber sido tan desagradable porque, ya en la capital argentina, en una reunión organizada por Los Amigos del Arte, Crémieux presentó a Consuelo con Antoine de Saint-Exupéry, recomendándole vivamente que la siguiera en el vuelo de su imaginación fantástica.

Pero fue Saint-Exupéry quien, esa misma noche, se llevó al grupo de amigos a volar sobre Buenos Aires y el Río de la Plata. Aunque toda su vida afirmó que prefería a las mujeres altas y rubias, Saint-Exupéry se fascinó por esa mujer-colibrí que lo miraba como a un gigante que tuviera la cabeza en las nubes y, rara vez, los pies en la tierra. La sentó a su lado en la cabina del piloto para regalarle la noche oscura del mar a cambio de un beso:

—Déme un beso, dice el piloto.

—Está loco. En mi país, sólo se besa a la gente que uno quiere.

—Yo sé por qué no quiere usted besarme: soy demasiado feo.

Silencio.

—Entonces, si no quiere besarme, voy a clavarme en el Río de la Plata y nos ahogaremos todos.

Lo miré antes de contestar. Vi dos lágrimas en sus ojos brillantes. Entonces, precipitadamente, entre atemorizada y conmovida, deposité un beso tímido en la mejilla de mi piloto. Y añadí suavemente: usted no es feo.

El relato de ese *Vol de nuit* sentimental integró el repertorio de Consuelo, que lo volvió a narrar incansablemente hasta el final de sus días. Con tal cortejo aéreo comenzó el acoso de Saint-Exupéry a Consuelo: la quería para sí solo, de día y de noche, sin rivales ni amigos a su alrededor.

A partir de ese día —recuerda Consuelo—, Antoine fue para mí el más adorable caballero, pero también el más tiránico. Creo que me consideraba como su propiedad. En cuanto se aparecía, debía yo abandonar a todo el mundo para seguirlo, en avión, en coche, a un restaurante o un espectáculo.

Poco a poco, en ese Buenos Aires que detestó desde su arribo, el escritor fue construyendo alrededor de Consuelo un vacío que cimentaba en la dulce tiranía de su amor.

Saint-Ex, como todos lo llamaban, vivía en un departamento de la calle Florida que, contrariamente a lo que suele decirse, en nada le recordaba París y que despreciaba, al igual que el resto de la ciudad y del país. No era tanto Argentina la que lo tenía en ese continuo estado de querulancia como el trabajo burocrático de la Aeroposta Argentina, cuya dirección asumía desde octubre de 1929. Saint-Ex sólo era feliz volando, amando, escribiendo y haciendo trucos de magia con las barajas. La palabra "feliz" es más que nunca imprecisa para aplicarla a un hombre cuya melancolía fundamental proviene de su obsesión por el tiempo. Según su biógrafo Eric

Deschodt, "sólo vive en el borde del remordimiento por lo que ya ha vivido, fascinado por lo efímero como si tuviera siglos y la memoria de un Dios".

Tenía la estatura de un gigante y la cara de un niño: travieso si se repara en su nariz respingada, o triste si uno se fija en sus ojos saltones, semiperdidos bajo el párpado y brillantes de lágrimas invisibles. Parecía que nunca iba a caber en los pequeños y frágiles *Laté* que pilotaba arriba del desierto, del mar o de los Andes, con una valentía y una distracción igualmente legendarias. Muchos de sus compañeros ignoraban su origen aristocrático porque nada en su conducta ni en su temperamento traicionaba su título de conde, salvo, tal vez, cuando se ponía a cantar canciones heredadas de la nobleza de los Saint-Exupéry y de los Fonscolombe. Su gesta heroica al mando de los aviones de la Aeroposta ha dejado una imagen equívoca de su personalidad. Su valentía estaba lejos del concepto viril, rudo o incluso machista del hombre. Si bien su carrera lo hizo pasar por escuelas de disciplina militar, nunca rompió con el universo femenino de su infancia, animado por sus hermanas y su madre, a la que dedicó una devoción duradera y dependiente. Además, su valentía responde a una peculiar concepción del deber, al que el hombre se somete, con ciega obediencia, para conquistar su libertad. A la pregunta que muchos se hacían después del accidente de Guillaumet en los Andes, en junio de 1930, de por qué arriesgar la vida por el correo, por entregar los sacos postales que los *Laté 26* transportaban de noche para ganarles la competencia a los barcos rápidos, Saint-Ex contestaba: "Los miserables sacos postales, henchidos de cartas, representan el ejemplo más tangible de la fraternidad humana." Saint-Ex se había hecho piloto como otrora, en la nobleza a la que pertenecía, los caballeros partían a las Cruzadas para luchar por un ideal de humanidad, a cambio del cual la vida era digna de perderse. Saint-Ex creía en la frase que Guillaumet le dijo después de caminar varios días y noches ininterrumpidos por los Andes: "Lo que hice, ningún animal lo hubiera hecho": la esperanza es lo que distingue al hombre del animal y lo hace vencer montañas que ninguna fiera se atrevería a desafiar.

Poco antes de su partida a Buenos Aires, había publicado su primera novela: *Courrier-Sud* (abril de 1929), que André Gide recomendó a la editorial Gallimard. La había escrito entre Toulouse, Casablanca, Dakar y Cap-Juby, en las escalas de la compañía Latécoère, para la cual trabajaba como piloto desde 1926. En el verano de su encuentro con Consuelo estaba terminando *Vol de nuit*, la novela que lo consagraría en Francia y en el extranjero, y cuyo título, luego de su desaparición en 1944 y a modo de inaudito homenaje, recogería la casa Guerlain para bautizar uno de sus más famosos perfumes. "Es un libro sobre la noche —le escribe a su madre en 1930—. Nunca he vivido sino después de las nueve de la noche." André Gide, autor del prefacio, ve en el relato un eco del "oscuro sentimiento" de su Prometeo que lo hace decir: "No amo al hombre, amo lo que lo devora"; resume espléndidamente la singular lección de heroísmo de *Vol de nuit* en esta sentencia: "la felicidad del hombre no se halla en la libertad, sino en la aceptación de un deber". También cita el fragmento de una carta que Saint-Exupéry le había mandado en la época en que sobrevolaba la Mauritania para asegurar el servicio Casablanca-Dakar. En ella habla Saint-Exupéry de los peligros que significaba el transporte aéreo del correo: las desapariciones de los pilotos en el desierto habitado por etnias hostiles, las balas y las negociaciones para rescatar a los pilotos prisioneros, las descomposturas mecánicas y los riesgos de arrancar el avión después de un arreglo precario. Saint-Ex añade:

> También allí entendí lo que siempre me había extrañado: ¿por qué Platón (¿o Aristóteles?) ubica el valor en el último rango de las virtudes? Porque no está hecho de bellos sentimientos: un poco de rabia, un poco de vanidad, mucha terquedad y un placer deportivo vulgar. Sobre todo, la exaltación de la fuerza física que, sin embargo, no tiene mucho que ver en él. Uno cruza los brazos en la camisa abierta y respira hondo. Es más bien agradable. Y cuando sucede de noche, se añade el sentimiento de haber cometido una enorme tontería. Nunca más admiraré a un hombre que sólo fuera valiente.

En la vida cotidiana, cuando aparentemente posa los pies en la tierra, Saint-Ex es un hombre más bien aburrido que desprecia prácticamente todo, incluidos la alcurnia y los bienes materiales, salvo la inteligencia humana que es, para su gusto y como lo confía a su madre, demasiado escasa. Se dice nietzscheano y marxista, a su manera tan laxa de descreer de todo partidismo político y literario. Las noches en que no escribe deambula por los centros nocturnos de Buenos Aires, con el malhumor y el desgano que le provocan las conversaciones triviales y la contemplación de las mujeres tan bellas como inaccesibles. Sus compañías más entrañables, además de sus amigos de trabajo, son una foca que trajo de Patagonia y un zorro que apaga las colillas de cigarro con su cuerpo.

Al construir tiránicamente el vacío alrededor de Consuelo, llena su propio vacío que lo atormenta desde tiempo atrás y que se agudiza en el periodo argentino: ser amado, casarse con la urgencia que le pide su nostalgia por lo desconocido. A pesar de ser mujeriego, hasta ahora sólo una vez ha pedido a una mujer en matrimonio: Louise de Vilmorin, la futura esposa de André Malraux, también cortejada por Jean Cocteau, con quien Saint-Exupéry compartirá un amor más: Natalie Paley, la única mujer con quien Cocteau arriesgó su deseo de paternidad, pero cuyo fruto fue sacrificado en un sanatorio suizo a causa del temor de la madre de ver nacer a ese hijo terrible.

Poco antes o después de su matrimonio con Consuelo, Saint-Ex escribe a su vieja amiga Rinette de Saussine una carta en la que parece explicarse sobre el sentido de su casamiento: "Quizá también me dejé fascinar por mi debilidad. No quiero saber si caí o no en una trampa, soy un Sansón que no se atreve a moverse, a romper el hilo, un Sansón maravillado de ser este paje preso en una trampa de pajarero." Añade Eric Deschodt: "El pajarero es un pájaro mosca y se llama Consuelo. Sansón, que ya no tiene mucho pelo, se maravilla de que alguien se lo quiera cortar."

La vacilante en el asunto del matrimonio era, una vez más, Consuelo. Un movimiento revolucionario derrocó a Irigoyen antes de que concediera a Consuelo la pensión que había ido a reclamarle. Perdía las ventajas de una viudez, pero ganaba las tentaciones de un nuevo matrimonio. El trueque deparado por el destino no parecía tan desfavorable y, sin embargo, Consuelo titubeaba... o se hacía rogar.

Le tenía miedo —recapituló Consuelo, años después—. Mis amigos no habían dejado de aleccionarme sobre este personaje excéntrico y hasta me insinuaron que mi conducta empezaba a dar pie a murmuraciones en los medios decentes de Buenos Aires. Una joven viuda no debía comprometerse así con un desconocido, y lo mejor que me quedaba por hacer era regresar lo más pronto posible a París.

Lo hizo a principios de 1931, prometiendo una pronta respuesta. Saint-Ex la siguió dos meses después, acompañado por su madre, que lo había visitado una corta temporada, y por un puma que pensaba regalar a su hermana. En su maleta traía el manuscrito de *Vol de nuit*. Se rencontraron en Niza y se instalaron en El Mirador: Saint-Ex trabajaba en las últimas correcciones de su novela, y Consuelo, en la decisión que había de tomar.

Curiosamente, una vez más, las circunstancias le ofrecieron a Vasconcelos como interlocutor con quien debatir los pros y los contras del matrimonio. Se vuelven a ver en París, en febrero de 1931, días antes y después del suicidio de Antonieta Rivas Mercado. "Mi novio es aviador, heroico, famoso; además, escritor de genio y conde", le sintetizó Consuelo. La noche del segundo encuentro, cuando Antonieta descansaba en la helada morgue, Vasconcelos no pudo evitar una comparación entre los dos destinos: "No cabe duda de que, como alma, es insignificante —pensó al abandonar el departamento de la *rue* Castellane—. Y sin embargo, la elige el Hado para obsequiarle en serie golpes de brillante fortuna. ¡Oh, vida incomprensible! ¡Oh, Esfinge!..."

Como Vasconcelos quizá fuera demasiado parco en el debate, Consuelo le ofreció a Saint-Exupéry la siguiente opción: "Si Maeterlinck lo acepta, me caso con usted." ¿Qué perseguía Consuelo con tal demora? Seguramente, afianzar el anzuelo como se jala y se deja correr el hilo

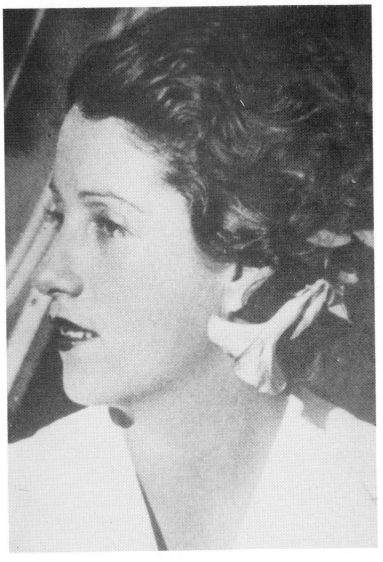

Consuelo Sunsín, ca. 1932. "Era atareada, musicalmente ruidosa, despierta, efusiva de júbilo vital."

José Vasconcelos, ca. 1923. "¿Y ése era el Vasconcelos que tenía fama de bueno?"

Enrique Gómez Carrillo.
"Maestro de la frase corta,
toda en músculo, sonriente
y escéptica."

Consuelo Sunsín de Gómez Carrillo, ca. 1926. "Se autoproclamó belleza de bibelot."

Boda de Antoine de Saint-Exupéry y Consuelo Sunsín, Agay, 12 de abril de 1931.
"Mi novio es aviador, heroico, famoso; además, escritor de genio y conde."

Consuelo y Saint-Exupéry, Niza. *"Separados, cada uno pasaba por fantasioso; juntos, nadie sabía cómo calificarlos."*

Saint-Exupéry y Consuelo, 1931.
"Hubiera preferido que su Toño fuera
ministro…"

En conferencia de prensa después del accidente, 20 de enero de 1936.
"Regresé un poco para Consuelo…"

Saint-Exupéry y Consuelo, ca. 1936.
"Saint-Exupéry volaba y Consuelo
revoloteaba…"

Consuelo, ca. 1940.
"…algo de mí que perdure
en este planeta."

Consuelo Sunsín, Ópera de París, 8 de mayo de 1974. "Una Alma Mahler centroamericana."

de la caña antes de sacar un pez gordo, y tal vez, recibir de Maeterlinck, más que un consejo, una suerte de bendición que la liberase de la memoria de Gómez Carrillo. Además, Consuelo calculaba lo siguiente: "No debía yo, la viuda de un gran escritor mundialmente famoso y que había escrito más de cien libros, casarme con un autor desconocido que sólo había escrito un libro." La respuesta de Maeterlinck fue rotunda: "Estás loca si no te casas con este hombre; será el más grande escritor de Francia." El augurio disipó la última reserva de Consuelo: si había de creerle a Maeterlinck, la fama la esperaba y, por lo pronto, la varita mágica del destino la hacía condesa de Saint-Exupéry. Antes de iajar a Agay, en el sur de Francia, donde se realizó la boda, "el oso y el pájaro tropical", como Consuelo bautizara a la pareja que formaba con Saint-Ex, pasaron en Niza una anticipada luna de miel. "Fueron para mí —para nosotros dos, creo— los días más bellos y más locos de nuestra vida", aseguró Consuelo 40 años después.

En Agay vivía Gabrielle, la hermana de Antoine, y allí se reunió toda la familia Saint-Exupéry para recibir a los novios. Ningún miembro de la familia mostró su sorpresa ante la futura esposa: Antoine era un hombre libre de convenciones y les pareció normal que se casase con una mujer ajena a su rancia aristocracia. Entre los Saint-Exupéry la cortesía era una segunda piel que no dejaba transpirar ninguna manifestación de desagrado. Casualmente, André Gide también se encontraba en Agay y dejó una constancia muy elocuente del encuentro con la pareja en su *Diario* de aquel año:

Gran placer volver a encontrarme con Saint-Ex en Agay, donde había ido a pasar unos días con P. De regreso a

Francia desde hace apenas un mes, trajo de Argentina un nuevo libro y una novia. Leí el primero, vi la segunda. Lo felicité mucho, pero sobre todo por el libro; le deseo que la novia sea igualmente satisfactoria.

La boda religiosa tuvo lugar el 12 de abril de 1931 en la capilla de Agay. Los hijos de Gabrielle: François, que llevaba un traje de marinero blanco; Mima y Mireille, con vestidos largos de organdí blanco y bonetes, formaron el cortejo que acompañó a la pareja contrastadamente enlutada. Consuelo llevaba un vestido largo de encaje negro con una larga mantilla en la cabeza, que la hacía ver "muy castellana", como a Saint-Ex le gustaba. Para no desentonar, él estaba ceñido en un impecable traje oscuro, de saco corto, cruzado y de ancha solapa, a la usanza de los treinta y adornada con la cinta de la Legión de Honor que había recibido de la Aeronáutica civil, en abril de 1930. Para la foto de rigor, Consuelo pasó su mano por el brazo izquierdo de Saint-Ex, como si efectivamente fuera un pajarito posado en la rama de un respetable roble. Apenas le llegaba al hombro, aun con la ayuda de sus tacones altos, y su mirada, desviada de la cámara, se antoja una mezcla de sumisión, de fragilidad y de ternura. En cambio, Saint-Ex mira hacia el frente, con la serenidad de haber desposado, a un mismo tiempo, su felicidad y su deber.

El matrimonio civil, consumado en la alcaldía de Niza el 22 de abril, siguió a la bancarrota de la Aeroposta. Saint-Ex reanudó sus vuelos arriba del desierto africano y la pareja eligió domicilio en Casablanca. De mayo a diciembre de 1931 la rutina de vida de la pareja era más o menos la siguiente: Saint-Ex salía de Casablanca los domingos por la tarde en su *Laté 26* para volar de noche, vía Agadir y Cap-Juby, hasta Port-Etienne, donde se quedaba una semana en espera del correo de Buenos Aires. También esperaba la carta semanal de Consuelo que otro *Laté 26* le traía de Casablanca, y si ésta no llegaba, Saint-Ex se volvía un león enjaulado en las precarias instalaciones de la compañía. El resto del tiempo, de preferencia en las noches, escribía *Terre des hommes,* la novela que le inspiró la frase de Guillaumet: "Lo que hice, ningún animal lo hubiera hecho", y que le refrendaría su propio accidente en el desierto libio. La escribía minuciosa, obsesivamente, al son del *Bolero* de Ravel que ponía una y otra vez en el gramófono, hasta cansar la noche con el martilleo de la melodía. Su compañero de vuelo, Jacques Néri, habla del ambiente de Port-Etienne:

Es cierto que en Port-Etienne, cuando uno ya conocía el fuerte y su·capitán que presidía el círculo con el señor Bruneau, no quedaba gran cosa en que distraerse. No se podía pescar: el pescado era demasiado abundante. Los baños de mar: imposibles, el mar estaba infestado de tiburones. Entonces, para evitar el viento de arena que soplaba en ráfagas todo el día, para evitar las moscas que eran una verdadera plaga, vivíamos en circuito cerrado, bien hermético. Dormíamos... Saint-Ex estaba feliz: escribía todo el tiempo. ¿Sobre qué? No era muy locuaz. Siempre prefirió trabajar de noche y dormir de día, y su confusión era grande las noches de luna llena. La noche estaba tan clara que se confundía con el día. Esto lo obligaba a dormir veinticuatro horas seguidas.

Saint-Ex regresaba a Casablanca el domingo siguiente por la mañana.

La vida en Casablanca no era, para Consuelo, una vida de condesa. Sola la mitad del tiempo, se aburría, y repetía a quien quisiera oírla que hubiera preferido que su *Toño* fuera ministro. Además de la soledad, le pesaba la angustia de volverse, una vez más, una viuda prematura. Pero los rencuentros con su *Toño* borraban de un manotazo la soledad y la angustia. La distancia era el mejor combustible de su pasión. Tampoco en los días de convivencia matrimonial la vida de Consuelo era la de una condesa. Cada uno de los dos cargaba con su respectiva y legendaria dosis de desorden e improvisación.

Separados, cada uno pasaba por fantasioso, bohemio —afirma un biógrafo de Saint-Exupéry—; juntos, nadie sabe cómo calificarlos. Son el resultado de dos bohemias, dos estéticas, dos poéticas experimentales; no son una suma, sino una multiplicación. Los compañeros de la Línea se espantan todos ante su inconcebible desorden. Sus dos incompetencias por vivir burguesamente les trae una fama suplementaria.

Los testimonios coinciden en resaltar lo que en las buenas y en las malas será siempre su forma de vida: una ausencia casi total de previsión en todos los aspectos de la vida cotidiana. En Saint-Ex es legendaria su capacidad de transformar en un caos todo lugar donde se instala y de gastar su dinero sin darse cuenta de que sus bolsillos tienen un límite. Por su parte, Consuelo nunca tuvo ni siquiera la intención de ser un ama de casa. Al principio de cada mes, en la época de Casablanca, cambiaban todo el sueldo de Saint-Ex en monedas que depositaban en una sopera, encima de la chimenea del salón. Saint-Ex, Consuelo y el sirviente marroquí que trabajaba en la casa metían la mano en la sopera según sus necesidades y todas las veces que el antojo los hacía

52

acudir a la prosaica cueva de Alí Babá. Por supuesto, nunca alcanzaba el dinero.

Pocas veces se comía en casa. El periodista Fleury desentrañó el secreto de Consuelo para cocinar *soufflés* invariablemente fracasados. La primera vez que Saint-Ex lo invitó a almorzar, Consuelo se disculpó por el *soufflé* quemado y abatido a causa del retraso de los dos amigos. Pero en los días sucesivos Fleury se dio cuenta de que cualquiera que fuera la hora a la que llegaba a esa casa, el *soufflé* estaba cocinándose en el horno, invariablemente fracasado, y que Consuelo siempre acababa por abrir una lata de sardinas. Cuando se acababan las latas de sardinas, lo que ocurría la mayor parte del tiempo, salían a comer a las pequeñas fondas del puerto, llenas de gente y de moscas. Había un café, Chez Zézé, que lo mismo hubiera podido estar en Marsella que en la estación Saint-Lazare, donde se reunían con los amigos: Henri y Noëlle Guillaumet, los esposos Néri, Jean Lucas, el jefe de escala que algo tenía del Rivière de *Vol de nuit*, y otros colonos franceses que llegaban a probar suerte en el comercio o la administración, dejando atrás un pasado turbio o mediocre. Pero la "familia" más íntima era la aeronáutica, porque la fraternidad en el trabajo trenzaba lazos muy estrechos en la vida privada y cotidiana. En Chez Zézé se tomaba el *pastis* al anochecer, frente al mar, que a esa hora depositaba en las playas el calor y la suciedad del día, hasta que la luminosidad de la mañana siguiente borraba las huellas del bullicio arábigo. Dos pianos mecánicos llenaban la sala con canciones populares y los acentos arrabaleros del París de los treinta. Saint-Ex vaciaba sus bolsillos para saciar sus obsesivos gustos musicales, que lo hacían repetir hasta el cansancio un retornelo que le gustaba. Cuando la máquina se había tragado todo su peculio, él tomaba el relevo y cantaba a voz en cuello las más hermosas canciones de la vieja Francia. *La belle, si tu voulais... nous dormirions ensemble... jusqu'à la fin du monde...*, le cantaba a Consuelo, despertando la sensibilidad de dos o tres siglos de tradición trovadoresca en esa sala que olía a *pastis,* a especias y a cordero recalentado.

En diciembre de 1931 llegó la fama que tanto esperaba Consuelo, con la atribución del Premio Femina a *Vol de nuit.* La noticia alcanzó a Saint-Ex en Cap-Juby, donde había escrito *Courrier-Sud,* y la recibió como una justicia poética. Con la convicción de lo merecido, se fue a París a gozar su celebridad, cuyo sabor, sin embargo, sólo lo sedujo algunas semanas. Consuelo la disfrutó más: le significaba una reparación del pasado, un bálsamo para el presente y un sonriente augurio. Tal vez así terminaría la etapa de Casablanca, los vuelos, las ausencias; tal vez ahora Toño se dedicaría a la escritura, sentado al escritorio, si no de un ministro, al menos de un futuro académico. Madame de Saint-Exupéry madre atravesaba una crisis financiera un poco más severa que las dificultades económicas que habían sido la regla desde la muerte de su esposo en 1904, cuando Antoine apenas tenía cuatro años. A fin de año, tuvo que vender la casa de Saint-Maurice-de-Rémens; Saint-Ex ayudó a la mudanza, que resintió como una dolorosa despedida de la infancia y de su reino. La suegra y la nuera se fueron solas a Megève, a pasar una temporada a la nieve alpina que detestaba Saint-Ex.

Después del interludio del primer semestre de 1932, durante el cual Saint-Ex se contrató como piloto en una línea de hidroaviones en el recorrido Marsella-Alger, la pareja volvió a instalarse en Casablanca, en un pequeño departamento de la calle Noly. Los problemas de dinero seguían perturbando su vida sin pautas. Pero esta vez, y a pesar de que Consuelo se reía de todo, a diferencia de su marido, Casablanca se volvió una ciudad sinónimo de limitaciones. Saint-Ex comprendía los caprichos de Consuelo, que sólo perseguía la satisfacción instantánea de sus fantasías; sabía perfectamente que lo necesitaba, por más que en cada pelea amenazaba con dejarlo para regresar al mundanal ruido, a la celebridad que su nombre le confería en París.

En 1933 Consuelo tuvo que vender El Mirador para pagar la indemnización de un accidente automovilístico que había causado años antes, pero que el tribunal apenas acababa de fallar. Aprovechó el viaje y el traslado de Saint-Ex a Toulouse-Montaudran para reinstalarse en París, atrás de la Madeleine, en su departamento de la *rue* Castellane. Saint-Ex, cansado de los reclamos, le había dicho que Toulouse era un poco mejor que Casablanca, pero mucho peor que París. Él se alojó en el Hotel de France, en Perpignan. De día trabajaba como piloto de prueba de los *Latécoère,* y de noche jugaba ajedrez en el hotel; a las 12 en punto, independientemente de cómo fuera la partida, se levantaba para llamar por teléfono a Consuelo: hablaban una media hora y Saint-Ex volvía a sentarse, tan imperturbable como aburrido. Por una distracción suya que provocó un accidente y la pérdida de un aparato lo despidieron, y regresó a París, después de pasar la Navidad en Agay con su esposa.

Mientras tanto, Consuelo había reanudado su vida artística: esculpía, pintaba y se dejaba cortejar por amigos que la llamaban "divina" e invadían su departamento, de día y de noche. A los más ricos les hacía pagar las

55

cenas, pero las facturas la seguían como una plaga. Cuando no podía pagar sus taxis, pedía prestado a los botones de los restaurantes, asegurándoles: "El conde de Saint-Exupéry no tarda en llegar; le pagará." Pero el señor conde erraba por los cafés de Saint-Germain y salía mucho antes de las cinco de la tarde para irse a escribir a la *brasserie Lipp;* dejaba a su mujer y a sus amigos falderos el campo libre de su nuevo departamento de la *rue* de Chanaleilles. Desde abril de 1934 Saint-Ex pertenecía al servicio de propaganda de la nueva compañía Air France: un empleo que le permitía conjugar su talento de escritor con la promesa de volar. Porque sólo esa promesa le hizo aceptar la oferta de realizar cortometrajes sobre la primera línea de pasajeros Marsella-Alger. El verano de 1934 estuvo marcado por la desilusión: Saint-Ex se alejaba de Consuelo con un desamor casi completo, fracasaba en su misión aérea hacia Saigón, y sólo su flamante Bugatti le ofrecía momentos de embriaguez terrenal. Hacia el final del año se enamoró de una mujer alta y rubia como las que siempre lo atrajeron, y que habitaría la clandestinidad de su corazón casi hasta su muerte. A pesar del anonimato que pidió preservar, es posible aventurar que se trataba de Natalie Paley. Unas cartas de amor que le escribió Antoine en 1942, desde Canadá, fueron subastadas en diciembre de 1991 en el Hotel Drouot de París. Sin embargo, Natalie Paley sólo es una de las varias mujeres que sucedieron a Consuelo en los brazos de su marido escarmentado.

En 1935 las circunstancias separaron aún más a los esposos Saint-Exupéry. Es cierto que Saint-Ex se empeñó en huir de Consuelo, en alejarse sobre todo de su ruidosa presencia que ya poco toleraba. A invitación de Pierre Lazareff, Saint-Ex viajó a la URSS para hacer un reportaje sobre el desfile militar del 1º de mayo, que se publicaría en *Paris-Soir*. Luego se ausentó un mes entero para dar unas conferencias por el Mediterráneo, a solicitud de Air France. El oficio de conferencista o de periodista no lo satisfacía, pero era la manera más cómoda de ganarse la vida y de huir de las recriminaciones estridentes de Consuelo.

La desorganización doméstica se volvió, en ese año de 1935, un verdadero cataclismo económico: debían el alquiler, les cortaron la luz y el gas, los deudores se impacientaban todos al mismo tiempo. Frente al acorralamiento financiero y las huidas de Saint-Ex, Consuelo optó por mudarse al Hotel Pont-Royal, cercano al bulevar Saint-Germain, dejando a Saint-Ex la responsabilidad de saldar las deudas. Al salirse del departamento de la *rue* Chanaleilles, Consuelo abandonó todo, incluyendo su perro pekinés que encargó a la conserje, a quien Saint-Ex tuvo que regalar su reloj de oro a modo de compensación. Saint-Ex vivió en casa de amigos, por aquí y por allí, y sin embargo, en medio del desastre, se compró un avión: un Caudron Simoun, F-ANRY.

Hacia la Navidad, el Caudron rojo estuvo listo para competir en el vuelo París-Saigón y ganar así el premio que esperaba al vencedor, en el otro lado de la Tierra. La excitación y los reclamos de Consuelo crecían con los preparativos del viaje: se oponía rotundamente a la aventura, a causa del fracaso del año anterior y de un mal presentimiento en el alma. Lejos de convencer a Saint-Ex por las buenas, Consuelo se desesperaba a gritos, inventaba mil escenarios de desgracia, sin sospechar que, por una vez, la realidad coincidiría con sus fabulaciones: el 30 de diciembre el avión de Saint-Ex cayó en el desierto libio y la noticia se difundió insinuando el anuncio anticipado de su muerte. Saint-Ex reapareció hasta el 2 de enero de 1936, junto con su compañero Prevost, en un hotel de El Cairo, gracias a un beduino que les había salvado la vida en el desierto. En esos días de alarma, el Hotel Pont-Royal se volvió el cuartel de reunión de los amigos, y Consuelo, el jefe del improvisado estado mayor. Por unas horas conoció la angustia de la espera y la incertidumbre de ser, una vez más, una viuda célebre.

Cuando Saint-Ex la llamó por teléfono desde El Cairo para pedirle que le mandara unas camisas porque no tenía nada que ponerse, el pragmatismo de la llamada la desilusionó, pero no dejó de desmayarse en los brazos del primer periodista al alcance de su cuerpo. Se fue rápidamente a Marsella para recibir a su marido, el 20 de enero, y aparecer en todas las fotos que los periodistas sacaron en el puente del barco *Kawsar*, donde dio Saint-Ex la primera conferencia de prensa. El relato del accidente y del rescate se publicó en *L'Intransigeant*, en una serie de artículos titulados *Cárcel de arena*.

Sopla ese viento del Oeste que seca al hombre en diecinueve horas. Mi esófago no se ha cerrado aún, pero está duro y doloroso. Presiento algo que raspa. Pronto empezará la tos, que me han descrito, y que espero. La lengua me estorba. Pero lo más grave es que ya veo manchas brillantes. Cuando se cambien en llamas, me acostaré. [...] Comimos un poco de uva el primer día. Desde hace tres días, una mitad de naranja y una mitad de galleta. ¿Con qué saliva hubiésemos tragado más alimentos? Pero no siento hambre, sólo sed. Me parece que ahora, más que la sed, siento los efectos de la sed. La garganta dura. La lengua de cemento. Una raspadura y un horrible sabor en la boca. Estas sensaciones son nuevas para mí. Sin duda, el agua las aliviaría, pero ya no tengo recuerdo de lo que se asocia con este remedio. La sed se vuelve cada vez más una enfermedad y, cada vez menos, un deseo...

"Regresé un poco para Consuelo...", le escribió Saint-Ex a su madre el 3 de enero de 1936. Su deseo profundo tal vez hubiera sido la separación definitiva, pero una extraña piedad y su concepción del deber que se extendía hasta el matrimonio le impedían consumar un divorcio. El año de 1936 le ofreció varias oportunidades de nuevas huidas: en los tiempos del Frente Popular gobernado por León Blum se instaló en el hotel Lutecia, donde lo visitaba la joven Françoise Giroud, guionista de la película inspirada en *Courrier-Sud*, quien afirma en sus memorias: "No sé si era muy inteligente, pero fue el primero que me habló del honor en otros términos que Corneille."

El 17 de julio estalló la Guerra Civil española y Saint-Ex viajó a Barcelona, y luego al frente de Madrid, en 1937, para escribir reportajes que se publicaron en *L'Intransigeant* y *Paris-Soir*. Entre las idas y venidas, el matrimonio se instaló en una nueva dirección: 15 place Vauban. La solución escogida por Saint-Ex parecía coincidir con el termómetro del matrimonio: cada quien tenía su departamento, en dos pisos distintos, cada quien su teléfono, y sólo compartían la vista sobre los Inválidos y un mayordomo ruso. Para evitar eventuales pesquisas legales, los departamentos carecían de muebles: sólo había restiradores improvisados, sillas y bancas de jardines públicos: "Así, si llegan los deudores, no tendrán nada que llevarse", aseguraba Saint-Ex.

Consuelo seguía pintando y esculpiendo, y obligaba a sus amigos a hacer verdaderos malabarismos para subir hasta su departamento bloques de piedra o de arcilla, que luego abandonaba en medio de la sala, hasta que le llegase la inspiración. Su temperamento fantasioso e imaginativo, si bien no le dio un gran talento artístico, la acercó casi naturalmente al surrealismo. Eric Deschodt asegura que los surrealistas que se exiliaron en Nueva York durante la segunda Guerra Mundial ya frecuentaban el departamento de la *rue* Chanaleilles por simpatía hacia Consuelo y no hacia Saint-Ex, que nunca los vio con buenos ojos. Es comprensible cómo Consuelo podía encarnar, en su persona y sus fabulaciones exóticas, un modo surrealista de ser que Breton corroboraría en su viaje a México de 1938.

Para huir más certeramente de Consuelo, Saint-Ex propuso al Ministerio francés un vuelo Nueva York-Tierra del Fuego. Mientras se examinaba la proposición, los esposos pusieron más que una escalera de por medio: Consuelo se mudó a un taller de la calle Barbet-de-Jouy y Saint-Ex a un estudio de la calle Michel-Ange, en la ribera derecha. Parece que de esa época data la relación de Consuelo con el escritor Maurice Sachs, que Saint-Ex vivió como una amenaza real a su matrimonio. Más tarde, avergonzado de haber sido un motivo de disputa entre los esposos, Maurice Sachs le escribió a Saint-Ex la siguiente rectificación:

Es absolutamente cierto que durante las noches, las tardes que pasamos juntos, no me hablaba sino de usted y de tal manera que me daba cuenta de que sólo lo quería a usted y que no podía amar a otro. Yo veía en Consuelo a una mujer joven y un poco triste, que revoloteaba por aquí y por allá porque no sabía dónde poner un pie en este terreno movedizo que es el mundo, y que sólo lo quería a usted.

Saint-Ex lo hubiera aguantado todo: las infidelidades de Consuelo (que, por otro lado, tampoco él le ahorraba), sus amistades y su independencia, incluso que usara su nombre para cosechar glorias inmerecidas, pero lo que ya no podía tolerar era la voz de Consuelo y la crecida de sus dimes y diretes. Un día, perdiendo la paciencia, casi la ahogó con una almohada para hacerla callar. "Nunca hubiera creído que tanto ruido pudiera salir de un cuerpo tan pequeño", confesó Saint-Ex a un amigo, entre compungido y desesperado.

Como Saint-Ex sólo esperaba la hora de fugarse a América para de allí volar hasta el fin de la tierra, Consuelo se daba a la fuga, en una reacción simétrica e histerizada; desaparecía días enteros, para luego avisar de su paradero con un telegrama o una llamada telefónica, que reclamaba la salvación inmediata de un suicidio espectacular. Pero nada hizo desistir a Saint-Ex de su partida a Nueva York, en enero de 1937.

La ironía del destino los reunió casi inmediatamente, a causa de un accidente que derribó el avión de Saint-Ex en Guatemala, donde, según las palabras de su esposa, lo atrajo el nahual de Gómez Carrillo. Ella lo alcanzó en barco y lo salvó de una amputación de la mano derecha que los médicos del hospital guatemalteco querían a fuerza practicarle. De allí en adelante, y hasta la declaración de la segunda Guerra Mundial, las separaciones se sucedieron y las heridas de todo tipo sólo fueron sanando en la superficie. Poco antes de ser movilizado en Toulouse-Montaudran, Saint-Ex compró en el bosque de Sénart la residencia de La Feuilleraie sin saber cómo pagarla y sólo porque lo sedujeron una gran araña de cristal en la cocina y un pato que nadaba en el estanque. *Terre des hommes*, que acababa de salir, saldaría la deuda. Y efectivamente, a fin de año, recibió el premio de la novela de la Academia Francesa, además de su traducción al inglés y de ser declarado, en 1940, "el libro del año" en los Estados Unidos. Consuelo se quedó en la nueva residencia semivacía hasta el éxodo.

El 2 de junio de 1940 Saint-Ex la visitó por última vez en tierra francesa. Horas antes de que Consuelo partiera hacia el Sur, sola al volante de su pequeño Peugeot convertible, para engrosar las filas del pueblo que huía después de la capitulación de Francia, Saint-Ex la despidió con un innegociable remordimiento. Llegó a tiempo para vaciar su coche de las pieles y las cajas de sombrero que se amontonaban en los asientos traseros y remplazarlas por cargamentos de gasolina, más útiles en lo inmediato. Consuelo pensaba llegar hasta Pau, pero lo más importante era bajar hacia el Sur, hasta donde fuera, sin preocuparse del destino final. Saint-Ex le escribió a su madre:

> Mamá: más avanza la guerra, más aumentan los peligros y las amenazas para el porvenir, y más crece en mí la preocupación por aquellos que dependen de mí. La pequeña Consuelo, abandonada, me causa una piedad infinita. Si se refugia un día en el Sur, recíbala, mamá, como a una hija, por el amor que usted me tiene a mí.

Sin embargo, Consuelo no fue a buscar refugio con su familia política. Después de errar días y noches en Marsella, sorteando peligros de toda índole para una mujer sola, sin casa ni dinero, en un puerto complicado por las persecuciones de la guerra, aterrizó en un pueblito del Vaucluse, llamado Oppède, que contaba con apenas 700 habitantes en el llano, y en lo alto de la montaña una ciudad cátara, abandonada a su ruina desde el siglo XIII. Allí se había instalado un grupo de arquitectos y escultores que pretendían continuar la enseñanza de su arte para que los sobrevivientes de la guerra pudiesen reconstruir al país después de la destrucción. Entre todas las situaciones extravagantes de sobrevivencia a las que dio pie la guerra, la aventura utópica de Oppède ocuparía seguramente un lugar destacado. Claro que el testimonio de esa singular forma de resistencia en el no menos espectacular escenario cátaro llegó a la posteridad bajo la pluma de la propia Consuelo, en una novela titulada *Oppède*, que publicó en Nueva York en 1945. En el relato, de fuertes resonancias místicas, Consuelo pinta la difícil organización de la vida cotidiana, así como las infinitas disquisiciones de los iluminados que proyectaban la construcción de ciudades antiguas y futuras.

Por supuesto, el personaje central, Bernard, se enamora perdidamente de Dolores, que tiene todos los rasgos de Consuelo; le ofrece matrimonio y promete dedicarle todas las ciudades que construirá. Dolores aparece en todo su esplendor como la musa inspiradora de los "caballeros" fundadores de Oppède; ellos la ven como la rencarnación de Esclarmonde de Foix, la gran dama del mediodía en los tiempos del conde de Toulouse, Raimond VI. La novela mezcla, como la fabuladora Consuelo, un tono realista con vuelos líricos de dudoso gusto y unas cuantas pinceladas de impresionismo surrealista. Dolores la casta, Dolores la pura, reina sobre sus caballeros como el sol de la divina Provenza y sólo piensa en alcanzar a su caballero volante, a su novio de América.

Lo alcanzó, finalmente, en el último avión que salió

de España para Nueva York, hacia la Navidad de 1941. Saint-Ex la había precedido en el barco *Siboney* que salió de Lisboa, en compañía del cineasta Jean Renoir. Saint-Ex vivía en un bonito departamento frente a Central Park y, como en los tiempos de la *place* Vauban, rentó el piso inferior para Consuelo. Sus heridas ya no le permitían volar. Sin embargo, Saint-Ex se desesperaba por alcanzar al escuadrón 2/33 y reanudar su servicio de "piloto de guerra". Consuelo recreó rápidamente su corte, a la que atosigó con los relatos de Oppède. En su casa caían Breton, Tanguy, Miró, Masson, Ernst, Duchamp, Le Roy, Pouchaud y hasta se dice que Dalí también se aparecía, a pesar de sus diferencias con el "papa del surrealismo".

Piloto de guerra salió en *avant-première* en los Estados Unidos. Saint-Ex escribió, además, *El principito* (1943) y *Lettre à un otage* (1943); trabajaba en su último relato, *Citadelle*, que se publicó póstumamente en forma inacabada. En el verano de 1942, que fue una verdadera canícula en Nueva York, Saint-Ex y Consuelo se mudaron a orillas del mar, en Westport, en el Long Island Sound. Allí, a veces, los fines de semana, los visitaba Denis de Rougemont, que padecía una gran afición por los bellos ojos de Consuelo. Saint-Ex, que acababa de padecer una afición similar por los ojos de una princesa brasileña de sugestivo nombre, Nada de Bragance, no se ofuscaba por el padecimiento del académico suizo, tan interesado en el amor en Occidente, y jugaba largas partidas de ajedrez con él. Hasta lo hizo posar para un dibujo de *El principito*, tendido sobre la hierba, entre las flores. Pero la pequeña casa de madera de Westport pronto fastidió a Consuelo, que soñaba con ambientes a la Scott Fitzgerald y con ser, después de la casta Dolores, una Daisy en busca de su gran Gastby. Así, para complacer a Consuelo, Saint-Ex rentó una residencia en Northport: una casa inmensa, blanca y pomposa que, además, llevaba un nombre: Bevin House. El último invitado a cenar en Northport fue Max Ernst.

Consuelo también hacía esfuerzos por complacer a su marido en sus exigencias más extravagantes. Se atareaba en convertirse en la ama de casa que nunca había sido. André Maurois, que se quedó con ellos unas semanas en Bevin House, fue testigo de las veces en que Saint-Ex despertaba a su esposa a media noche para pedirle a gritos que le preparara unos huevos revueltos o jugara con él una partida de ajedrez. Consuelo se levantaba y obedecía con una buena voluntad a toda prueba. En las noches, antes de acostarse, hasta recitaba una plegaria que le había escrito Saint-Ex, a modo de homenaje burlón al amor que renacía:

Señor, no se tome mucho trabajo conmigo. Hágame simplemente como soy. Parezco vanidosa en las cosas pequeñas, pero en las grandes soy humilde. Parezco egoísta en las cosas pequeñas, pero en las grandes soy capaz de darlo todo, hasta la vida. A menudo parezco impura en las cosas pequeñas, pero no soy feliz fuera de la pureza. Señor, hágame siempre igual a la que mi marido sabe leer en mí. Señor, Señor, salve a mi marido porque él me ama verdaderamente; sin él, me sentiría demasiado huérfana, pero haga, Señor, que él muera primero que yo, porque, a pesar de que se vea así, tan sólido, se angustia cuando ya no oye ruido en la casa. Señor, ahórrele a él esta angustia. Haga que siempre yo perturbe el silencio de nuestra casa, incluso si debo, de vez en cuando, romper algo. Ayúdeme a ser fiel y a no ver a los que él desprecia o que lo odian. Esto le trae desgracia porque hizo su vida en mí. Señor, proteja nuestra casa. Amén. Su Consuelo.

El principito vio la luz en Nueva York en marzo de 1943, unos días antes de la partida de Saint-Ex a Argel, desde donde alcanzaría al 2/33 para combatir bajo el mando del Ejército norteamericano. Consuelo se quedó en Nueva York furiosa y triste porque, una vez más, el deber le quitara a su esposo. Durante la estancia en los Estados Unidos, Saint-Ex alimentó la esperanza de una reconciliación profunda y duradera. En testimonio de su amor renaciente escribió *El principito,* y en una carta le aseguraba: "Sabes, la rosa eres tú. Quizá no siempre supe cuidarte, pero siempre me pareciste hermosa." Ya de regreso a Francia, le confió a André Gide que Consuelo había sido la inspiradora de sus mejores libros, que la necesitaba, tanto para escribir como para vivir. A ella le confiaba esta elocuente parábola:

Amada, quiero contarle un sueño que tuve en la época de nuestra separación. Estaba yo en un campo. La tierra estaba muerta. Los árboles estaban muertos. Nada tenía olor ni sabor. Y de repente, aunque en apariencia nada había cambiado, todo cambió. La tierra volvió a vivir, los árboles volvieron a vivir. Todo se llenó de tanto olor y de tanto sabor, que era demasiado fuerte, casi demasiado fuerte para mí. Yo sabía por qué y decía: "Consuelo ha resucitado. ¡Consuelo está aquí!" Tú eras la sal de la tierra, tú habías despertado mi amor por todas las cosas, con tan sólo regresar. Consuelo, entonces entendí que la quería para la eternidad.

El 31 de julio de 1944, a las 8.45 de la mañana, despegó de la pista de Borgo, en Córcega, el P 38 número 223 al mando del capitán Antoine de Saint-Exupéry, que realizaba su décima misión de guerra. No hubo regreso. Desde entonces, la investigación sigue abierta para encontrar los restos del avión y del piloto, que desaparecieron en el cielo del Mediterráneo.

Saint-Ex había escrito en 1932:

En mi oficio presencié accidentes que no desanimaban a los demás hombres, pero también algunas desapariciones que los hacían dudar de sí mismos. Así sucedía cuando el desaparecido era algo más que un compañero o un amigo: cuando era el representante de cada uno, la realización perfecta de las cualidades que cada quien lleva dentro de sí como gérmenes.

Ahora el desaparecido era él y, seguramente, muchos hombres dudaron de sí después de esperar en vano la noticia de un milagroso hallazgo.

La viudez tiene, sobre el divorcio, la ventaja de disipar mágicamente un pasado lioso, así como los defectos que, por separado o en conjunto, la pareja acumuló a lo largo de los años de convivencia. La gloria y una bondad instantánea revisten al muerto y, por extensión, al sobreviviente. Las viudas de personajes célebres se vuelven la encarnación viviente de las huellas invisibles del muerto. Son el cuerpo que acariciaron unas manos hechas polvo de hueso; en la curva de su cadera sigue impreso el estigma de un amor apasionado y carnal.

Para la sociedad, tal vez más que las depositarias de una memoria que fatalmente tendrán que compartir con antiguos amigos y confidentes, son, ante todo, las guardianas de una intimidad que difícilmente podrá expresarse en palabras. Cuanto más pública, grandiosa o heroica es la figura del muerto, tanto más atractiva es la viuda para la sociedad ávida de fetichizaciones y cultos a la personalidad. El principal atributo de la viuda es su cuerpo cargado de pasado y la seguridad de que nunca nadie más podrá acceder al conocimiento que encierra.

Claro que la condesa de Saint-Exupéry compartió con otras mujeres la intimidad del piloto de guerra, pero gozó de otro privilegio fundamental de la viudez: se volvió, gracias a la legitimidad del nombre, la única propietaria del culto que se ejercería, a través de su persona interpuesta, a la memoria del héroe de Francia. Ella, y no el amor anónimo de Saint-Exupéry, será la invitada de honor a la ceremonia oficial para bautizar una calle, un liceo o una escuela primaria con el nombre de su distinguido esposo, o a los cocteles que la compañía Air France organiza para conmemorar la fecha de su desaparición. Ella, y no la mujer alta y rubia que viajaba todas las noches a Suiza para llamar por teléfono a Saint-Ex a los Estados Unidos en los tiempos de la guerra, será la encargada de redactar, en las revistas homenajeadoras, la parte sentimental de la vida de Saint-Exupéry, con la debida selección de recuerdos que acalla la comedia destructiva de la relación. Sólo los biógrafos más perspicaces y modernos como Eric Deschodt o Paul Webster se atreven a restablecer la verdad por respeto, no al dolor de la viuda en nombre del cual se cometen tantas falsedades y omisiones, sino, simplemente, al conocimiento verdadero de las vidas que, por lo demás, no las rebaja en lo más mínimo.

Después de la desaparición de Saint-Ex, Consuelo permaneció un tiempo en Nueva York: era todavía difícil viajar y, además, en 1945, se publicó su novela *Oppède*, que firmó como Consuelo de Saint-Exupéry. Se ignora cuál fue la acogida de la crítica y si Denis de Rougemont seguía visitándola por su talento literario o por el buen talante que le prodigaba. Armada de su doble aura viudal, Consuelo decidió regresar a Centroamérica a cosechar la gloria del nativo pródigo.

La recepción reservada a la Condesa, como ahora se hace llamar, es triunfal en El Salvador. Le rinden pleitesía y se organizan banquetes en su honor. La Condesa se instala en el hotel Nuevo Mundo de San Salvador, en un gran apartamento reservado otrora a visitantes oficiales o a negociantes cafetaleros que buscaban en la capital salvadoreña remedos de los ambientes voluptuosos de Nueva York. Pero las cosas envejecen antes de tiempo bajo los trópicos; toda vocación de lujo se carcome y se destiñe velozmente y acaba en una prematura decadencia, no desprovista de cierto encanto. El principal atractivo del hotel Nuevo Mundo residía en sus anchos corredores sombreados por arcos y palmas abundantes y oscuras, y flores de vivos morados y destellantes amarillos. En medio de la frescura, de cuando en cuando llegaban potentes bocanadas de calor, sofocadoras y casi líquidas, cuyo olor Consuelo reconocía con una sonrisa mitigada de añoranza por la infancia perdida y de satisfacción por el camino recorrido. Quiso regresar a Armenia.

El padre había muerto. Su madre y sus hermanas escucharon con atención, pero también con cierto azoro, el relato detallado de sus andanzas por el mundo. Pero, ¿qué resonancia tenían para ellas los paisajes de la Costa Azul o los otoños del bosque de Sénart, los nombres de Maurice Maeterlinck, de André Breton y de Max Ernst? Las minuciosas descripciones de Consuelo no encontraban ecos suficientes en su imaginación limitada por las buenas intenciones y la ignorancia. Consuelo estaba en el centro de su cariño y de sus atenciones domésticas, pero no reverberaba la luz que un coro más ilustrado le hubiera devuelto. Consuelo seguía siendo, en Armenia y en la casa familiar, la Consuelito de antaño, la hija de siempre, a quien amaban igual con gloria o sin ella.

Reconfortada por ese tiempo que no transcurre en las familias, optó por regresar al hotel Nuevo Mundo e improvisar una corte versallesca para sentir de nuevo la dulce miel de llamarse "divina" y de ser cortejada por la ilustración local. La Condesa recibía a las cinco a la juventud letrada de El Salvador, desmayada por el calor en un sofá de mimbre, con el abanico en mano para disimular los rubores que le provocaban los versos de Lisandro Alfredo Suárez, o para simular un regaño, con un golpecito seco en la cabeza del burro de Rodolfito Mayorga Rivas. Consuelo alimentaba deleitosamente la rivalidad entre los dos hombres. Rodolfito, un poeta más guapo que talentoso, le había ofrecido sus servicios de "secretario", que lo favorecían con una silla a la cabecera del sofá recamiero y, eventualmente, con una posición más cómoda en el lecho de la Condesa. En cambio, Lisandro Alfredo Suárez había escogido el arma de los versos para conquistarla. Le compuso este "Capricho galante" que hizo temblar de celos y de envidia poética a Rodolfito:

Permitidme, condesa, que os anude la liga,
quiero daros la muestra de mi humilde homenaje,
y al haceros el lazo, permitidme que os diga
que mi timbre más alto es el ser vuestro paje.
Con primor cortesano mi rendición mendiga
anudar la seda de vuestro rico encaje;
lejana está mi mente de maliciosa intriga,
quiero con este gesto rendiros vasallaje.

70

Con sus dedos de nácar levantóse la falda,
el lazo era rosado con broches de esmeralda;
y ante la linda pierna de modelado fino
atrevióse lo humilde de mi rendido empeño,
me olvidé de la liga y en el muslo sedeño
se posaron mis labios con un beso felino.

Los periodistas también le rendían pleitesía en sus columnas líricamente abocadas a la edificación de su mito. En una larga serie de artículos publicados en 1953 en *El Imparcial* de Guatemala, Gustavo Alemán Bolaños retraza la "Odisea de Consuelito Suncín". Además de Vasconcelos, de Gómez Carrillo, de D'Annunzio y de Saint-Exupéry, aparece en uno de ellos (IV, 16 de mayo de 1953) un romance, inédito e inaudito, con Rodolfo Valentino: "Rodolfo Valentino, acostumbrado a jugar con el corazón de las mujeres, se estrella esta vez. Consuelito lo ha dominado con un poder avasallador, con una magia única: la magia de Consuelito Suncín." En el "episodio D'Annunzio", la Baccarra es sustituida por la más famosa Eleonora Duse, y de la rivalidad imaginada por el articulista entre las dos mujeres (y entre las dos naciones), triunfa una vez más la magia de Consuelito: "Mas Eleonora la italiana es vencida por Consuelito la salvadoreña." La muerte de Gómez Carrillo significa el siguiente triunfo: "En cierto doloroso sentido, era un nuevo triunfo suyo: el de sellar la tumba del amante de tantas mujeres de todos los climas con su mano." Y el autor concluye la serie con el recuerdo de la despedida de Consuelo al terminar su viaje de posguerra a Centroamérica: "Adorable Consuelito: guardo en el recuerdo la flor roja que con suave coquetería y espontaneidad sorpresiva me diste en Managua, quitándola de tu corpiño, cuando el tren iba a partir, y te dije, llevándome los dedos a los labios: *¡Au revoir!"*

La diminuta Consuelo tenía los hombros anchos y sólidos de la figura mítica que lo aguanta todo: Rodolfo Valentino y otros episodios se cargaban a su cuenta como si ya entrados en gastos, poco importara endosarle más facturas que las que efectivamente saldó. Quedaría por averiguar si ella misma los inventaba para los periodistas o si sólo dejaba que ellos los inventaran. En todo caso, no los desmentía.

De regreso a Nueva York se instaló en un departamento del Essex Hotel, un edificio de discreto lujo frente a Central Park West. Quizá no viviera lejos del departamento donde Alma Mahler acabó sus días con el retrato de Mahler en el piano, un cuadro de Kokoschka en la pared, los manuscritos de Franz Werfel y las cartas de Walter Gropius en el escritorio de la biblioteca, desempeñando con impecable fervor su papel de "viuda de las cuatro artes". El símil entre las dos mujeres es inevitable, y así lo sugiere Luis Cardoza y Aragón en sus memorias *El río*, al bautizar a Consuelo Sunsín como "la Alma Mahler centroamericana". Así como Alma Mahler alternaba sus títulos de viudez según la moda del momento por alguno de sus maridos o amantes, Consuelo Sunsín vivió el resto de sus días capitalizando los honores o la curiosidad que provocaban sus antiguos amores.

Regresó a la Costa Azul a disfrutar el retiro de la ancianidad dorada que alborota la Riviera francesa. Parece que allí, en Grasse, vivió sus últimos años en la intimidad proustiana de su chofer, a quien le llevaba varias décadas. Con los años fue adquiriendo una catadura de respetable *douairière:* su rostro embarneció, se pintó el pelo de rubio y se cubrió de pieles blancas que la hacían verse como un osito de peluche. Dueña de los múltiples derechos de autor de sus maridos, dio su último combate por el único cuerpo del que era propietaria: el de Gómez Carrillo.

Desde los años sesenta se habían iniciado las gestiones para traer los restos del escritor a su tierra natal. Ante los silencios o las largas de Consuelo, un sobrino culto y millonario de Gómez Carrillo, Héctor Sánchez-Latour, se encargó de realizar personalmente el traslado de los restos para los festejos del nacimiento de su tío, en 1973. Todo estaba listo para la ceremonia y sólo faltaba la autorización de Consuelo. El sobrino se puso en comunicación con ella, quien fijó dos condiciones: la primera, que se le levantara una estatua ecuestre en medio de un lago, y la segunda, que se le pagara a ella una cantidad considerable de dólares a cambio de su consentimiento. Héctor Sánchez-Latour se negó a satisfacer las dos peticiones: la primera, porque era absurdo inmortalizar a Gómez Carrillo arriba de un caballo parado en una sola pata, cuando el escritor nunca se había subido a un caballo en su vida, y la segunda, porque, aunque tenía dinero para pagar la cantidad requerida, se negaba a ponerle un precio a los huesos de su insigne tío. La ceremonia se limitó a un simbólico entierro de Gómez Carrillo en un parque de la ciudad de Guatemala, donde se colocó un busto y se regó un puñado de tierra traída de su tumba del Père Lachaise. A pesar de todo, la Condesa fue la invitada de honor y aprovechó el viaje para dejarse homenajear sucesivamente por los admiradores de Gómez Carrillo y de Saint-Exupéry.

Murió el 28 de mayo de 1979 en la ciudad de Grasse.

Su chofer fue el heredero universal de sus bienes. Hasta en la tumba, Consuelo perpetuó su doble gloria: fue enterrada en el Père Lachaise, en el mismo sepulcro que Gómez Carrillo, pero la lápida la registra como "Consuelo de Saint-Exupéry, *née* Sunsín de Sandoval".

MARÍA ASÚNSOLO

—¿Qué día fue el día en que usted, al verse en el espejo, llegó a la conclusión de que era bellísima?
—La primera vez que me miré en él.

¿Cuál ha sido tu día más feliz? Ella, entrecerrando los ojos, me dice: Noches.

LUIS CARDOZA Y ARAGÓN recuerda que en 1936 la ciudad de México podía resumirse en estos cuantos datos: los taxis cobraban "a tostón la dejada"; los hombres usaban sombrero; hasta la presidencia de Lázaro Cárdenas, a los comunistas los mandaban de veraneo a las Islas Marías con los reos de fuero común; las chicas tenían que ser vírgenes al casarse y saber cantar el corrido de Benjamín Argumedo y las canciones de Guty Cárdenas y Gonzalo Curiel. "En esa época —escribe el poeta— tuvieron talento *Cantinflas*, Agustín Lara, Gabriel Figueroa, Gabilondo Soler, Ernesto García Cabral, *el Indio* Fernández y *Armillita*." Y para redondear el ambiente cultural, añade: "Los pintores retrataban a María Asúnsolo."

En toda la historia de las artes plásticas del siglo XX, ninguna mujer ha sido tan retratada y esculpida como María Asúnsolo. Además de la cantidad de cuadros que muestran su imagen, la lista de sus autores constituye un catálogo bastante completo de la pintura mexicana moderna: David Alfaro Siqueiros, Jesús Guerrero Galván, Juan Soriano, Diego Rivera, Jesús Escobedo, Carlos Orozco Romero, Nefero, Raúl Anguiano, Federico Cantú, María Izquierdo y el escultor Ignacio Asúnsolo, tío de María, son los integrantes de la sala María Asúnsolo que el MUNAL cobija en homenaje permanente a estos artistas y a su modelo.

Hasta donde se sabe, sólo uno de estos pintores padeció la enfermedad que asoló al México de los treintas y que se conoció con el nombre de "asunsolitis". David Alfaro Siqueiros fue el primero en contraer el mal y también en dejar constancia de su enfermedad en dos notables retratos al duco: *María Asúnsolo, niña* y *María Asúnsolo bajando la escalera*, ambos de 1935. Aunque uno de los dos retratos firmados por Jesús Guerrero Galván data de 1934, la aparición de David Alfaro Siqueiros en la vida de María Asúnsolo fue decisiva tanto para la modelo como para los demás pintores que repitieron, cada quien a su estilo y con mayor o menor fortuna, el gesto de devoción estética inaugurado por el artista chihuahuense.

Si David Alfaro Siqueiros, Jesús Guerrero Galván y Juan Soriano retrataron a María Asúnsolo de niña, esta coincidencia sólo se debe a la imaginación de los tres artistas, porque ninguno conoció a la niña que un día fue la mítica María Asúnsolo. En realidad, nadie sabe mucho de la infancia de María, pues ella pertenece a esa clase de mujeres que irrumpen en el imaginario de un país cuando su belleza ha alcanzado su punto exacto de maduración. Permanecen suspendidas en el tiempo, sin dejar recuerdo de una etapa anterior o posterior a ese estado de perenne perfección. Claro que María Asúnsolo se encargó de enturbiar la transparencia de su origen, empezando por la fecha de su nacimiento, que se niega a confesar; falsifica de su puño y letra o con una broma que consiste en cargarse más años que los asentados en el Registro Civil (según cálculos aproximativos, debe de haber nacido antes de la Revolución mexicana). Y para evadir toda fiscalización, se dio a luz a sí misma en el estado de Guerrero para así, de pasada, afirmar la mexicanidad que su verdadero lugar de nacimiento, los Estados Unidos, hubiera hecho tambalear en el estrecho criterio de los nacionalistas. Además, Guerrero embonaba mejor con el episodio estelar de su infancia: la adhesión de su padre, el general Manuel Dolores Asúnsolo, al movimiento zapatista, su participación decisiva en la toma de Cuernavaca (él mismo le habría entregado las llaves de la ciudad a Emiliano Zapata) y su asesinato a causa de un brindis con exceso de entusiasmo revolucionario frente a la concurrencia selecta del Jockey Club. La leyenda familiar quiere que un Escandón (aunque pudiera ser cualquier otro que llevara uno de los apellidos más sonados del porfirismo) correspondió al brindis ofrecido por el general Asúnsolo al triunfo de la Revolución con un tiro certero que castigó al traidor de la causa etílicopolítica. Lo cierto es que Manuel Dolores Asúnsolo, el único revolucionario de la familia, murió defendiendo al zapatismo.

María era una niña cuando mataron a su padre, y la menor de la familia fundada por Manuel Dolores Asúnsolo y Marie Morand, una francocanadiense que había tenido dos descendientes más: Manuel y Francisco. Desde la llegada de Juan Manuel de Asúnsolo a México, en los tiempos de Agustín de Iturbide, y salvo algunas excepciones, los Asúnsolo americanos nunca fueron muy prolíficos. El emperador mexicano había invitado a Juan Manuel de Asúnsolo por su talento como estratega militar. Éste trajo a las Indias el apellido de origen vasco que significa "cueva de ortigas" —como le especificó más tarde Gutierre Tibón a María Asúnsolo— y una esposa italiana llamada Francesca Saquí, de quien derivaron todos los Asúnsolo de México, en la región de Durango, Chihuahua y en la capital. Aparte de Manuel Dolores Asúnsolo, que relampagueó como revolucionario zapatista, los demás miembros de la familia que se ganaron una fama duradera fueron el escultor Ignacio Asúnsolo, primo hermano del padre de María, y la actriz Dolores del Río, prima hermana de María. También deambula en las crónicas de Salvador Novo un Enrique Asúnsolo, primo de María, escritor de sonetos puros y pintor *art nouveau* que quedó en la memoria de sus contemporáneos como homosexual de brillante conversación y de aristocrático semblante, hábil en el arte de martirizar a los amigos con sus *traits d'esprit*.

Pero la infancia de María transcurrió lejos de la facción artística de los Asúnsolo. Luego de la muerte del padre y vuelta a casar la madre, la pequeña familia se fue a vivir a los Estados Unidos y María ingresó al colegio Lady of the Lake de San Antonio, Texas. En el internado, el ambiente era predominantemente mexicano porque lo frecuentaban las hijas de las familias acomodadas de México, aunque la flor y nata prefería el Sagrado Corazón de San Antonio, donde estudió Dolores del Río. Desde la época del Lady of the Lake, María demostró su facilidad para hacer amigos, y los lazos que allí anudó con algunas muchachas mexicanas duraron hasta la muerte de las que no gozaron de la longevidad de María. Es probable que la adolescente no haya vivido el periodo del internado como un sufrimiento, pues las relaciones difíciles con su padrastro le hacían ver esta separación del ámbito familiar más como un alivio que como un dolor. Es muy probable que María haya sido una buena alumna, sin motivo de quejas para las monjas educadoras, pues seguramente desde esa época ensayaba su imagen de perfección en todas las manifestaciones de su personalidad.

Al terminar *high school,* tal vez porque no aminoraban los conflictos con el padrastro, que veía a la joven cada día más apetecible, María se fue a vivir a la ciudad de México, en los tempranos veinte, a casa de Juan Manuel Asúnsolo, un hermano de su difunto padre. En el salón del acomodado tío no tardó en aparecer un hombre rico, distinguido, de buena familia alemana; en suma, un buen prospecto de matrimonio que satisfacía a todas las partes en juego. Agustín Diener era dueño, entre otros negocios, de la célebre joyería La Perla en la calle Madero, y presentaba así más de una ventaja para María: aparte de su atractivo personal, le ofrecía la más legítima vía de independencia y, por lo pronto, los papeles de esposa y de madre, que María cumplió en 1924, cuando nació su primer y único hijo, previsiblemente bautizado Agustín. El matrimonio se presentaba una vez más, para María, bajo el aspecto de la perfección anhelada, pero, a pesar del éxito de la imagen lograda, la relación no duró mucho tiempo.

El divorcio habría relegado el episodio matrimonial a un error de juventud, si en sus secuelas no hubiera intervenido David Alfaro Siqueiros con la fogosidad de su espíritu justiciero. Es posible que se hayan conocido gracias a Ignacio Asúnsolo, a quien María visitaba con frecuencia porque, entre otras razones, había rentado un departamentito en la calle de Salamanca, a unos pasos del taller de su tío. Antes de que se iniciara la década de los treinta, que son los años de fundación del reino de María Asúnsolo, ya se decía en cierta sociedad masculina, entre bohemia e intelectual, que María era la mujer más bella de la capital. Tenía, aparte de su belleza, la indudable ventaja de ser libre y, por lo tanto, disponible para el mejor postor. Y si María era la mujer más bella de la ciudad, David Alfaro Siqueiros figuraba entre los hombres más interesantes de la época, por su talento pictórico y sus incendios políticos.

La pasión que los unió durante varios años, por lo menos hasta poco antes del casamiento de Siqueiros con Angélica Arenal en 1938, fue avasalladora, arrasadora, absoluta, atormentada y de notoriedad pública. Sería tentador asimilar la figura de David Alfaro Siqueiros al recuerdo mitificado de Manuel Dolores Asúnsolo: porque el pintor era mayor que María, porque provenía de Chihuahua como buena parte de la familia Asúnsolo, porque había participado en la Revolución mexicana en su versión norteña, porque era apuesto y de fuerte personalidad como todo padre ideal. Pero el signo de esa pasión rebasó en mucho el esquema tradicional de las sustituciones arquetípicas. A pesar de su notoriedad, quedan pocos testimonios de la relación, en gran medida porque los dos protagonistas la sellaron con un pacto de silencio. En sus memorias, *Me llaman el Coronelazo*, Siqueiros pasa por alto sus años de "asunsolitis", tal vez por respeto a Angélica Arenal que, luego de la muerte del pintor, se convirtió en su principal memorialista y censora. Por su parte, María Asúnsolo le dio a su romance con Siqueiros el mismo trato que a sus amores anteriores y posteriores: sin negarlos, les aplica la ley de la elusión perpetua, sutilmente acompañada de una sonrisa o de un comentario que desvía cualquier pregunta hacia otros temas.

Sin embargo, una anécdota que cuenta Inés Amor, la imprescindible cabeza de la Galería de Arte Mexicano, sugiere el tenor de la relación amorosa entre el pintor y su musa: recuerda cómo Siqueiros, luego de su primera exposición de 1932 en el Casino Español, le suplicaba que le prestara 40 pesos para comprarle a María un perfume francés con el que quería halagarla. Siqueiros no ocultaba las exigencias de su amor ni la desesperación con la que, a veces, se esforzaba por cumplirlas. Este loco amor debe de haberse tornado, hacia el final, en un tormento, tanto para Siqueiros como para su recién desposada Angélica, a juzgar por esa escena de 1938 que recuerda Inés Amor en sus memorias conversadas con Jorge Alberto Manrique y Teresa del Conde.

Un buen día David me dijo: "Enciérrame con esta llave durante cuatro meses y te pinto la exposición que quiere Pierre Matisse." A pesar de tener la llave, creo que sólo lo encerramos en dos o tres ocasiones, porque Angélica aún no lo conocía a fondo y le tenía un santo pavor. Hace unas semanas le recordaba yo la ocasión en que entró despavorida a la galería, en camisón, seguida de David, que empuñaba una pistola antigua e impresionante, amenazando matarla si le volvía a mencionar el nombre de María Asúnsolo.

El otro acontecimiento que contribuyó a la notoriedad de la relación de Siqueiros con María fue el rapto del niño Agustín Diener por el pintor justiciero, que inmortalizó el episodio en un cuadro alusivamente titulado *El rapto* y que forma parte de la colección del MUNAL. La misma María relató una vez las circunstancias que precedieron al rapto. Luego de su separación con Agustín

Diener, María tenía la custodia del hijo, que entregaba al padre los fines de semana y recogía los domingos por la noche. Un fin de semana se presentó a su casa una mujer que llevaba un velo negro, se veía muy inquieta y pedía hablar a solas con María. Varias veces, antes de exponer el motivo de su visita, insistió en saber si de veras estaban solas. A continuación explicó que era mecanógrafa en un juzgado y que ese fin de semana había trabajado horas extras en un asunto que interesaba directamente a María: Agustín Diener había sobornado al juez con una fuerte cantidad de dinero para asegurarse así la patria potestad del hijo. La mujer de velo negro, movida por la solidaridad femenina, venía a avisarle del peligro, pero le suplicaba callar su intervención porque si alguien se enteraba de su "falta profesional" corría el riesgo de perder el empleo. Desapareció para siempre en la noche de la ciudad.

Cuando María se presentó a casa de Agustín Diener para recoger a su hijo, el marido le cerró la puerta en las narices después de sentenciar que nunca más volvería a ver al pequeño Agustín. Esto era represalia por los excesos de publicidad con los que Siqueiros pregonaba su amor por María. La reacción de María fue curiosa: llorando, se subió a un taxi y le pidió al chofer que la llevara a un bar donde emborracharse. El ángel del volante, ocasional confidente de sus líos matrimoniales, la disuadió y la regresó a su casa.

Es probable que el rapto del hijo haya surgido de la sola iniciativa de Siqueiros y no de un plan tramado por María. Lo cierto es que, posesionado de su papel de "llanero solitario", Siqueiros burló la vigilancia paterna —parece que fue en un parque público— y regresó el objeto del botín al dulce seno materno. El escándalo alimentó la nota roja, que nimbó a Siqueiros de un aura épica que parecía rememorar sus hazañas revolucionarias. El desenlace fue muy distinto al cuento de hadas imaginado por Siqueiros: Agustín Diener se llevó al hijo a vivir a Alemania y María no lo volvió a ver hasta que cumplió los 17 años.

Mucho tiempo después, en 1950, la prensa volvió a reunir los nombres de David Alfaro Siqueiros y de María Asúnsolo alrededor de otro "escándalo" del pintor, cuyo denunciante era esa vez Diego Rivera. La revista *Impacto* había revelado la existencia de "murales católicos" en una capilla privada de Querétaro, firmados por el "artista blasfemo", como calificaban a Diego Rivera. El pintor agraviado mandó una carta de aclaración al director de la revista, Regino Hernández Llergo, explicando sus pecados de juventud con buen humor. Al final, añadía:

Le daré a Vicente [Fe Álvarez, autor del reportaje] y a usted, lo que llaman en París un *bon tuyau:* hay una pintura religiosa de David Alfaro Siqueiros; es una copia de la virgen de la Silla de Rafael, por cierto con extraordinarias condiciones de buen pintor. Está en poder de una de las damas más populares y bellas, entre el medio intelectual de México; la tiene con un gran marco dorado estilo gótico, en su alcoba misma, como para dirigirle sus preces por el perdón de sus maravillosos y encantadores pecados.

El reportero-detective logró introducirse en la casa de María Asúnsolo, ubicada entonces en el Pedregal, y acceder hasta el mentado cuadro, que David Alfaro Siqueiros había pintado a la edad de 10 años sobre un pedazo de sábana y con pintura industrial. La revista presentó el hallazgo con la reproducción del cuadro en una página entera, precedida por otra que gritaba a ocho columnas:

"Un cuadro católico de Alfaro Siqueiros" y un no menos estridente: "¡Helo aquí!" Completaba el reportaje gráfico una fotografía de la alcoba de María Asúnsolo, cuyo pie rezaba:

Dos creencias totalmente opuestas unidas paradójicamente. Un Cristo crucificado, símbolo del catolicismo, y una bandera roja con la insignia soviética. María Asúnsolo, a la vez creyente y comunista, ha reunido en su recámara esta extraña mezcolanza que, para muchos, puede parecer dispar. Sin embargo, según sus propias palabras, "todo es de todos", incluyendo también las ideas.

María Asúnsolo declaraba en la entrevista que el mismo Siqueiros le había regalado el cuadro católico y que ella lo conservaba como "algo muy querido". Lo que María omitió decir fue que el Cristo crucificado también se lo había regalado Siqueiros, después de robarlo en una iglesia de Taxco. Otro "escándalo" del que el perspicaz Fe Álvarez nunca se enteró ni sospechó jamás.

Luego de la pasión con Siqueiros y antes de iniciar su propio vuelo vehemente por el arte, María se casó por segunda vez, ahora con un norteamericano propietario de extensos ranchos en el estado de Tamaulipas. Dan Breen reunía dos cualidades usualmente dispares: era guapísimo y riquísimo, pero tenía un defecto que causó el rápido divorcio: era alcohólico. Según María Asúnsolo, los "gringuitos", como suele llamarlos, son los mejores maridos y, cabría añadir, los mejores divorciados. Incluso después de su separación, Dan Breen seguía visitando la casa de María y llevando con ella un trato amigable que otros enamorados mexicanos no siempre le concedieron. Con Dan Breen, y para muchos años, se terminaron las aventuras matrimoniales de María Asúnsolo. Otros asuntos, más afines con su vocación de protectora de las artes, requerían ya su total entrega.

El edificio Anáhuac, situado en el número 137 del Paseo de la Reforma era, en los tiempos de Manuel Ávila Camacho, uno de los edificios más altos de la ciudad, con su decena de pisos de vanguardia arquitectónica. En el departamento 8, que durante lustros colindó con el cine Roble, se instaló María Asúnsolo hacia la mitad de la década de los treinta. Unos dos años después, el departamento 8 se volvería una galería de arte y un centro de reunión para los artistas mexicanos y extranjeros. La casa de María representaba para los artistas del continente una embajada desprovista de protocolos y un alto obligado para los conocedores de la vida cultural mexicana.

María Asúnsolo nunca fue lo que estrictamente se llama *dealer:* fue mucho más que eso y mucho menos también. Las galerías de arte eran escasas en la ciudad de México, a lo sumo se contaban unas cinco, de las que se recuerdan la Galería de Arte Mexicano de Inés Amor, la Misrachi, la Decoración del señor Méndez y, por su originalidad y ambiente, la GAMA de María Asúnsolo. Si Inés Amor siempre se distinguió por "profesionalizar" el comercio del arte con honesta dignidad, a María Asúnsolo poco le interesó hacer de su galería una empresa. Nunca existieron registros ni libros contables que mediaran en el trato entre los pintores y su anfitriona transitoria. Bastaba la palabra como garantía de depósito, y a nadie se le hubiera ocurrido pedirle a María un recibo ni dudar del precio de la venta realizada. Con puntualidad, María entregaba a cada quien la cantidad que le correspondía, restándole un 25% de comisión, que ya era competitivo con respecto al 33% que solían cobrar las demás galerías. Nunca ha habido siquiera el rumor de una queja sobre el desempeño de María Asúnsolo en su poco ortodoxa organización financiera. La confianza era absoluta y justificada; a lo sumo, afloraron en la prensa ciertos disgustos porque algunos cuadros se quedaban en la tina del baño, en espera de un espacio más apropiado para su exhibición. Éste fue el caso de unas telas de María Izquierdo que suscitó, en 1941, el siguiente comentario en un diario capitalino:

> [...] si la GAMA se ve obligada a guardar, durante algún tiempo, cierto número de cuadros dentro de una tina, es porque ya no caben en la Galería. Y María Izquierdo puede consolarse, porque si en ese baño hay cuadros de la pintora de Veracruz [sic], también los hay de Clemente Orozco, de Diego Rivera, del errante David Alfaro Siqueiros y hasta del paciente y resignado Guerrero Galván.

¿Quiénes eran los pintores de María Asúnsolo? Prácticamente todos los que pintaban en esa época, con excepción de Tamayo, que vivía aislado de los círculos artísticos, entre Nueva York y México. Sin embargo, Juan Soriano recuerda su desesperación por no poder adquirir un cuadro de Tamayo que albergó durante una época María Asúnsolo, lo cual indica que la GAMA tuvo al menos uno en sus paredes. En los primeros años de la galería, la crónica suele registrar a los siguientes expositores: Diego Rivera, David Alfaro Siqueiros, María Izquierdo, Antonio Ruiz, Manuel Rodríguez Lozano, Julio Castellanos, Carlos Mérida, Agustín Lazo, Carlos Orozco Romero, Federico Cantú, Armando Valdés Peza, Roberto Montenegro, Juan Soriano, Raúl Anguiano, y los escultores Ignacio Asúnsolo, Federico Canessi y Luis Ortiz Monasterio. Hacia 1940, María Asúnsolo había logrado reunir, si no una buena colección de arte mexicano moderno, sí una bastante completa, que rotaba a buen ritmo gracias a las numerosas recepciones que por un sí o un no se organizaban para atraer a la clientela, festejar a algún artista sudamericano de paso por la capital o asegurarse los favores de los funcionarios en turno. Paralelamente a la colección de arte, María logró formar una colección de personalidades de diversa índole, que atiborraban los cocteles destinados tanto a lucir la mundanidad de la GAMA como a comprometer la venta de los cuadros. Todos los pintores se beneficiaron en un momento dado de la corte de admiradores que visitaba a mañana, tarde y noche el departamento del séptimo piso: no todos eran admiradores de las bellezas artísticas que allí se exhibían, sino también de la creación divina que reconocían en María Asúnsolo. Y para halagarla con la exigente acumulación de méritos que pedía la "diosa" anfitriona, más de uno sacaba la billetera fingiendo un repentino desmayo stendhaliano ante una tela firmada por un incorregible bohemio. Otros, como Marte R. Gómez, compraban con conocimiento de causa. En esa época se inició entre los políticos mexicanos la moda y la costumbre de invertir en obras de arte mexicano, que es sin duda la manera más elegante de blanquear los dineros malhabidos o fácilmente habidos en las componendas del poder. Pero ¡qué importaba si eso daba de comer a los semimuertos de hambre que eran, con algunas excepciones, los protegidos de María!

Desde las columnas de los periódicos, los críticos de arte rivalizaban con los cronistas de sociales para dar publicidad a las *soirées* de la GAMA. Luis G. Basurto y

Manuel Rodríguez Lozano aseguraban el comentario especializado de las exposiciones, aunque no ocultaban su *parti pris* por la dueña de la GAMA:

> Esta galería se presenta con un tono completamente diverso del de las demás —escribe Manuel Rodríguez Lozano—. María Asúnsolo, su propietaria, es una bellísima y admirable mujer, en la que los pintores mexicanos encuentran siempre calor, ayuda y cariño. María Asúnsolo es la Victoria Colonna de los pintores mexicanos. Si en su galería no hay la efectividad comercial que se encuentra en las otras, en cambio el pintor no se siente defraudado en ella en su arte ni en sus intereses.

Manuel Rodríguez Lozano alude en estas líneas a la otra vida de la GAMA: la cotidiana, la que no registraron los *flashes* de los fotógrafos de sociales, pero que permaneció en el recuerdo de los pintores como la cifra de un hogar sustituto, siempre abierto y pródigo de elementales dones como una comida o un oído atento a los tormentos de la vocación artística y de las pasiones amorosas. La casa de María era un puerto franco para su legión de pintores. Entonces María se transformaba en una diosa maternal, una tierra fértil y generosa que alimentaba literalmente a sus criaturas con un plato de arroz y el inagotable calor de su amistad. Algunos tenían hasta el privilegio de asistir a su baño de tina, sentados en una sillita que arrimaban a la altura de sus marmóreas formas de diosa clásica. Uno, pintor, le contaba sus caídas etílicas y pasionales que le iban creando una fama de arcángel de las tinieblas; otro, escritor aspirante a "favorito", tuvo que padecer el tormento chino de bañarla durante varios días antes de acceder a la gloria de su lecho. Más que pudor, ella tenía malicia para enseñar su cuerpo. A ese pintor que se asomaba al borde de su tina le negó que la retratara desnuda, y se vistió para posar con la transparencia de una túnica de gasa.

¿Puede tener pudor una diosa clásica? Cuando un cuerpo de mujer como el de María se viste de tanta perfección, ¿qué caso tiene cubrirlo con ropajes que sólo serían una blasfemia a los ojos de Dios? A diferencia de otras mujeres cuya belleza oculta un detalle de fealdad, como un pie demasiado ancho o una rodilla con excesivo relieve, María no tenía una sola errata en su cuerpo. La tonalidad de su piel era la de ese mármol que simula la carne lunar sin destellos. Sus pies, demasiado bellos para una mortal, daban un poco de horror como todas las cosas perfectas. No soportaban los zapatos, que María se quitaba con cualquier pretexto, hasta para manejar su automóvil, que un día llevó de paseo a José Bergamín y al cronista *Close Up* hasta el Bosque de Chapultepec:

Las miradas del reportero demuestran no tanto interés por el paisaje cuanto por esa parte del auto donde los pies van controlando los pedales. El motor trabaja con suavidad. La mujer extraordinaria y bella controla los pedales del auto en la forma en que deberían hacerlo todas las mujeres: con los pies desnudos de calzado y medias, pero vestidos de plasticidad; parecen dos magnolias trigueñas en las que por refinamiento se hubieran incrustado diez rubíes pequeñitos.

Las uñas esmaltadas de rojo encendido eran prácticamente la única concesión al artificio que ella se permitía: el resto de su cuerpo ostentaba sus dotes al natural y en su máxima expresión de libertad. María nunca sometió sus formas a los jaeces de la ropa interior: tal una potranca salvaje, lucía sus vestidos como un segundo pelaje que ceñía su cuerpo desnudo. Así la fijó para la eternidad el retrato al duco de Siqueiros *María bajando la escalera:* el vestido largo que la ciñe como un guante de metal dúctil y luminoso parece pintado *a posteriori,* como si se tratara a un tiempo de cubrir su desnudez y de resaltar la inutilidad de ello. Un extraño escalofrío debía de recorrer a los que sabían que una delgada tela los separaba del espectáculo de la desnudez íntegra de María. Todos contenían la emoción que precede al momento en que, como en un prestigiado escenario, está por correrse el telón.

Su cara recreaba la visión de las esculturas clásicas: un óvalo impecable, una tez de gardenia, una nariz recta y breve, los ojos oscuros y la frente corta. La ausencia de relieves notables dificultaba la tarea de los pintores: en muchos retratos aparece con una cara de muñeca desprovista de garra emocional. En casi todos se percibe la belleza estática de María. Su pelo, prematuramente encanecido, agregó a su leyenda el toque angelical que varios escritores alabarían en poemas y evocaciones rebosantes de lirismo idólatra. Una excepción en el maremoto poético que provocó María es el poema de Rodolfo Usigli "La niña de cabellos blancos" (abril de 1937), que intenta un retrato completo de la mujer mitad-ángel y mitad-diablo que fue para los hombres de su época:

> Su olorosa actitud de gato
> en momentos desaparece;
> se hace pequeña y enmudece
> y se diluye en su retrato.
>
> Las niñas bonitas que atan
> con moños blancos sus cabellos
> juegan a las canas con ellos,
> y los pintores las retratan.

Así se vuelven tiempo y arte,
y algunas tardes del verano
se charla con ellas en vano:
son su imagen y están aparte.

Así huyendo a menudo el trato
humano, el amor, el presente,
María vuela de repente
y se refugia en su retrato.

Sale de él por las mañanas
para negocios de importancia:
pero ella prolonga su infancia
atándose un listón de canas.

Sobre la palma de mi mano
caben su vida y su destino:
es la niña y es el felino,
y llora un hijo, astro lejano.

Cuando en la mujer se transforma,
su cuerpo es lánguido e inquieto;
quizás la aman en secreto
los muebles que guardan su forma.

Y cuando la nostalgia sube
a sus ojos como marea,
es Venus, quizás Galatea,
coronada por una nube.

Son su misterio y su dilema
esta felina languidez
y el retrato de su niñez;
y no existe perla o diadema

o brillantes que más la alhajen
ni le den más finos destellos

que el blanco hoy de sus cabellos,
pintado listón de su imagen.

Su cuerpo de línea etrusca
es elástico y ondulante;
posee la gracia electrizante
y sabe lo que el hombre busca.

En esta postura indolente,
cuando el deseo la circuye,
su vida no saciada afluye
y quema paulatinamente.

Mezcla el álcali con la miel
y reanima a los paralíticos;
pero tiene amigos políticos
y lee a Marañón y a Amiel.

María quisiera cambiar
el destino que la limita:
ser Valentina o Adelita
y viajar en tren militar.

Pero aunque cautiva el olfato,
y aunque su cabeza fascina
por voluptuosa y florentina,
yo la prefiero en su retrato:

cuando guarda silencio y vuela
del mundo en que acecha y razona,
y a la ternura se abandona
y ya no duda ni recela.

Cuando desdeña al fin los blancos
masculinos, el interés,
la política, y sólo es
la niña de cabellos blancos.

La antítesis de la leyenda angelical eran los rumores que corrían sobre las torturas chinas a las que se sujetaba María para fabricarse una belleza tan contundente. Si una noche aparecía con un generoso escote que dejaba ver su espalda resbaladiza de blancura, al día siguiente se murmuraba que se metía varias horas en una tina de hielos para reafirmar los músculos y limpiar los poros de la piel. Toda aparición de María era motivo de noticia, blanco de admiraciones y de envidias. Ella no aceptaba ni desmentía la amplia gama de invenciones a las que su sola presencia daba lugar; dejaba correr las imaginaciones que pretendían desentrañar su misterio.

Llegaba el momento, cuando la afluencia de visitantes rompía el círculo de intimidad, en que María optaba por dejarse ver. Muchos hombres cuya aspiración se limitaba apenas al éxtasis de la contemplación, acudían a la galería para observar, con mayor o menor disimulo, la belleza legendaria de la anfitriona. Sentada estratégicamente entre los cuadros que reiteraban su imagen, María se volvía autorretrato, apenas animado por una leve sonrisa, un brillo más intenso en los ojos y un ademán lánguido de tácita aceptación a los rostros deslumbrados por su presencia. Tenía la impasible belleza de una Arletty custodiada por los hijos del paraíso. Es difícil creer que no había en ese autorretrato más pose que la que guardaba durante horas y días, con naturalidad y benevolencia, para los pintores que se volvían así su momentáneo *alter ego*. María no posaba: se abandonaba a las miradas de los mortales con la generosidad y la crueldad que le otorgaba la conciencia de su belleza. Felipe Morales así la recuerda: "Mujer nacida para sentarse, de perfil, junto a una ventana, para oír las sonatas de Rubén Darío."

No había pose ni misterio en la belleza de María: un

simple estar, y acaso un *saber estar*, que bastaban para mantener viva la llama del culto que le profesaban. Declaró un día, en una de las tantas entrevistas que concedió, que el personaje literario que más le hubiese gustado ser era la Chrysis de la novela *Afródita* de Pierre Louÿs. Compartía con Chrysis una belleza excepcional y una simplicidad de alma que el novelista así comenta:

> El alma femenina es de una sencillez en la cual los hombres no pueden creer. Donde sólo hay una línea recta, buscan con obstinación la complejidad de una trama: hallan el vacío y se pierden en él. Pero el alma de Chrysis, transparente como la de un niño, le pareció a Demetrios más misteriosa que un problema de metafísica.

Al igual que Chrysis, exigía de sus enamorados pruebas y méritos que los hiciesen dignos de su trato. Tres crímenes le pidió Chrysis a Demetrios antes de revelarle su sabiduría amorosa. Y Demetrios los ejecutó, convencido de que "era digna de recibir ese salario inusitado porque era mujer capaz de exigirlo". Aunque las peticiones nunca llegaron al crimen, María recibía cotidianamente las ofrendas que se adelantaban a sus deseos. En una época, por ejemplo, cada mañana un fiel enamorado mandaba a su casa un ramo de gardenias que, en un vaso de plata puesto en la cabecera de su cama, perfumaban la habitación con su lánguido aroma. También era capaz de revigorizar a sus amantes con los chocolates finos que otros admiradores le mandaban para endulzar sus momentos de soledad. Pero María fue más sabia y prudente que Chrysis y se salvó del trágico desenlace de la heroína de Pierre Louÿs porque nunca padeció la esclavitud del amor, que es, según Demetrios, el único consuelo para las mujeres que suelen imponerla a sus amantes.

La voz de María es dulce y apagada y clara. Nunca jamás la oí levantar el tono por más animada que fuera la conversación. Jamás ha dicho una palabra contra alguien ni ha pronunciado voz que no sea decorosa. Para cada persona tiene una gentilísima cortesía. En las pláticas, sabe oír, cosa difícil en la mujer. Habla con deliciosa inteligencia que no deja de ser femenina. Sus opiniones sobre arte, pintura y música son puntuales y discretas,

escribe Ermilo Abreu Gómez en el más encendido de sus homenajes a María Asúnsolo. Ese tono de voz, entre mesurado y susurrado, completaba el encanto visual de María. La ausencia de aristas verbales en su conversación hacía eco a la ausencia de relieves notables en su fisonomía. Su voz redondeaba la armonía impecable de su figura. Pero algunos interpretaban su calma tonal como un signo de frialdad interior, como si ese cuerpo tan hecho para despertar las más violentas pasiones no pudiese nunca emitir una música apasionada. Hombres y mujeres se desesperaban cuando, al calor de la discusión, María enfriaba las explosiones verbales con un aleteo de la mano y un susurro a su interlocutor: "Chsss... no grites." Varios de sus amigos coinciden en que el encanto de María se hallaba en una extraña mezcla de decencia pueblerina, natural, y de confidencia de sofá, al estilo de las prestigiadas *cocottes* del siglo pasado. A la exposición surrealista que se inauguró el 17 de enero de 1940 en la Galería de Arte Mexicano, María se presentó vestida con el traje de encajes blancos que María Izquierdo pintó en su retrato de cuerpo entero de 1941. El vestido evocó, en la imaginación de los presentes, la imagen de la Dama de las Camelias, pero la esencia del personaje se cifraría mejor en una *Dama de las Gardenias:* una belleza silen-

ciosa y como aterciopelada que desprende un obstina-
do aroma de recatada blancura.

Dicen —escribió una vez el periodista José Ignacio Solís—
que María desayuna con gardenias, su flor favorita, porque
asegura cierta leyenda que esa flor —nácar y aroma—
ofrece a quien las come la frescura fragante de la belleza
eterna.

Su educación en los Estados Unidos había sembrado
en su castellano algunos errores de lenguaje que sus admiradores le festejaban como si fueran muestras de ingenio. Pero su manera de hablar se volvió famosa por el
uso de los diminutivos, que solían ser el fuero de la expresión popular antes de que la izquierda literaria los
convirtiera en muletilla estilística. Muchos de los que
frecuentaban la GAMA recuerdan a María por su célebre
"¡Salucita!" a la hora de brindar por la amistad o el amor.
En los primeros años de la década de los cuarenta,
época del gran esplendor de la GAMA, María llevaba una
vida más ordenada de lo que los testimonios periodísticos de la vida social y cultural de México dejarían suponer.
Reservaba las mañanas a los pequeños ritos íntimos: al
despertar, le traían a la cama un plato de papaya que
invariablemente dividía en tres partes: la primera se la
comía, la segunda se la untaba en la cara, y destinaba
la tercera a su perrito, el objeto más constante de sus
favores y afectos. Luego, le pedía a la joven María Vara,
una sobrina que le ayudaba en la galería, que tomara su
guitarra para iniciar la ceremonia de las serenatas matuti-
nas. Marcaba un número en el teléfono, saludaba al elegi-
do y anunciaba: "Ahora te van a cantar tu cancioncita."
Pasaba la bocina a su sobrina, y ésta con una voz melo-
diosamente circunstancial, entonaba el siguiente bolero:

María Asúnsolo. "¿Cuál ha sido tu día más feliz? Ella, entrecerrando los ojos, me dice: noches."

David Alfaro Siqueiros, ca. 1936.
"El primero en enfermarse de asunsolitis."

Siqueiros: María de niña, 1935.
"Nadie sabe mucho de su infancia."

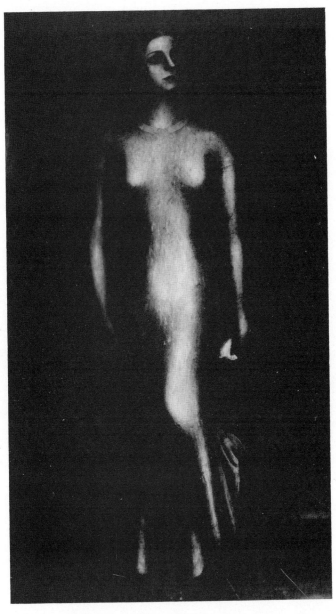

Siqueiros: María Asúnsolo bajando la escalera, 1935.
"...el vestido largo la ciñe como un guante de metal dúctil y luminoso."

Manuel Álvarez Bravo: María Asúnsolo. "Más que pudor, tenía malicia para enseñar su cuerpo."

Juan Soriano: Retrato de María Asúnsolo, mujer y niña, *1941.*

María Izquierdo: Retrato de María
Asúnsolo, *1942.*

Diego Rivera: Retrato
de María Asúnsolo, *1948.*

Federico Cantú: Retrato
de María Asúnsolo, *1946.*

Gisèle Freund: María Asúnsolo. *"...nacida para sentarse, de perfil, junto a una ventana para oír los sonetos de Rubén Darío."*

Mario Colín.
"*María fue su coronación*
y su cruz."

María Asúnsolo con Ninfa Santos, 1989.
"*...todavía olorosa a un perfume incoercible.*"

Yo sé que en los mil besos
que te he dado en la boca
se me fue el corazón;
y dicen que es pecado
querer como te quiero,
quizás tengan razón.

Pero qué ha de importarme
todo lo que me digan
si no te he de olvidar,
que si es pecado amarte,
yo he de vivir pecando
por qué lo he de negar:
te he de seguir amando,
te seguiré besando
aunque me vuelva loca;
hasta que me devuelvas
el corazón que en besos
yo te dejé en la boca.

Al terminar el gallo telefónico, María tomaba de nuevo
la bocina y se despedía: "¡Adiosito! Que pases un buen
día", antes de marcar otro número para repetir el saludo y
el bolero, hasta agotar la lista de los festejados. A continuación se iniciaba la ceremonia del baño de tina, solitario o eventualmente acompañado por un amigo tempra-
nero, y María quedaba lista para salir a la calle o atender
a las primeras visitas. Un promedio de 12 personas caían a
diario a comer, cada quien a su hora y con su respectivo
apetito; eran, en su mayoría, pintores diversamente des-
amparados que se sentaban por turno a la mesa de María, servida con sencillez porque el dinero no sobraba,
pero siempre puesta para sus amigos y protegidos. Las
más de las veces, María los acompañaba y los escuchaba
entusiasmarse o quejarse, pero si se le antojaba, también

se retiraba a su cuarto para disfrutar un rato de soledad. Nadie se ofuscaba ni se movía de su lugar: si Dios se había retirado a descansar después de la Creación, ¿cómo María no iba a necesitar momentos de reposo en la cotidiana creación de sí misma?

El empeño de María Asúnsolo por hacer de su galería un centro de la vida cultural capitalina y un puerto para los artistas del continente no aminoraría sus esfuerzos por sacar al arte mexicano fuera de los muros consagrados. En agosto de 1941 movilizó sus energías y su encanto para llevar, por primera vez en la historia del país, una exposición de pintura contemporánea a la provincia mexicana. Puebla fue la sede de la Semana Cultural que María capitaneó con el concurso de la recién creada Liga de Escritores y Artistas Poblanos y el auxilio de políticos locales y capitalinos. Aparte de sus endémicos pintores, cuyas obras se exhibieron en el Hospicio de Puebla, llevó consigo a un séquito de conferencistas, "los más altos representativos de la intelectualidad mexicana", que se encargaron de coronar "esos días inolvidables, de contemplación y de éxtasis artísticos". Alfonso Reyes inauguró el ciclo organizado en la Universidad de Puebla con una conferencia titulada *Marsyas, o del tema popular*, no sin antes haberse congratulado de visitar la tierra natal del señor Presidente. José Bergamín planteó a la concurrencia poblana "hondas interrogaciones sobre los conflictos del hombre contemporáneo". Ermilo Abreu Gómez, con su "agudeza y amplitud de visión literaria", habló de sor Juana Inés de la Cruz; Luis G. Basurto y Manuel Rodríguez Lozano, del arte mexicano; Rodolfo Usigli, del teatro nacional, y el profesor Genaro Ponce, "ilustre catedrático de la Universidad de Puebla", del arte precortesiano.

Acerca del desempeño de María, la prensa comentó bajo la pluma seudónima de Syrio:

Nunca será suficiente el elogio para el dinamismo de la señora Asúnsolo, puesto todo al servicio de esta noble idea. Ella personalmente se preocupó por invitar a pintores a que enviaran sus cuadros a esta exposición; ella personalmente facilitó los cuadros pertenecientes a su galería, la GAMA; ella personalmente entrevistó al ingeniero Marte R. Gómez para que facilitara dos cuadros de Diego Rivera —único pintor que se negó a facilitar alguna obra suya para este fin—; ella también consiguió que los señores Griffith —de la Wells Fargo— y Blumenthal prestaran el tercer cuadro de aquel pintor, y ella, también personalmente, obtuvo ayuda decidida de los señores César Martino y Pascual Gutiérrez Roldán para obtener algunas obras más.

María cumplió su papel de embajadora de las artes con la discreta omnipresencia requerida para el cargo: posando para las fotografías oficiales, sonriendo a todos los diputados, senadores y gobernadores que llegaron a rendirle sus homenajes, y declarando con el esmero de un diplomático de intachable carrera:

Mi primer saludo al llegar a esta bella e histórica ciudad es para los estudiantes, a quienes ha correspondido siempre captar los altos valores del espíritu. El propósito nuestro es ofrecer a los cultos habitantes de Puebla las expresiones modernas de la cultura. Hemos hecho todo lo posible para realizar una exposición de Pintura Contemporánea Mexicana, sin precedentes hasta ahora en nuestro país. Las ilustres personalidades que colaboran desinteresadamente en esta Semana Cultural, organizada por la "Liga de Escritores y Artistas Poblanos", son por sus antecedentes, por su capacidad intelectual y reconocido valor, dentro y fuera de Méxi-

99

co, una garantía para señalar rumbos nobles y auténticos en estos momentos de desconcierto que vive América. Más que nunca, los intelectuales de este Nuevo Continente tienen el deber ineludible de aportar generosamente —en bien de las futuras generaciones— toda la capacidad de su pensamiento.

Si la conflagración mundial impedía las largas travesías para los cuadros mexicanos, la experiencia de Puebla se repitió al otro lado de las costas caribeñas, en La Habana de Grau San Martín. El embajador mexicano en Cuba, José Ángel Ceniceros, tuvo que ceder parte de su representación a la recién entronizada "embajadora de las artes de México" por parte de la Secretaría de Educación Pública. Él mismo la presentó como "el guión, el gallardete del grupo cultural y la reina de esta colmena de artistas y periodistas". A principios de abril de 1942 atracó en el muelle San Francisco el yate presidencial *Orizaba*, cargado con la colección de pinturas de José Clemente Orozco, la conocida muestra de arte contemporáneo y unos 50 000 volúmenes destinados a la Feria del Libro que se inauguraría el día 4 en el Parque Central de la vieja Habana. Entre los artistas que asimismo transportó la colmena naviera de Ávila Camacho desembarcaron, un poco pálidos y mareados por la travesía, Alfonso Reyes, Antonio Castro Leal, Carlos Pellicer, Salvador Toscano, Federico Canessi y Luis G. Basurto, el alma gemela de María Asúnsolo en los preparativos de la expedición cultural. Sólo faltaba el *Doctor Atl:* "No pudo venir el pobre —aclaró María a los periodistas reunidos en el muelle—. El Paricutín tuvo un volcancito y allá se fue a verlo." La expedición semejaba un primer ensayo para exhibir el esplendor secular de México.

Hubo inauguración oficialísima por parte del presidente de la República de Cuba, intercambio de banderas ofrecidas por las respectivas primeras damas, números musicales a cargo de la Orquesta Típica de Policía de México y de la Banda del Estado Mayor cubano, oradores improvisados y profesionales, cena en el Tropicana y recepción en la residencia de México; paseos, charlas, café, ron, risas, aplausos, bailes y emotivas palabras de gratitud. "Fue un éxito indiscutible para México", concluyó el balance periodístico.

María no llevaba maletas de baratijas lisonjeras: sólo cargaba su propia leyenda y cierta imagen de México que casualmente embonaba con la imagen que México deseaba ofrecer de sus bellezas naturales y culturales. Los periodistas no escatimaron imaginación para expresar la fórmula que sintetizara la feliz coincidencia: "Madame Recamier de rebozo de bolita", "la ganadora de voluntades, el espíritu mexicano quintaesenciado en La Habana", "mujer de valer, bella mexicana en la que concurren por igual talento, fineza y personal distinción", "el simbolismo vivo del más puro mexicanismo", "la bellísima artista azteca", "la verdadera y única 'María Bonita' de México", y hasta hubo quien aseguró: "¡Es más bonita que Dolores!"

Después de la partida de la expedición mexicana, un cubano publicó las siguientes recomendaciones a un hipotético viajero:

> [...] Inmediatamente que deshagas tus "velises", te comunicas con María Asúnsolo. ¿Te acuerdas de ella, no es cierto, cuando estuvo en La Habana hace unas semanas como Embajadora de Arte durante la celebración de la Feria del Libro Mexicano? Pues bien, no dejes de visitar a esta linda dama en sus salones de la GAMA, que es el sitio obligado de

101

artistas e intelectuales. María Asúnsolo, que es tan inteligente como bella, y con esto que digo podrás apreciar lo inteligente que es esta mujer excepcional, te presentará a los grandes pintores de México, a los literatos de más apreciadas y buscadas firmas, a los generales con los más pulidos, dorados y brillantes entorchados; a los músicos más aplaudidos y escuchados. Y también tendrás ocasión de conocer a los jóvenes que se encuentran en sus comienzos, casi balbuceando por la ruta dura y agotadora del arte, a esos magníficos ilusos que no logran conectarse todos los días con el obligado condumio cotidiano: pobres gentes que llevan en el corazón y en el cerebro todo un mundo de esperanzas.

El éxito de la expedición desencadenó una serie de invitaciones para que la pintura contemporánea de México siguiera su *"tournée* por América del Sur". La idea, que empezó a divulgarse en la prensa en 1943, consistía en añadir en cada capital anfitriona una exposición local que acompañara a la mexicana en los sucesivos países, hasta finalizar, de regreso a México, en una "Gran exposición de la pintura contemporánea continental". La GAMA y su insustituible dueña fungirían como eje aglutinador del proyecto continental. María, tras los pasos de Vasconcelos, iría a capitanear la cultura de México en el continente sudamericano. Después del águila, volaría la paloma blanca y dulce sobre el Amazonas y los Andes... México había encontrado en María una *rara avis*, más apropiada que la belicosa rapaz de antaño, para adornar las insignias de sus conquistas culturales.

Pero la paloma no era tan blanca como la pintaban los emisarios de la diplomacia oficial: también era "rojilla", tal el picaflor de Neruda:

fuego
emplumado,
minúscula
bandera
voladora,
pétalo de los pueblos que callaron,
sílaba
de la sangre enterrada,
penacho
del antiguo
corazón
sumergido.

En realidad, lejos de imaginarla como un picaflor, Neruda la había bautizado "la mujer macrocósmica", porque a sus ojos engolondrinados por su belleza, María conjuntaba todos los atributos de la feminidad por antonomasia. Junto con el poeta chileno, María se "adhería" a cuanta convocatoria lanzara la izquierda marxista, ortodoxa y todavía estalinista de los años cuarenta. Era una época de grandes coincidencias. Por efecto de la guerra, podían concurrir en un "Homenaje a Rusia" (29 de enero de 1943) 160 intelectuales representantes de asociaciones tan diversas como la Comisión Española de Ayuda a la URSS, la Sociedad de Escritores Marxistas, el Consejo Nacional Antifascista, la Sociedad de Amigos de la URSS, el Pen Club, El Colegio de México y otros organismos divulgadores de la cultura. Era difícil distinguir entre las organizaciones subsidiarias del Partido Comunista Mexicano y las simplemente antifascistas o partidarias de los Aliados. Era casi improbable ser intelectual y no ser marxista, o no participar de la ilusión soviética que, por lo demás, estaba siendo amenazada por el nazismo alemán. Gracias a esta conjunción de nobles causas, los mani-

103

fiestos y los actos públicos de 1943 reunían casi sin excepción a cuanta cabeza pensante y creadora existiera en el país o residiera, voluntariamente o no, en México. Pero también es cierto que el comunismo de María no se inició con el estallido de la guerra, aunque como en muchos otros casos, se intensificó con él. El suyo era uno que coexistía con una fundamental disposición a la bondad que cristalizó —porque éste fue el signo de su época— en un comunismo con tintes de cristianismo herético. Para mujeres como María Asúnsolo, el ejercicio de la solidaridad humana ya no podía encajar, sobre todo a causa de la liberalidad de su vida privada, en el molde de la tradición cristiana. Independientemente de la aparición de David Alfaro Siqueiros en un momento crucial de su vida, la derivación de una educación cristiana y burguesa en un comunismo bastante ortodoxo era previsible y compartida por otras mujeres de sus tiempos y de su condición. Cambiaba el nombre de la causa por la cual se tenían tales actitudes, pero no la naturaleza de esos comportamientos. Por ejemplo, María acostumbraba visitar a los presos en las cárceles capitalinas. ¿A título de qué lo hacía? ¿Para socorrer a los marginados como antes las esposas de Jesús curaban a los apestados, las damas de buena sociedad visitaban los orfanatos y daban una limosna dominical a "sus" pobres, o como el Bloque Nacional de Mujeres Revolucionarias tejía para los rusos? Había algo desafiante en hacerlo en nombre del comunismo internacional, en ir a meterse, ya no a un orfanato o a un hospital, sino a una cárcel donde la promiscua población masculina llegó a alucinar las visitas de María como las apariciones de un ángel. Desafiaba a los marginados con la misma dulce elegancia con que desafiaba las crónicas sociales. Y en ambos círculos se sabía ganar la aquiescencia, que iba del silencio al respeto. Llevaba el consuelo en sus labios sonrientes de la misma manera en que, cuando embajadora de las artes, cargaba a México en sus hombros de elíptico marfil.

Otro retrato de su galería se debe al falsificador Enrico Sampietro, quien, en la cárcel de Lecumberri, inició su rehabilitación copiando, ya no las efigies monetizadas de los distintos países donde ejerció sus dotes de grabador, sino la célebre fotografía de María tomada por Gisèle Freund. El excelente grabado de 1951, además de su legendario valor, es la única pieza ausente de la galería de retratos que cedió María al MUNAL: a pesar de sus reiterados esfuerzos por adquirirlo al precio que fuere, nunca logró convencer a su propietario de que ella era la legítima depositaria del *copyright*.

Otro tipo de homenajes, no tan artísticos como el de Sampietro, recompensaron sus visitas a Lecumberri. Una noche que, acompañada, regresaba a su departamento del Paseo de la Reforma, María encontró a un hombre tendido en la acera, justo frente al portón de vidrio y hierro forjado que daba entrada al edificio. Apenas el hombre reconoció los tobillos de María, levantó la mirada hacia la diosa que sostenían, dio un salto y se abalanzó sobre ella para jurarle amor eterno, en una forma tal vez no tan romántica como estas palabras lo sugieren. El acompañante de María, un escritor de proverbial elegancia en todas sus formas de expresión, se lanzó a su vez sobre el desconocido para separarlo de María y contener sus muestras de idolatría que, de pasada, lastimaban su amor propio y su refinado código amoroso, a su dama. Entre el estruendo de las declaraciones de amor que el hombre vociferaba, el escritor inquirió sobre la identidad del apasionado: era un ex preso que María había socorrido con la miel de sus visitas a Lecumberri. Quizá habían pasado años en que, noche tras noche, entre la podredumbre de su celda, el hombre había sobrevivido al infierno carcelario gracias al recuerdo de su ángel dominical. La miel de María le había suavizado ese "espeso sabor de trapo" que por las mañanas seca la boca de los presos. Su recuerdo había sido un antídoto al miedo

> con polvoriento sabor a tezontle, a ladrillo centenario, a pólvora vieja, a bayoneta recién aceitada, a rata enferma, a reja que gime su óxido de años, a grasa de los cuerpos que se debaten sobre el helado cemento de las literas y exudan la desventura y el insomnio,

como lo describe Álvaro Mutis en su *Diario de Lecumberri.*

Lo que ahora el ex reo le viene a ofrecer a María, sin los modales, sin los regalos, sin las bellas frases de los habituales feligreses del departamento 8, es una rendición total, salvaje y apestosa. Y así lo entiende el escritor, que se niega a llamar a la policía y que, antes de entrarle a los golpes limpios (por lo menos, los que intentan propinar sus finas manos), le grita a María: "¡Éste no es un delincuente! ¡Es un rival!" Pero el rival estrella al escritor contra el portón y todo el donaire del enfrentamiento revienta en el asfalto con la lluvia de vidrio y de sangre que cae sobre los dos cuerpos. María y su pluma desafiante se suben corriendo por las escaleras y se encierran bajo triple llave en la recámara en disputa. El bárbaro fanático está ahora en la sala vomitando sus gritos de amor desesperado, golpeando la puerta que lo separa de su diosa e insultando al sacerdote que la custodia. Al fin, después de un buen rato, llega la policía para cesar el escándalo. Una vez más, el escritor puntualiza como el Quijote ante los molinos de viento: "¡No es un delincuente! ¡Es mi rival!" Pero la policía, que nunca entendió de sutilezas, se lleva al nazareno irreverente. ¿Habrá regresado ese mismo día al ergástulo en que nació su fe apasionada?

Una sola vez pretendió María permanecer en la cárcel de Lecumberri. No era para cumplir lo que las malas lenguas llamaban sus "visitas conyugales", sino para servir de rehén a cambio de una noche de libertad —era la Nochebuena de 1941— para el pintor Manuel Rodríguez Lozano. El robo de unos grabados de Durero en la Escuela Nacional de Artes Plásticas, cuya dirección ocupaba Manuel Rodríguez Lozano, había sido el motivo de su encarcelamiento, injusto castigo por un hurto que no había cometido. En una actitud no carente de cierta nobleza o de inexplicable sacrificio, Rodríguez Lozano había asumido la responsabilidad del delito para proteger a su real autor: el talentoso Tebo, a quien Rodríguez Lozano enseñaba indistintamente las artes pictóricas y las amatorias. María Asúnsolo formaba parte del círculo de damas cuya amistad Rodríguez Lozano cultivaba con su peculiar estilo de devoción sincera y de interés rayano en el arribismo social. Sensible a la belleza, era probable que lo fuera a la de María, pero también que la GAMA representara para él un escenario propicio para ejercer su seducción con los políticos en turno, los o las mecenas del momento, e incluso para presentar a sus protegidos debidamente pigmalioneados con la flor y nata de la sociedad mexicana. Lo cierto es que su amistad con María Asúnsolo fue duradera, asidua y correspondida, si se ha de juzgar por el ofrecimiento de María de quedar como rehén a cambio de una noche de libertad para el pintor engayolado. Parece que la dirección del penal no accedió al intercambio y que María acabó por organizar *in situ* una cena de Nochebuena con algunos amigos del pintor en momentánea desgracia.

María no fue la primera mujer (ni sería la última) en conocer *la nostalgia del lodo,* una variante del *radical chic* que consiste, a grandes rasgos, en rozarse con la canalla. No hay en esta tendencia ninguna voluntad de desclasamiento, tampoco de reafirmación de pertenecer a un grupo social más refinado. Visitar las cárceles, pasar una noche en un cabaret de mala muerte o proclamarse amiga de los soviets traducían antes que nada una necesidad de perturbar un orden social e íntimo con un desajuste visual. Cuando aparecía en las crujías de Lecumberri o atravesaba la sala de Las Veladoras, de La Jungla o del legendario Leda, la sola presencia física de María en un ámbito genéricamente canallesco producía una alteración tan viva como momentánea de la realidad. Si es comprensible el efecto social de los comportamientos de la Izquierda Exquisita, como la bautizaría Tom Wolfe en la década de los setenta, la parte más misteriosa de este desajuste, casi podría decirse de esta incongruencia visual, está en la alteración interior que provoca. A pesar de la casi irrestricta libertad con la que ciertas mujeres llevan su vida, subsisten en ellas ciertos impulsos de hacer cimbrar continuamente un orden más íntimo que social, poniéndose a sí mismas en situaciones de incongruencia física. ¿Qué experimentaba María, tan dueña de su belleza y de su personalidad, tan asegurada en su pedestal de diosa terrenal, cuando su perfume abría un reguero de luz entre la sordidez de la canalla? ¿Se sentía compasiva, diferente, enaltecida? Aventuraría que, en el trasfondo de estos sentimientos reconocibles, había el difuso goce de romper la imagen que se había conquistado, de verse a sí misma como una incongruencia, de desajustar su identidad aunque fuera por unos instantes. En pocas palabras, de permitirse el juego de ser siempre la misma para conocer la tentación de ser muchas otras.

Simultáneamente a los zarpazos ideológicos, María recogía las garras al contestar una encuesta pública sobre "la mejor arma de defensa de la mujer". Frente a las previsibles respuestas de las damas de sociedad que apelaban a la ternura, a la bondad, a la inteligencia o a la juventud, María ironizó con su habitual semitono: "¿La mejor arma de defensa...? pues, su indefensibilidad, precisamente..." Seguían las explicaciones:

Yo no sé si el hombre es superior a la mujer. Es muy posible que así sea, pero lo exacto es que él lo cree de esta suerte... y cuando uno es poderoso, ¿no resulta encantador inclinarse protectoramente sobre los demás? A veces pienso que las mujeres modernas hemos efectuado un pésimo negocio. Nos iba mucho mejor cuando dependíamos enteramente del hombre. A éste le gusta mucho más ofrecer que compartir.

Más allá de las concesiones al género, María expresaba en esas líneas algo de sus íntimas convicciones y, sobre todo, su verdadero comportamiento con los hombres. Su balance sobre las relaciones entre los sexos anticipaba el desencanto del feminismo que, a partir de los años ochenta, seguiría a la euforia de las conquistas: la libertad ganada no había servido sino para empeorar, en algunos aspectos, la condición de la mujer, que así entró al reino de las dobles jornadas. Si María nunca dependió de los hombres y, al contrario, logró invertir en su favor el signo de la dependencia, la estrategia consistía en una dulce y aparente sumisión y la retórica, en el epítrope ironizado, es decir, en darle simultáneamente coba y soga al adversario.

El novelista Rómulo Gallegos, al igual que muchos otros escritores continentales y nacionales, sucumbió ante la "undécima musa" de México cuando visitó el país en 1943, para la filmación de la película inspirada en su obra *La trepadora*. "El famoso escritor venezolano Rómulo Gallegos suplicó repetidas veces a María Asúnsolo que fuera hasta los estudios para que se le hiciera una prueba, a fin de saber si su ingreso al cine mexicano podía volverse un hecho", comentaba la prensa, al mismo tiempo que la interrogación sobre el posible ingreso de María al reino de las estrellas cinematográficas llenaba los titulares. Tal vez su estrecha amistad con Dolores del Río ayudaba a creer que ella seguiría los pasos de su prima. Sobre el punto, María contestó al entrevistador Raúl Horta:

Desde luego, para mí sería una gran satisfacción alcanzar éxitos elogiables en el cine, y sería un absurdo que desdeñara una buena oferta que me permitiese lograrlo. Pero contra estos futurismos envidiables se yerguen dos obstáculos inmensos: primero, que yo nunca he actuado, tanto en el teatro como en el cine... Y segundo, que hay ciertas personas QUE NO PUEDEN fracasar, y yo soy una de ellas.

En otra ocasión, ella había manifestado el origen peculiar de su sentimiento de seguridad. En un artículo titulado "María Asúnsolo y su aura" se le atribuyen las siguientes afirmaciones:

Tengo constantemente la seguridad de que he de salir bien de cuanta empresa quiera llevar a cabo. Es curioso comprobar cómo esa confianza en mí misma conduce las cosas

110

por el mejor camino e influye en las voluntades ajenas. En los instantes de peligro me parece oír una voz que repite a mi oído: *Nada malo puede ocurrirte*... Me he visto metida en balaceras, en altercados, en mil situaciones difíciles... Salvarme de ellas ha sido casi milagroso... Estoy convencida de que el día en que deje de oír esa voz todas las calamidades del mundo caerán sobre mi cabeza...

La seguridad de María Asúnsolo, aparte de esa voz que le susurraba al oído, provenía de la renuncia a las empresas en las que cabía la menor posibilidad de fracaso: no arriesgaba, sólo comprobaba que la realidad se adecuara a su imagen. Tenía la sabiduría de nunca meterse en una situación de la cual pudiera salir disminuida: era una forma de mantenerse siempre a la altura de su perfección calculada. Es muy probable que ésta fuera la razón de peso que la detuvo en el umbral de la industria cinematográfica. Lo es también que María hubiese resultado una mala actriz: su belleza era demasiado estática para lucirse en movimiento ante las cámaras. Sus incursiones en la cinematografía tomaron otras sendas: en una época trabajó con el general Azcárate en el noticiero EMA (España-México-Argentina) consiguiendo anuncios publicitarios. También ofrecía su casa para que se leyeran guiones o se conversara de proyectos de películas; era una manera de atraer posibles compradores a la GAMA y de refrendar su legendaria hospitalidad. Por lo demás, su complicidad con Dolores del Río —una de las mujeres que estuvieron más cerca de ella— la volvía asidua a la mundanidad y a los ambientes del cine mexicano, que vivía en esos años su llamada "época de oro".

Las otras artes también le rindieron tributo: en mayo de 1944 se estrenó en el Anfiteatro Bolívar, con la Orquesta de la Universidad Nacional, el poema sinfónico de José María Velasco Maidana dedicado a María Asúnsolo. El músico boliviano tenía en su haber el siguiente itinerario vital:

Estudiante de música en Buenos Aires, cineasta y bailarín, soldado en la guerra del Chaco, autor de vastos poemas sinfónicos basados en leyendas y temas de las viejas culturas incas, fundador de la Sinfónica Nacional de La Paz y director de sus propias obras en Alemania y Nueva York, llegó en 1943 a México, donde al año siguiente estrenó su famosa sinfonía *María Asúnsolo*, inspirada en la vida y personalidad de la conocida protectora de las artes y los artistas.

El Chávez boliviano era el único compositor en el mundo que

había escrito una parte especial para pistola; este "instrumento" interviene rítmicamente en los pasajes culminantes de la obra, dándoles un sabor especial que ni los más furibundos dadaístas y cubistas de la primera posguerra se habían atrevido a utilizar para efectos de ruidos sonoros.

La biografía musical de María Asúnsolo fue descrita por Demetrio Aguilera Malta en la revista *Estampa*:

En seguida comienza el relato de la existencia de María Asúnsolo. La gestación se inicia con un grave, confiado, de violoncellos y contrabajos. Viene, después, el nacimiento en un *allegro* a toda orquesta. Siguen los juegos infantiles, con un *scherzo* a 6/8, predominando las maderas y los pizzicatos de cuerda. Continúa la edad romántica, en adelante, pastoril, con diálogos de corno inglés y canto de violín concertino. Hasta aquí el mundo parece sonreír, parece llenarse de dulces promesas. Pero llega la llamarada de la Revolución y todo lo arrebata. En *allegro* se escuchan los clarinetes y, superpuestos, temas mexicanos de *La Valentina*, la *Adelita, Zacatecas...* De pronto, hay un instante de silencio. Entre un fondo de timbales que contrasta con las melodías anteriores, se escuchan cinco disparos. Ha muerto el padre de María Asúnsolo. Se esfuma la edad temprana de la alegría y de la esperanza. La orquesta empieza a modular su acento de duelo, de dolor y de angustia. El *leitmotiv* del destino se encadena con las notas más profundas. Ahora la música se hace más honda y apasionada. Se trata de bucear en el alma de María Asúnsolo. De conocer el secreto de la fuga en mundos internos; el porqué de su extroversión para olvidar la tempestad de sus recuerdos; el porqué de la fiebre artística que la nutre de esperanzas. El poema sinfónico se va tornando estático. Ya no pretende hacer relato; quiere más bien retratar, precisar, en forma rotunda, los perfiles helénicos de ella y los perfiles de cuanto la rodea. Sí. Ésta es María Asúnsolo. Éste es su ambiente. Aquí están sus cuadros, su café negro, su Mero. Éstos son sus pintores, sus poetas, sus amigos. Ésta es su frente tersa en la que las escasas canas elegantes hacen brillar mejor su cabellera rubia. Ésta es su voz cálida que dice: ¡Salucita! [...] El poema termina como una interrogación a una vida que todavía está fluyendo, mientras se desvanece el tema de *Adiós, Mariquita linda...*

Imposible adivinar a través de esta descripción si los mayores logros de Velasco Maidana fueron musicales o biográficos.

Como en los tiempos del gran éxito social de Oscar Wilde —comentaba la prensa mexicana— en los que al pie de las invitaciones para cualquier té de cualquier Lady se insertaba una frase: "Asistirá Mr. Oscar Wilde", podría tomarse ahora para nuestro medio la curiosa ocurrencia anunciando la presencia de María Asúnsolo en los actos sociales, como garantía de brillantez y de categoría.

En efecto, en la década de los cincuenta el nombre de María Asúnsolo, antes reservado a las exposiciones de arte y a los manifiestos comunistas, empezó a avalar toda suerte de actos públicos, desde un baile de máscaras hasta los comités pro paz en la época de la Guerra Fría. En adelante, ella se dedicaría a perpetuar, con sus múltiples apariciones públicas, el eco de su nombre y la silueta de su mítica figura.

La GAMA cerró sus puertas a causa del auge de otras galerías, más profesionales que el diletante protectorado de María Asúnsolo, y también porque el edificio Anáhuac estaba bajo amenaza de demolición. María se refugió en el Pedregal, una colonia "de moda entre los ricos con o sin méritos", en una casa que le construyó un amigo suyo, el joven arquitecto Guillermo Rossell de la Lama. La publicidad del nuevo fraccionamiento, Jardines del Pedregal de San Ángel, "un lugar ideal para vivir", ofrecía una vista panorámica de "la entrada a la residencia de la señora María Asúnsolo". Una vez más, su nombre era una garantía de lustre inmobiliario.

María había rebasado los 50 años, que ella misma transformó en unos "sin cuenta". La edad aún no le había hecho mella, y sin embargo, le entró una curiosa inquietud: quiso casarse como quien se prepara una anticipada jubilación, un retiro en una jaula de oro donde, por supuesto, ella seguiría con la voz cantante. Entre todos los posibles aspirantes escogió a Mario Colín, el más devoto de su parroquia. Originario del Estado de México, allí hizo su carrera política en los campos de la cultura y de la educación. Allí también haría su fortuna, que invirtió en un rancho de varios cientos de hectáreas. Aunque de suaves modales, su físico no sólo desentonaba frente a la belleza de María sino que nadie nunca supo cuál era su atractivo. La imagen de la pareja se antojaba una nueva versión de la Bella y la Bestia. María fue la coronación y la cruz de Colín. Pasó sus años de matrimonio entre una devoción sin límite al culto de su esposa y una angustia sin freno por el temor de perderla. En un tono que pretendía ser burlón pero que sonaba trémulo de rendición, invitaba a los visitantes a recorrer el "asunsolario", que era la galería de retratos de su amada. Se pasaba noches enteras inquiriendo por teléfono a las amigas y a los amigos de su esposa sobre el amor que ella le tenía, mientras María dormía tranquilamente en el silencio sin dudas de su recámara.

Al mismo tiempo que intentó borrar el pasado de María destruyendo, por ejemplo, partes de su archivo, editó en 1955 un libro en homenaje a su "dama plateada". El colofón reproduce un detalle de un dibujo de Jesús Escobedo: los pies de María, que aparecen así como un motivo mortuorio debajo del cual el mismo Mario Colín redactó el siguiente epitafio:

María Asúnsolo ha sido durante mucho tiempo una de las impulsoras más generosas de la Pintura Mexicana Moderna. Con tal motivo y al cumplirse en 1955 los veinte años de haber sido pintado su primer retrato, como un homenaje publico este libro.

Sepultó así, bajo las apariencias de un devocionario, las imágenes heréticas que evocaran la libertad y la liberalidad con las que María había vivido su primer medio siglo. Subsistieron las estampas angelicales de María, vuelta etérea por las plumas de Ermilo Abreu Gómez, Isaac Rojas Rosillo y Alfredo Cardona Peña, alabada por los poemas de Rodolfo Usigli y Regino Pedroso, y beatificada

115

por el arte de sus retratistas. Un verdadero exorcismo que, de todas formas, no aplacó los demonios interiores de su autor, ni logrará jamás sustituir un perfume de gardenias por un olor a santidad.

En dos ocasiones la prensa intentó sabotear la idílica imagen que Mario Colín se esforzaba en construirle a su venerada esposa. La primera fue en julio de 1950, a raíz de las estruendosas denuncias de Luis N. Morones sobre agentes de la infiltración soviética en América. El Departamento de Estado norteamericano había proporcionado al gobierno de México una lista de nombres, pero nunca se supo si la lista "oficial" coincidía con la de Luis N. Morones, que se publicó en la revista *Zócalo* con su galería de retratos. Las dos únicas mujeres que aparecen entre la docena de comunistas probables e improbables son María Asúnsolo y Eulalia Guzmán. El comentario que acompaña la célebre fotografía hecha por Gisèle Freund resume: "Primero por esnobismo, luego por amor al coronelazo Siqueiros y más tarde por costumbre, la musa canosa del arte mexicano insiste en convencer con sonrisas de que sí existe el paraíso rojo." La rodean Narciso Bassols, Vicente Lombardo Toledano, Martín Luis Guzmán, Efraín Huerta, Jesús Silva Herzog, Isidro Fabela, Marte R. Gómez y Luis Garrido, entre otros diablillos rojos pagados por el oro de Moscú. La denuncia se remató con el Primer Congreso contra la Intervención Soviética en América Latina, celebrado en el teatro Cervantes con las actuaciones de Tongolele, Brenda Conde, Kumbra y otras artistas del género chico. El ingeniero César Martino hizo, en la revista *Hoy,* una fuerte crítica del acto que siguió a los bailes exóticos, en el cual el "Judas Morones" exhibió otra clase de desnudez:

Mostrando su desnudez, sólo que de ética y ayuna de patriotismo, y encabezados por un conocido traficante de la política mexicana, un grupo de despechados políticos de varios países de América se dieron a la tarea de atacar al gobierno y a los funcionarios de México con excepción, claro está, del Presidente de la República y de su Secretario de Gobernación, quienes fueron perdonados por la módica suma de quince mil pesos, que según confesión del organizador de este sainete, había recibido a cuenta de cantidad mayor.

Más adelante, el articulista se refería a María Asúnsolo en particular, calificando de "estúpida ceguera" la acusación lanzada por Morones. Añadía:

María Asúnsolo es una de las mujeres más queridas y admiradas de México. El comunismo de María lo fundan en su amistad con las gentes de izquierda y en la ejemplar lealtad que esta mujer guarda para sus amigos. Su protección femenina y maternal a todos los artistas mexicanos le tienen formado un lugar especial en la gratitud del mundo artístico mexicano.

Años después, en enero de 1963, María se vio favorecida por otro defensor menos previsible que César Martino, el amigo de toda la vida. En una querella política con el general Lázaro Cárdenas acerca de la nueva central campesina y el comunismo internacional, el ex presidente Emilio Portes Gil llegó a declarar a la prensa mexicana:

Para mí son muy respetables, aunque me han combatido y me han insultado, Alfaro Siqueiros, Campa, Bassols, Lombardo Toledano, Jorge Carrión y tres grandes damas mexicanas que también son comunistas: doña Clementina Batalla de Bassols, la doctora Esther Chapa y la bellísima gran mujer mexicana María Asúnsolo, porque no niegan su credo y han tenido el valor de pregonarlo.

Coco de Morones o Mariana de los comunistas, lo cierto es que María Asúnsolo tenía a más de un defensor en su manga. Que fuera o no comunista, que fuera o no agente de la intervención soviética en América Latina, a nadie le importaba: María era, antes que nada, *bellísima*...

La segunda ocasión en que la prensa intentó mancillar su estampa angelical fue cuando asesinaron a su esposo Mario Colín. Oscuras y absurdas sospechas cayeron sobre María. Un nutrido grupo de artistas e intelectuales le manifestaron su apoyo en desplegados periodísticos que aseguraban rotundamente la inocencia de María. A la muerte de su esposo sucedió la de su hijo, víctima de un paro cardiaco a consecuencia de violentos interrogatorios policiacos sobre el asesinato de Mario Colín. Fueron los peores golpes que le asestó la vida. Sin embargo, aparentemente, María no se doblegó y resistió las desgracias con la misma entereza con la que antes había recibido las bonanzas. La suya es la fortaleza del junco y, sobre todo, una lisura de alma sobre la que los sucesos y los sentimientos se deslizan sin dejar cicatrices visibles.

A sus más de 80 años, María vive en su refugio de Cuernavaca haciéndole pocas concesiones al pasado, instalada en un presente que siempre ha sido su tiempo. Vació su casa de prácticamente todos los recordatorios de su imagen de antaño: al donar sus cuadros al MUNAL, aseguró su memoria futura, pero, al mismo tiempo, se apartó de la tentación de la nostalgia. Si todavía recibe de cuando en cuando a algún periodista, es para jugar con él al simulacro de la confidencia. Su perro y los pájaros son ahora los únicos depositarios de su afecto. En las sobremesas se atarea en desmenuzar unas tortillas para alimentar a los pájaros, que llama chiflando como si detuviera un taxi en una esquina de su jardín. Si sus amigos y amigas se han ido muriendo, sigue prodigando su legendaria bondad con los descendientes, adecuándose cada vez más a la imagen de ángel etéreo que le pintó Ermilo Abreu Gómez:

María Asúnsolo es como el último ángel que asciende al cielo o como el último que baja a la tierra. María Asúnsolo va por los caminos de la vida, libre de toda pesantez. La huella de su sombra ondula en la claridad del viento. Un día desaparecerá como desaparece la neblina en el caracol de la brisa; cuando esto suceda, habrá un lucero más en el cielo y un pétalo menos en todas las rosas.

No obstante la belleza del augurio, sería de mayor justicia fijarla en la sensualidad de su jardín, recostada en el fresco de una terraza, con los pies desnudos y ofrecidos a la caricia de la leve brisa, en un desmayo de la carne que sólo parece provocar el sol que cae de bruces sobre las aguas turquesas de la alberca. Hay que imaginarla desnudándose en las noches para tenderse bajo la luna que renueva su carne de gardenia, apenas marchita por casi un siglo de vida y todavía olorosa a un perfume incoercible.

MACHILA ARMIDA

Ebria de Dios, Concepción Cabrera de Armida vivió en busca del sufrimiento que la condujese a la última morada del alma, bautizada por Santa Teresa de Ávila como la "unión transparente" con Cristo. Sus primeras moradas habían sido las haciendas del Pozo, La Peregrina y Las Mesas de Jesús, que sus padres poseían en el estado de San Luis Potosí. La siguiente, su matrimonio con Francisco Armida, que resistió 17 años de vida conyugal antes de morir, aliviándola así de "la cruz más grande que se puede conocer en este mundo". Pero antes de alcanzar la anhelada viudez que le dejó el camino libre al matrimonio espiritual con Cristo, Concepción Cabrera ya había recorrido algunas de las oscuras antesalas del sufrimiento. En 1864, año del festejo del Dulce Nombre de Jesús, se grabó con un cuchillo en el pecho las sagradas iniciales IHS. Al mes, con cierta febrilidad, registra en uno de los 60 volúmenes de su *Cuenta de conciencia* que la inscripción, "lejos de cicatrizarse, parece que tiene interés en estar viva, vivísima y encenderse más". El día de Corpus Christi de 1898 se grabó en el brazo la V de víctima porque la Iglesia necesitaba víctimas, y unos días después, "saturada de dolor y saturada de amor", completó la simetría grabándose la C de Sagrado Corazón en el otro brazo. De allí al cilicio quedaba un paso, que Concepción Cabrera dio en abril de 1899, dos meses después del nacimiento del último de sus nueve hijos.

"Me parece que tengo dentro un volcán sin respiradero, una máquina de vapor sin válvula, un horno sin tiro, y me dan ganas de poderlo romper para deshogarlo...", escribe la mística a modo de explicación acerca de los castigos que la liberan de un fuego amoroso por el hijo de Dios, pero que su prosa alimenta y expresa ambiguamente: "Jesús, quiéreme Tú, bésame Tú, acaríciame Tú, ya no de mí, sino de Ti a mí. ¿Verdad que me amas, Jesús de mi vida? ¿Verdad que te quieres dar gusto amándome a mí, aunque sea basura y lodazal y miseria?" La noche del 29 de diciembre de 1931, en un retiro espiritual conforme a las enseñanzas de San Ignacio, por fin, Dios le abre las puertas de su reino, asegurándole: "Oh hija, arrójate a este mar sin fondo del amor, de las gracias para otros y ámame mucho, y déjate amar, y pídeme amor, y besos, y ternuras y lo que quieras para dártelo." Concepción Cabrera, fundadora de la Orden de los Misioneros del Espíritu Santo, murió el 3 de marzo de 1937, a la edad de 75 años, con la feliz certeza de que aquella noche de 1931 "el Señor se dejó venir como inundación de fuego, de rocío, de lo divino, que es inexplicable". Pío X le concedió, *in articulo mortis,* el privilegio de ser enterrada con el vestido de las Religiosas de la Cruz, pero su proceso de canonización, iniciado en 1954, no se ha resuelto aún, a causa de los excesos y de las ambigüedades de su prosa.

La tardía manifestación de Dios en su vida no le permitió ensayar la obediencia al amor fuera del sufrimiento y de los castigos corporales y espirituales que confundieron, para sus contemporáneos, su peculiar viacrucis con una forma de inofensivo extravío. En sus años finales recorría las calles de la ciudad pregonando amor y sacrificio ante los ojos atónitos, compasivos o francamente burlones de los transeúntes, como si avanzara por las anchas avenidas del Paraíso. Nunca sospechó que su nieta, Machila Armida, cumpliría con turbulenta, laica y genetiana alegría, el dictado que Dios le susurrara en el invierno de su vida: "Oh hija, arrójate a este mar sin fondo del amor..."

"Soy muy bondadosa", solía repetir Machila a sus amigas en la intimidad de su casa. Todas se reían de su infatuación, pero ninguna ponía en tela de juicio la veracidad de sus palabras. Más que un dictado moral heredado de la abuela devota, la bondad de Machila era, ante todo, un atributo físico, un como sudor del alma que transpiraba por cada uno de los poros de su piel perspicua. La suya era una bondad producto de su natural desenfreno, de los excesos que gobernaban las temperaturas de su vida, de su carne apetitosa y de la luz de sus ojos color de jacarandas. Como su nombre de sonoridades solariegas, la generosidad de Machila provenía de su radiante disposición a transformar la vida en una eterna vacación, a inventarse recreos y solaces, aun cuando se trataba de pagar las altas cuotas que le adeudaba su libertad.

Machila evocaba la imagen de un pájaro, y más exactamente, de esos gorriones primaverales, saltarines, alegres, atareados en la celebración del canto a la vida. Tal la codorniz lopezvelardiana, tenía el pecho curvo de una emperatriz, y su pelo despedía el brillo nocturno de la urraca. Su cuerpo recordaba las redondeces de la paloma, ceñido en las fundas de sus vestidos que resaltaban las combas delanteras, traseras y laterales de su anatomía. Sólo su tez y sus ojos pertenecían a especies florales: el lis y la jacaranda suavizaban con excepcional transparencia la vivacidad del conjunto. Su exuberancia física no era sino la manifestación tangible del garbo que, con bombos y platillos, daba el tono a su sinfonía interior.

No todos aguantaban el excesivo fruir de Machila: hasta el más constante de sus numerosos pretendientes declaró un día, como un boxeador que tira la toalla: "Me agobia, es *too much:* ama demasiado, bebe demasiado, come demasiado..." Machila electrizaba, encendía, contagiaba, arrastraba y, muchas de las veces, se quedaba sola en la cresta de la ola por la falta de nadadores capaces de luchar con la contracorriente de sus mareas volcánicas. Porque en el fondo de esa mujer fruitiva, de ese "bocado sin hueso", había un fuego duro: el surtidor de sus fuegos artificiales, pero también de su grisú devastador. Asoleaba y asolaba su propia vida y la de sus semejantes.

El Coyoacán de los cincuenta, todavía apartado de la gran ciudad postalemanista y todavía sembrado de lotes baldíos con sus lagartijas huyendo de la sombra de los eucaliptos, fue el reino de Machila Armida.

> Bonita mujer altiva
> por tu porte muy famosa
> de Coyoacán siempre viva
> cual retama yerba hermosa,

canta el corrido de Irene Pintor dedicado a Machila Armida. Aunque se le conocía extramuros por su propia fama y la resonancia de su apellido, su reino fue íntimo y doméstico. Se pasó la vida a unas cuantas calles de distancia de la casa familiar, situada en la calle de Francisco Sosa, la hoy Casa de la Cultura Reyes Heroles, afirmando así, a un tiempo, el rechazo a su origen y la imposibilidad de romper definitivamente con los afectos y la seguridad que se cifraban en la mansión familiar.

Sin ser aristócrata, la familia Armida era de corte porfiriano, de estrictos modales, ideas políticas sumamente conservadoras e inquebrantable fe religiosa. De hecho, cuando el padre de Machila llegó muy joven y huérfano de padre a instalarse en la ciudad de México, la única herencia que traía consigo era la desbordante fe de su madre. Hizo su fortuna en el comercio de máquinas de escribir, y la Casa Armida, como a principios de siglo se llamaban las empresas, ganó rápido prestigio y prosperidad. El joven potosino se casó con una mujer de ascendencia francesa, Elisa Baz, sobrina del conocido doctor Gustavo Baz, y de la unión nacieron dos hijos: Francisco y María Cecilia, que llegó al mundo el 6 de marzo de 1921. ¿Será porque en la casa paterna los pianos se multiplicaban cual arte de magia como en todas las casas acomodadas, que la hija menor recibe el nombre de la santa patrona y protectora de los músicos? Lo cierto es que muy pronto el trabado lenguaje infantil sustituyó el nombre de pila musical por el apodo machacón e impositivo de *Machila*, que habría de perdurar hasta la posteridad. Además, el sobrenombre tenía la ventaja de hacer oír, en su simple enunciación, los llamados al orden que corretearon toda la infancia de la niña, quien estaba animada de una rebeldía terca, como en estado puro, que, por ejemplo, después de las escapadas, le hacía tocar la puerta de la calle sólo para satisfacer el impulso de decir: "Me salí." Escapar de los encierros dorados o punitivos, no para volar todavía con sus propias alas —era una niña—, sino para mostrar que no había lujo ni bardas que pudieran con ella. Esa rebeldía se cultivó en la tierra fértil del sentimiento de abandono que un padre severo y una madre fría y ausente fueron sembrando sin darse cuenta.

Previsiblemente, la corrieron de todas las escuelas correspondientes a su clase social y acabó en un internado de monjas en Saint Louis, Missouri, que le reveló simultáneamente el aprendizaje de una incipiente libertad y el rechazo a las monjas, a la escuela, a la familia, a las convenciones sociales y a su propia y caótica adolescencia, que sólo encontraba consuelo en la proximidad de la mayoría de edad. La celebró de la manera más curiosa e hiriente para su familia: casándose por lo civil en el bar Manolo de la calle de López, frente a un juez defraudador llamado Bernabé Jurado y bajo los murales del *Chango* Cabral. No se sabe si la furia en la que montó el padre de Machila la provocó el matrimonio en sí, la identidad (desconocida) del marido, la fama del antro o el desenfadado estilo pictórico del *Chango* Cabral, pero fue tal que nada lo detuvo hasta conseguir la disolución del enlace. Como ya era impensable mandar a Machila a otro internado, se intentó borrar el incidente con la cooperación de Relaciones Exteriores, que le asignó un puesto de tercer secretario en la embajada de México en Brasil.

Rio de Janeiro, las playas de Copacabana, la vida diplomática bajo el mando de un embajador benévolo y medio bohemio, José María Dávila, le permitieron pasar dos o tres años de agradable existencia. Pero decir que "Rio era un carnaval" sería caer en la misma exageración de cuando se afirma que "París era una fiesta". Además, lo que Machila encontró en Brasil no fue al rey de la samba, sino a un marido *comme il faut:* Leender van Rhijn, un hombre de negocios que soportaba los calores tropicales con el fin de representar a la empresa Phillips, no sin cierta nostalgia por su fría y opaca Holanda natal. Aunque la segunda Guerra Mundial ya hubiese terminado, la pareja escogió a México para celebrar su matrimonio, el 19 de noviembre de 1945, en el obligado terruño de Coyoacán. La familia Armida se mostró, esa vez, más complacida por la elección de Machila —Van Rhijn se veía muy serio y muy europeo— y, en señal de conformidad, le regaló a la pareja una de las casas del amplio jardín de Francisco Sosa.

La pareja también residió un tiempo en Holanda, donde, según relataba la propia Machila, empezó su afición por el alcohol. Después de la brillantez de Brasil y de México, Holanda la mataba de morosidad con su belleza de semitonos, su quietud como apoltronada, sus cicatrices de guerra todavía frescas, sus interiores de aire enrarecido, pero, sobre todo, con su persistente olor a col agria y a ginebra. Esta combinación aromática, que se pegostea a las cosas como un salitre rancio, le causaba una verdadera repulsión física. Hasta le parecía que la piel de la gente trasudaba un tufo acre de carne lechosa y guardada. Entonces, para soportar los efluvios que subían de los sótanos como las mareas inmóviles de los canales, Machila empezó a beber disimuladamente una, dos, tres copas de ginebra rasposa y anestésica. La embriaguez le gustó, porque aguantaba el alcohol, porque la sangre se le vigorizaba, porque así el mundo se iba pareciendo a su fiesta interior.

Cuatro años después, el 12 de agosto de 1949, nació en México la única hija del matrimonio en vías de extinción. Patricia vino a ocupar un lugar esencial en la vida de Machila, pero nunca significó un freno a la libertad que, por fin, se le abrió a su madre después de su divorcio. La demanda legal presentada por Machila en contra de Leender van Rhijn resume la situación a la que había llegado el matrimonio:

[...] En virtud de haber sido arrojada violenta, injustificada y cruelmente de mi hogar conyugal, en octubre de 1952,

126

me establecí con mi pequeña hija en el 68 de las calles de Francisco Sosa, y posteriormente en el departamento 102, número 33, de las calles de Porfirio Díaz.

¿Sería exagerado suponer que, como en los tiempos de su infancia, Machila se saltó las bardas matrimoniales por el solo impulso de refrendar su indomabilidad? En su clase social la libertad de una mujer podía tolerarse después de una transición matrimonial, como si ésta fuera el único salvoconducto para abandonar la casa familiar. Ya que Machila había cumplido con ese paso obligatorio, con amor, con ciertas ilusiones, ningún compromiso pudo regresarla al ámbito dorado de la "decencia" original.

Las relaciones amorosas no eran el único terreno donde Machila jugaba su independencia. Desde antes de su divorcio le había dado por buscarse a sí misma en unos extraños *collages* que otros vieron como una vocación artística. Sus temas eran íntimos y tétricos, pero la composición revelaba un interés por la expresión pictórica de esas realidades interiores. Pocos de esos *collages* han subsistido, por negligencia de la propia Machila, y también porque no son visiones gratas que uno quisiera encontrar cotidianamente en la pared de su casa. Uno, por ejemplo, representa una matriz sugerida por un tronco de árbol que tiene la textura fantástica de un útero; una calavera con brazos de alambre preside la representación completada por un bisturí y unas pinzas quirúrgicas. Otro es una novia caída en unos alambres de púas, adornada con una mariposa y un gusano que gotea sobre la virgen mancillada su hiel mortífera. Una máscara de petate con canicas azules en las cuencas de los ojos contempla la caída de la que es simbólicamente responsable. La composición es deliberadamente explícita y violenta. En su falta de elaboración abstracta, algunos críticos han querido ver las reminiscencias de un arte popular, artesanal, que me parece poco adecuado para dar cuenta de las audacias visuales que conseguía Machila. Hay en sus *collages* una provocación que raya en el asco físico; no están hechos para agradar sino para escandalizar; eran *happenings* de sus emociones más viscerales. Todos los *collages* estaban enmarcados en unas cajas de vidrio que acentuaban la teatralidad de las escenas. Tal vez le significaron exorcismos de imágenes y sentimientos recién descubiertos que, de alguna manera, la atemorizaban a ella misma. Desprenden una atmósfera de misa negra oficiada para enterrar la inocencia perdida.

Para realizar sus *collages,* Machila había rentado un pequeño taller en el Callejón del Aguacate, uno de los laberintos empedrados de Coyoacán. Era tan sólo una casucha que llenó con sus pinturas, sus objetos, unos cuantos muebles y su desorden de proyectos. Pero era su *cuarto propio,* su refugio y su pequeña catedral donde se entregaba a sus exorcismos artísticos. Como no perseveró en su vocación, que culminó en una única exposición en 1952, no sería aventurado afirmar que lo que la seducía era más bien la idea de una vida bohemia, que hasta entonces sólo había frecuentado desde el barandal. Crear, exponer, representaban una manera de aventarse al ruedo y de protagonizar una forma de vida que la atraía por prohibida y porque cifraba en ella sus anhelos de libertad.

Diego Rivera fue el padrino de su alternativa artística. Un azar de la vida civil coyoacanense los había puesto en contacto. La amistad fue prácticamente instantánea. Primero, Diego Rivera la rebautizó Machilxóchitl, y luego, descubrió en sus creaciones "raíces genuinamente nacionales". Sin embargo, la escasa inspiración del texto que le dedicó sugiere que la persona de Machila le impresionó más que sus obras. El comentario "crítico" es una sarta de párrafos desaliñados que atienden más a los ímpetus ideológicos del muralista que a la singularidad de los *collages* de la homenajeada. Refiriéndose, por ejemplo, al arte popular que quería enaltecer como la manifestación de una moral política, dice Diego Rivera: "Ese arte popular despreciado por los académicos camuflados en *snobs* trasnochados, 'payos', cursis retardados de treinta años respecto a las modas, modelos que lamentablemente changuean sin éxito alguno, como los pobres pseudoartistas que padecemos." Y termina rematando así el desvarío general:

> Siendo el arte de Machilxóchitl de genuina y profunda raíz y modo de expresión populares, de total verdad opulenta de contenido y forma ligados en íntima amalgama de la vida social, de quien lo produce, tendrá que padecer todas las vicisitudes, discriminaciones y oposiciones a su florecimiento, que sufre el Pueblo de México bajo la canalla explotadora de dentro y fuera de su territorio, pero será, como el pueblo, indestructible y bello y así prevalecerá contra todos y contra todo, por siempre *[sic]*.

Lamentablemente, la primera vicisitud que tuvo que padecer la obra de Machila fueron las patrañas estilísticas de Diego Rivera.

Caer bajo la protección de Diego Rivera significaba asimismo integrar el círculo de las amistades ambiguas de Frida Kahlo. Próxima a la muerte, ésta ejercía sobre las mujeres que rodeaban a Diego Rivera una seducción tantálica, mezcla de genuinos afectos y de peticiones macabras. No es improbable que existiera en Frida Kahlo un interés real hacia la obra de Machila que, en cierta medida, se emparentaba con la suya por las visiones crudas y violentas de la fantasía femenina. Sus estilos eran distintos; sus dominios de la técnica pictórica, demasiado disparejos para resistir una comparación —Machila nunca llegó a manejar un arte de la composición tan elaborado como el de Frida Kahlo—. Pero sus imaginarios coincidían en la reiteración de los humores femeninos, en el efecto que podían suscitar sus cuadros en sus contemporáneos. Ahora, la amistad que le profesaba Frida Kahlo se desbordaba en peticiones como ésa que le escribió, el 14 de febrero de 1953, en el cuaderno de dedicatorias que Machila estrenó con el texto de Diego Rivera y por el que pasaron las más diversas firmas (Guayasamín, José Luis Cuevas, Miguel Ángel Asturias, Pedro Vargas, Antonio Carrillo Flores, Carlos A. Argüelles):

María Cecilia, frutal y maravillosa:
Tú-tu obra, todo lo que te mueve a vivir, es en esfera, armonía, toda tú eres genial y la expresión de tu vida en tus cuadros extraordinarios tan íntimos y tan enormes, tan populares y tan bellos, revolucionarios, desde la médula, que para mí son el universo. Ojalá, amor mío, que nunca te sientas *sola* porque antes que nadie está *tu vida* y la de tu niña. Manda al carajo a toda la sociedad estúpida, podrida en mentiras del capitalismo y el imperialismo norteamericano. Tú, Diego y yo, esperamos la paz en el mundo entero. La revolución es ineludible.
[El texto se interrumpe con un retrato de Machila por Frida Kahlo, hecho con bolígrafo y cierto desaliño.]
Que tú vivas muchos años, María Cecilia, porque pocas personas tienen el genio que tú tienes. Cuida mucho a mi Diego, niño de mis ojos —en mi corazón y en el tuyo.
Gracias por los dos cielos de tus ojos. Yo también te *cielo,* te guardo dentro de mi vida. Al lluevo cuando tú te sien-

tas con sed. Te arrimo a tu corazón a mi Diego para que tú lo protejas —siempre—.

Diego, ya no estoy sola porque Machila está cerca de mí y de ti.

Frida Kahlo

Los psicoanalistas, de preferencia los lacanianos, se divertirán analizando el sentido ambiguo de los juegos de palabras que adornan el texto de Frida Kahlo: "te *cielo*" es, por ejemplo, un halago en el que se oculta la amenaza de los celos que, sin embargo, nada parecía justificar en el triángulo amistoso Diego Rivera-Machila Armida-Frida Kahlo. Por lo demás, Machila nunca disimuló a sus amigas más cercanas las relaciones amorosas que agitaron su vida, y nunca confesó que con Diego Rivera la amistad hubiese derivado en otro trato. Algunos hechos podrían inducir a creer lo contrario, pero la sinceridad de Machila pasó por más de una prueba.

El magnífico retrato que le pintó Diego Rivera en 1952, con la leyenda "A Machilxóchitl, Homenaje de amor", podría parecer más elocuente de lo que es. La calidad del retrato de cuerpo entero proviene más del deleite de pintar a Machila que del sentimiento que pudiera haber animado al pintor. Pintar a Machila era dar un cuerpo y un colorido a la alegría, encarnar la frescura apetecible de las frutas tropicales. A pesar de lo estático de los retratos de Diego Rivera, la imagen de Machila contagia al espectador de una energía vital que mucho se debe a los coloridos frescos y diáfanos a punto de entrar en movimiento. La excepcional luminosidad del cuadro es el mejor homenaje que pudo rendirle Diego Rivera a su modelo y a la transparencia de su amistad.

También dibujó la cara de Machila en una estrella que se abre como una flor, jugando así con la redundancia de la composición. En la firma le ofrece su corazón en náhuatl: "Xiuyolotl Diego", y en la fecha, el 23 de septiembre de 1951, data aproximadamente los inicios de su amistad. El Diego Rivera que conoció Machila era un personaje ya muy hecho, encumbrado, festejado, enfermo y en el declive de su fuerza creadora. Corría la época de la gran retrospectiva de su obra, organizada por Fernando Gamboa en el Palacio de Bellas Artes: *Diego Rivera, 50 años de su labor artística* (1951), de sus últimos trabajos murales en el Teatro de los Insurgentes o en *Pesadilla de la guerra y sueño de la paz,* y de sus últimos escándalos, como la velación de Frida Kahlo en el vestíbulo de Bellas Artes con la bandera comunista encima del ataúd o su deseo de firmar su readhesión al Partido Comunista Mexicano con la pluma de Trotsky, que obraba en poder de Frida Kahlo. Era un Diego Rivera *au bout du rouleau,* al que le costaba trabajo renovar el público de sus desplantes y de su agotada invención de sí mismo.

Sin embargo, el prestigio que lo rodeaba le significó a Machila una inmejorable publicidad para estrenarse en un arte que acabaría convirtiendo en un *modus vivendi:* la alta cocina mexicana. Diego Rivera fue el sugeridor de las comidas que le encargaban organizar a Machila y con las que se ganó una fama única en su época. El pintor empezó a probar los bocados de Machila cuando ésta, al igual que otras mujeres legítimas, ilegítimas o simplemente alimentarias, le llevaba su canasta de antojitos y pulque a los andamios de Insurgentes. "Mil gracias por el pulquito. Está maravilloso pero no estoy bien, medio derrengado por el pinche nervio ciático. ¿No sería posible pasar por el estudio hoy a las 5 p.m.? Las orquídeas no quisieron dejarse encontrar hoy", le escribía su "Tlacuilipinyolotl" Diego Rivera. Luego, a sabiendas de que Machila necesitaba ganar dinero para su sustento y el de su hija, le solicitó preparar comidas para él y sus amigos. La excepción se volvió regla, y desde el principio se establecieron las normas de esta regla: las comidas tendrían lugar en casa de Machila; se le comunicaría el número de personas que asistirían, pero el menú quedaría bajo su entera responsabilidad e imaginación; la condición *sine qua non* era que Machila presidiera la mesa, como si su sola presencia fuera otro manjar imprescindible.

¿De dónde provenía esa vocación culinaria que pronto sustituyó la pictórica? Más que nada, de su madre, gran cocinera chapada a la francesa que le inculcó el sentido del gusto y le enseñó más de un secreto de la tradición culinaria. Pero también la cultivó su ya legendaria hospitalidad. Su casa, ubicada en ese entonces en la calle de Taxqueña, más tarde rebautizada Miguel Ángel de Quevedo, practicaba cotidianamente lo que hoy suele reservarse a un día de la semana y se denomina, no sin un dejo de esnobismo, el *open house*. No era todavía una moda para adornar un apellido con una prodigalidad a horas fijas, sino un resabio de los salones donde se iba a visitar a una persona por el gusto de compartir su compañía, su conversación, sus amigos y la atmósfera peculiar de su casa. Nadie iba a casa de Machila por ociosidad o para pasar unas horas muertas. Su presencia atraía a hombres y mujeres como un imán con la promesa de variados placeres.

No se trataba de atraer gente a un negocio, sino que la gente que ya frecuentaba la casa de Machila pidió que se extendiera el servicio a todos ellos. Le hacían un favor a Machila y ella se los devolvía bajo la especie de

133

comidas suculentas, la seguridad de una discreción que no hubiesen encontrado en un lugar público y el encanto de su esmerada hospitalidad. Intelectuales, funcionarios, empresarios y políticos formaban su círculo de amistades y su clientela. Machila no se metía a la cocina a trabajar, para eso tenía a su legión de cocineras, capitaneadas por la gran Manuelita, que ejecutaban con maestría sus invenciones y recreaciones culinarias. No era una teórica de la comida ni una *gourmet* de altas escuelas. Su mérito consistió en rescatar muchas recetas antiguas, que apuntaba en un recetario que se volvió tan legendario como su persona. También era dada a la invención y, por ejemplo, se disputa la paternidad de las crepas de huitlacoche con Jaime Saldívar, el chef del Club de Industriales. Hizo de la comida mexicana y del rescate de sus ingredientes, si no un arte, el objeto de una curiosidad intelectual que propugnaba la búsqueda de una identidad nacional, en la cual la comida ocupaba un lugar tan esencial como la creación artística, la indumentaria indígena o las costumbres, los ritos y las fiestas. Mucho antes de que la cocina mexicana se volviera un éxito del realismo mágico nacional, Machila había desenterrado del olvido y del desprecio una forma de vivir que se transformaría, con el paso del tiempo, en una moda casi ideológica. Por supuesto, la actividad culinaria de Machila se inscribía en el gran movimiento de la *mexicanidad,* en el que concurrían por igual los filósofos, los poetas, los pintores o los antropólogos, pero no existía en ella ninguna pretensión intelectual o teorizante. Cuando hacia el final de su vida quiso editar su volumen de recetas escritas a mano con letra afrancesada y mayúsculas enroscadas, se limitó al siguiente comentario: "Dedico el presente recetario a las personas que gustan del buen comer. [...] Algunos guisos datan del siglo pasado; otros corresponden a principios de éste y otros más han sido creados y experimentados ampliamente por la autora." Es imposible no ceder a la tentación de reproducir el índice de este recetario básico, que constituye una muestra sugerente de lo que deben haber sido las comidas de Machila.

Mariscos: ceviche, pulpos mexicanos, calamares rancheros, zapatero a su zapato, camarones y langostinos al mojo de ajo enchilados.

sopas: caldo que resucita, crema de hongos rosadita, sopa Machilchole (con jaibas), olla podrida, sopa de tortilla medio seca, copete, caldo limado, sopa de tortuga, sopa de arroz, mi negra Xóchitl.

pescados: pescado en olores, pescado fino en vino blanco e hinojo, bacalao a la veracruzana, revoltijo con tortas de camarón y de charales, tortas de camarón, mojarras a la camagüeyana, huachinango almendrado, pámpanos enchilados, guiso de Moctezuma, tortitas, robalo con vino blanco, pescado chucumite en escabeche.

budines: budín de huautzontle, budín de pechugas, budín de elote, budín indio, tamal de cazuela.

aves: manchamanteles de pollo, cocido de aves, pichones o perdices en escabeche, patos borrachos, pipián shala, pipián de pato To-pil-zin, chichicuilotes, tortolitas o codornices inditas, gallinas cautivas, guiso de ganso.

carnes: lomo de puerco en pulque, pierna de carnero, alubias, huesitos, piernas de puerco o de venado enchiladas, cabritos tiernos, ancas de rana en totomoztle, carne infurtiva, adobo, liebre envinada, filete en vino tinto, conejo, "ratones", Texmole, lengua en cacahuate y almendra.

verduras y guarniciones: alcachofas rellenas, chipotles curados, nopales con habas verdes, col con tocino, salsifís, mole fingido, berenjenas rellenas, rajas poblanas con requesón o quesillos de Oaxaca, hongos totlcoxcatl en escabeche, calabacitas con pipicha, ayocotes, alubias.

salsas: salsa para mariscos, salsa diabla, salsa de crema, salsa de anchoas, salsa de Tetetcha.

postres: alfajor, chacualole, cabellitos de ángel, moka de chocolate, crema de vainilla, canuto, dulce de platón de mamey y almendra, cubiletes de almendra, carlota de perón, huevos reales.

Si el solo nombre de algunos platillos es un cromatismo verbal, las mesas que Machila preparaba para recibir a sus comensales eran un verdadero espectáculo. La larga mesa del comedor podía acoger a más de 20 personas, y sobre los manteles tejidos, calados o bordados, Machila montaba una elaborada escenografía. Aparte de los habituales arreglos florales, Machila componía, por ejemplo, un tema prehispánico: en urnas antiguas mezclaba mazorcas secas con mazorcas frescas, o enlazaba las cebollas y los chiles con metates decorados con flores. Volvía al arte de los *collages* con los elementos efímeros de la comida. Eran composiciones destinadas a la descomposición y al estropicio involuntario de las salsas, las migajas y las estelas de vino tinto.

Pocas veces Machila abandonaba sus hornos para ir a "cocinar ajeno". Lo hacía eventualmente cuando el pago compensaba el esfuerzo y, sobre todo, su ausencia en la cabecera de la mesa. Llegó a preparar banquetes multitudinarios. Uno de ellos estuvo en peligro de transformarse en una matanza de alemanes. Pascual Gutiérrez Roldán, amigo de Machila y asiduo solicitador de sus comidas, recibió en una ocasión a una copiosa delegación de alemanes que venían a visitar la planta de Azcapotzalco, entonces orgullo de PEMEX, es decir, mucho tiempo antes de que los "orgullos" de PEMEX empezaran a convertirse en vergüenzas nacionales. El funcionario le encargó a Machila un gran banquete para rematar la visita que pretendía grabar *ad eternum* en la memoria de los alemanes. Nunca Machila había preparado una comida para tanta gente. Como la consigna era lucirse, Machila ideó, entre muchas otras delicias, unos cocos rellenos de mariscos. Tuvo que aderezar el relleno de mariscos en un perol cuyo diámetro evocaba una escena de festín tribal. El tamaño prehistórico del perol impedía que se refrigerara, así que unas horas antes del desembarque alemán los mariscos hervían como géiser. Ni las lágrimas de Machila, que caían como cataratas adentro del perol, podían apagar la ebullición que tronaba en la superficie. Las cocineras se asomaban a la olla y proferían conjuros al estilo de las brujas de *Macbeth*: "¡No cese, no cese el trabajo, aunque pese! ¡Que hierva el caldero y la mezcla se espese!" Si no peligraba la vida de un rey, al menos una intoxicación colectiva causaría un penoso incidente diplomático. Y ya no quedaba tiempo para remediar la tragedia: pronto el banquete debía dar inicio. Entonces, levantando los brazos para acallar los gritos de sus hermanas, Hécate resolvió: "Le echaremos un kilo de carbonato." El hervidero cesó; una tensa calma regresó; la comida se sirvió. Machila esperó a ver si los espectros se multiplicaban en medio del banquete. No cayó una sola alma. "¿Cómo va la noche, Machila?", le preguntó más tarde una amiga, preocupada por la suerte del ejército teutón. "En lucha con la mañana, mitad por mitad", contestó Machila, ya serena.

Las comidas solían prolongarse hasta las primeras oscuridades de la tarde; unos se levantaban de la mesa para pasar el relevo a los recién llegados; las copas se volvían a llenar hasta las primeras claridades del alba.

Ninguno que llegase de improviso se sentía inoportuno: a fin de cuentas, el México que desfilaba por la casa de Machila era un país diverso pero chico, en el que todos se conocían. Ahora, no siempre las veladas en casa de Machila eran multitudinarias; también las había íntimas, amistosas o amorosas.

Machila y sus amigas cercanas: María Vara, Ana Benítez, Zita Basich, Lola Álvarez Bravo, Virginia Junco, entre otras, ya practicaban lo que el feminismo posterior creyó descubrir: la sororidad solidaria. Por supuesto, no se trataba de las primeras ni de las únicas fieles de este culto en el México de los años cincuenta, si bien el júbilo que presidía sus encuentros y sus aventuras no era todavía un sentimiento común. Algunas de ellas eran mujeres divorciadas con hijos, pero esa condición que solía (y suele aún) llevarse a cuestas como un estigma vergonzoso, nunca les significó una cancelación de su vida amorosa. Al contrario, como en el caso particular de Machila, el divorcio preparó el terreno de la libertad que ninguna había encontrado en un matrimonio más convencional que infeliz. ¿Con qué ojos las vería una sociedad rayana en el puritanismo como la de Ruiz Cortines? Seguramente con un ceño fruncido y, en los labios, sanciones expeditivas y previsibles, pero ellas se las arreglaban para no cruzar determinadas miradas ni oír las murmuraciones que pisaban sus pasos. En pocas palabras, hacían lo que se les venía en gana, en el momento en que se les antojaba y con quien se les volvía, de pronto, para una noche o para años enteros, apetecible.

"Lo empiezo a ver muy lisito", solía decir Machila cuando veía a un hombre que le gustaba. Era una contraseña íntima y un sésamo que abría, para aquel hombre, el reino de Machila. "Lisito" evocaba, para ella, las carnes frescas y jugosas que sus manos sazonarían, las pulpas en su punto que sus labios morderían, los olores de un pan recién horneado en el que derretiría la mantequilla cremosa del placer. "Lisito" significaba asimismo un apetito sin violencia, que sabía esperar, que anhelaba crecer porque el hambre del deseo es tan gratificante como la degustación de los cuerpos. Machila poseía dos artes encontradas, pero finalmente complementarias: sabía despertar los apetitos y satisfacerlos hasta la saciedad. Tenía, por supuesto, algo de la mantis religiosa que observa a su presa, la hipnotiza, la atrae a sus brazos y la devora con un placer recrudecido por la espera inmóvil. Es poco probable que uno de los tantos hombres que pasaron por el comedor o la alcoba de Machila se haya dado cuenta de que había recibido el calificativo de "lisito", o haya dudado de haber sido el provocador de la ofensiva amorosa.

Sobre un talentoso coreógrafo de la época, Guillermo Arriaga, cayó un día el divino veredicto de "lisito". Se organizó una cena en casa del bailarín, a la que llegó Machila enfundada en un vestido negro que resaltaba la blancura de su piel y el brillo de sus ojos de jacarandas. Llegó en carro, con chofer, con pieles, con cuatro o cinco enormes charolas de plata dignas de la corte de Maximiliano y adornadas con canapés tan glamurosos como la misma Machila. Entró en la casa, seguida por el chofer que paseaba las charolas en alto, ante las narices del coreógrafo, como si se tratara de los entremeses prometedores de su autora. Machila se sentó, mayestática, a disfrutar la velada y su antojadizo desenlace. Pero también aparecieron otras dos aspirantes al "lisito *malgré lui*" y se inició, no una batalla frontal, sino una pacífica guerra de resistencia. Ninguna atacaba, pero tampoco ninguna se retiraba. Así dieron las tres, las cuatro, las cinco, las seis y las siete de la mañana, sin que un dardo, ni punzante ni amoroso, saliera de ninguna trinchera. A esa hora, Machila juzgó pertinente perder la oportunidad, pero emprender una retirada digna. Se levantó, se envolvió en sus pieles y salió con las charolas debajo del brazo, escudada por un muchacho, oportunamente llamado Lisandro, que se había ofrecido a acompañarla hasta su casa. Ninguno de los dos tenía dinero para un taxi, y a la hora en que el pueblo de México viaja semidormido a sus lugares de trabajo, Machila y su ocasional paje se subieron a un camión destartalado y ruidosamente proletario. No fue tanto la insólita aparición de una diosa de la noche la que despertó a los viajantes como el estrépito de su caída en el momento en que pisó el último escalón y que el chofer dio el primer acelerón para arrancar. Volaron las pieles, las charolas y las risas de la diosa caída en tan desguazada posición. La risa derrotó la rota nocturna y Machila se desayunó con el saludable manjar de la autoburla. La mantis religiosa regresó, aquella noche, despatarrada y sin presa entre sus patas, pero mostró que formaba parte de una especie aún más rara: las mantis religiosas con humor. De todas maneras, hay que precisarlo por honor a la verdad histórica, el "lisito" cayó poco después, irremediablemente seducido por las risas que todavía suscitaba el recuerdo de la comedia camionera.

El contraste entre las apariencias y la realidad, como el que se evidenció aquella noche entre llegar con chofer pero sin un peso en el bolsillo para un taxi de regreso, era otra especialidad de Machila. Disponía de ciertos lujos de la familia sin tener con qué sostenerlos. Por ejemplo, de un coche con chofer para ir con sus amigas María

Vara y Ana Benítez y sus respectivos hijos a pasar unos días en una mansión de Cuernavaca, pero sin el dinero necesario para llenar el refrigerador. En ocasiones sólo alcanzaba para comprar racimos de plátanos con los que paliaban el hambre de los niños, antes de aleccionarlos para que comieran hasta hartarse en las casas que visitarían por turno para asegurar una comida al día. El escultor Federico Canessi, que en ese entonces trabajaba en la decoración artística del Casino de la Selva, era el amigo que más a menudo alimentaba a las vacacionistas subproletarias pero con insaciable prole. También eran capaces de "sacrificarse" con un pretendiente de una noche con tal de que, al día siguiente, llenara el refrigerador para ocho días de vacaciones. Cualquiera aceptaba el "sacrificio" si las circunstancias lo exigían, para la comunidad y sus vástagos. Era una moral peculiar que la Moral se apresuraría a sancionar, pero que tenía su lógica y, sobre todo, un honorable sentido de la solidaridad femenina. Ninguna se hubiera "sacrificado" por provecho propio —aunque las oportunidades sobraban, ninguna negoció sus encantos a cambio de prebendas que le hubiesen significado antes que nada una privación de su libertad—, sino para atajar el camino del placer que se cifraba, por ejemplo, en una semana de vacaciones para todo el grupo.

Si Machila hubiese querido castillos de oro para alojar su reino, más de un hombre se lo hubiera ofrecido en una forma más tangible que las promesas de bajarle la luna y las estrellas, a cambio de la exclusividad perenne de sus afectos. Incluso, más de una vez su padre intentó regresarla al redil familiar prometiéndole que la dejaría hacer todo lo que quisiese, con la única condición de que cumpliera públicamente con los ritos religiosos. De ser otra, Machila hubiera aceptado la condición, cedido a las apariencias, y se hubiera despreocupado para siempre de los sacrificios reales y simbólicos que su elección de vida parecía imponerle. Hasta le hubiera rezado gozosamente a Dios, como solía hacerlo aunque renegara de todos sus intercesores, pero lo que no podía aceptar era que alguien decidiera de la hora de sus plegarias y de la naturaleza de sus sacrificios.

Durante casi una década, Fernando Benítez visitó con intermitente asiduidad la casa de Machila, a quien entronizaba y destronaba con la misma pasión, hasta que cayó en la cuenta de que el rey estaba viejo y que Machila ya no era el reino de este mundo. A pesar de la clandestinidad que encubrió los inicios de la relación para la familia Armida (Machila todavía no se divorciaba legalmente), la pareja no solamente vivió una vida pública, sino que se volvió una de las parejas más en boga y en boca de los años cincuenta.

Fernando Benítez pertenecía a la especie de los solterones apasionados y codiciados por la chispa de su inteligencia y los incendios de su corazón. Nunca respondió a los cánones que tradicionalmente sancionan la belleza masculina: delgado y de baja estatura, era más bien una constante polémica entre la brevedad de su figura y el tamaño agigantado de su personalidad. Parecía haber nacido semicalvo y miope, pero él llevaba esos aparentes defectos como los estigmas de una nobleza de raza: la falta de pelo se convertía en una larga frente avisadora de una inteligencia excepcional, y la miopía le daba a su mirada clara la lejanía de una exacerbada sensibilidad. Sólo la línea negra del bigote imprimía una severidad como disciplinada a ese rostro rosado de soñador. Su elegancia proverbial en todas las artes de la vida lo hacía, además, un amante de venusto estilo. Si antes los aromas de la gardenia lo habían embriagado hasta el doloroso desespero, las jacarandas de los ojos de Machila lo cegaron con su luz y sus relámpagos. El amor que los unió fue una prolongada alternancia de días asoleados como sólo se azulea el aire en la región más transparente y de noches de tormentas eléctricas que truenan tal un preludio del Juicio Final. Sus sentimientos dibujaban la geografía de una montaña rusa, pero ellos se subían al estrepitoso trenecito con la ilusión de partir a una luna de miel en un mullido compartimiento del *Orient Express*. El suyo fue un amor a ritmo de feria: un amor feérico a punto del vértigo, que maravilla y marea, que gira como un trompo arrebatado y arranca aullidos de placer y de pánico.

"¿Cómo luchar contra el destino? ¿Contra esta mezcla de voluptuosidad desfallecedora y de relámpagos espirituales que son nuestras prohibidas, peligrosas y crueles relaciones?", le escribió un día Fernando Benítez desde su refugio en el Observatorio de Tonantzintla. Lo que la retórica amorosa presenta como una rendición irremediable —"¿Cómo luchar contra el destino?"— es a menudo la batalla que se libra contra uno mismo y, eventualmente, contra este contrincante que es, a un tiempo, enfermedad y remedio. Como el Napoleón de Stendhal, rutilante en Marengo y enlodado en Waterloo, en sus húmedas retiradas Fernando Benítez sufría el recuerdo de su Sanseverina del altiplano:

Aquí, rodeado de lluvia, de soledad, recuerdo los días de sol y las noches colmadas de amor que me has dado. Amanecer con la palma húmeda y caliente de tu mano en la

143

mía, tal vez sea una dicha demasiado grande para que fuera cotidiana. Me queda, vivo, el perfume a mar y a gardenia de tu carne, el denso sabor a sangre de tu boca y me empapa el olor a hierbas y a sudor de tus muslos y miro cómo tu espíritu se asoma a través del jacinto de tus ojos.

Machila era su Italia, su Ítaca, su Citerea, en fin, su Mediterráneo.

La obra literaria y periodística de Fernando Benítez era la causante de sus repetidas retiradas, de los sucesivos viajes que lo alejaban de su puerto mediterráneo. El Observatorio de Tonantzintla, donde su amigo Guillermo Haro descifraba los cielos tlaxcaltecas, era, para él, una celda en la que se encerraba para escribir las páginas de su historia de México. "Me enredo en la oscura genealogía de Morelos y no logro imprimirle interés novelístico, pero estoy seguro de que mi constancia terminará supliendo mi falta de talento..." Era una celda y un pozo en el que, a veces, se abismaba por largas temporadas para escribir sus libros claros y vívidos. De cuando en cuando le enviaba a Machila una instantánea verbal de su disciplinado suplicio:

Me sale moho en las orejas; los bigotes me cuelgan como estalactitas; soy un monstruo inhumano que siento la pluma como parte de mí mismo. Huelo a papeles, a libros, a cigarros, a café. Es decir a lo artificial, a lo aniquilador, a lo absurdo. De todas maneras, avanzo a razón de tres cuartillas diarias, lo que me hace dejarme embarrado literalmente en el papel...

"La ausencia —dice la copla— es aire que apaga el fuego chico y aviva el grande", le recordaba Fernando Benítez a Machila cuando ésta se impacientaba en su

144

Machila Armida, 1939. "...transformar la vida en una eterna vacación."

Concepción Cabrera
de Armida.
*"Oh hija, arrójate a este mar
sin fondo del amor…"*

Machila a los 18 años.
*"Escaparse de los encierros
dorados o punitivos…"*

*Machila y Enriqueta Dávila,
Embajada de México
en Brasil, 16 de septiembre de
1944.
"La vida diplomática…"*

*Boda de Machila con
Leendert van Rhijn,
Coyoacán, 19 de noviembre
de 1945.*

Diego Rivera: Retrato de Machila Armida, *1952.*
"Pintar a Machila era dar cuerpo y colorido a la alegría."

Diego Rivera: Machila con su hija Patricia, *1954.*
"Diego fue el padrino de su alternativa artística..."

septiembre 23 de 1951

Machilxochitl

Xiuyolotl Diego

Xiuyolotl Diego: Machixochitl, *1951.*
"...la rebautizó y descubrió en sus creaciones raíces genuinamente nacionales."

Collage de Machila Armida, 1952. "Eran happenings de sus emociones más viscerales."

Machila con Patricia y Diego Rivera, Ciudad Universitaria, 1952.

Machila con Fernando Benítez, noviembre de 1962.
"…un amor a ritmo de feria; un amor feérico a punto de vértigo…"

Alejo Carpentier.
"Mientras Carpentier alfabetizaba las masas de Cuba…"

Machila en Egipto, 1960. "...decidió vivir menos pero vivir igual: en la fiesta perpetua de la vida."

papel de Penélope-pegabotones. Entre las maravillosas declaraciones de amor que las cartas traían, de pronto se deslizaban amonestaciones como ésta:

Tú sabes además que un grito, una trampa, una situación turbia, unos amoríos por intrascendentes que parezcan, la vuelta al pasado oscuro y denso de horrores me aleja de ti y que en cambio un mantelito bordado, una sonrisa, unas lágrimas, una voz humana y llena de simpatía, me hacen tu esclavo.

Pero Machila no tenía tesitura de Penélope, aunque sólo fuera para "mantelito bordado", y si era puerto, lo era con todo el bullicio de su comercio atiborrado de colores y de ajetreos.

La carencia de penelopismo en Machila originó más que amonestaciones por parte de Fernando Benítez. En los finales de su relación, hasta provocó un incidente automovilístico que ahora circula por la *petite histoire* de las sobremesas literarias. Si sus encuentros se reservaban, de preferencia, las somnolientas tardes de los lunes, no faltaba un día o una noche en que Fernando Benítez sintiera la urgencia de acudir de improviso a la casa de Machila. Al principio, como suele suceder en las pasiones nacientes, esas apariciones eran una fiesta; al paso del tiempo (y de la pasión), se convirtieron en aguafiestas. En los amantes que se alejan uno del otro se desarrolla un sexto sentido de la torpeza involuntaria que acaba transformándose en frenético sabotaje. Una noche en que Machila recibía a otro hombre, al que, probablemente, colmaba con sus alimentos literales y figurados, llegó Fernando Benítez como un bólido (también literal y figurado) al volante de su brioso corcel europeo. Estacionó el automóvil frente a la cochera de

Machila y pegó el dedo al timbre de la casa. El gallo estridente que pitaba su serenata de urgencia no dio el resultado esperado: ninguna cortina se descorrió, ninguna dama asomó sus encantos encamisonados por la ventana abajo de la cual el Romeo-mariachi trepidaba de ira y de sofoco. Sin desprender el dedo de su instrumento de ocasión, Romeo amenazó, no con subirse al árbol, sino a su automóvil y embestir la puerta que ni siquiera se entreabría. Del dicho al acelerador hubo un solo pisotón que Fernando Benítez ejecutó con el mejor estilo de un personaje de Tennessee Williams. De primera cambió a reversa y, con la misma velocidad, derrapó hacia la noche de Coyoacán, esta vez al estilo James Dean, pero con la diferencia de que él se sentía, aquella noche, un rebelde *con* causa.

Año tras año, de 1953 a 1956, Fernando Benítez se exiliaba por temporadas en "el mágico y doloroso mundo de los mayas", donde investigaba la locura del henequén. *Ki* lo perseguía y lo contaminaba como una peste, pero su delirio interior se consumaba con la ausencia de Machila. Desde lo alto de la pirámide de Chichén Itzá, para el Chac Mool que lo contemplaba como un enigma petrificado, evocaba a la diosa de su íntimo culto:

Son las cinco de la tarde. Estoy sentado en los altos de la vieja, destruida escalera de las monjas donde una vez estuvimos juntos. La tarde es fresca. El bosque verde conserva todavía la frescura lozana de las pasadas lluvias.

En el horizonte, dorado y azul, el sol rojo y redondo desciende suavemente. La canción adormecedora de los insectos. Vuelan y chillan las golondrinas. Frente a mí el caracol derruido; la Pirámide como un puño; el templo de los Guerreros con sus terrazas y sus muros blancos. Mi corazón, lleno de ausencia, mide el tiempo pasado. ¡Si sólo un momento estuvieras a mi lado!

Despierto y no te encuentro; no me explico por qué no estás viva a mi lado. Y comprendo: es mi deseo que evoca fantasmas.

Machila compartía con Fernando Benítez su pasión por el mundo prehispánico. La suya no era tan erudita ni disciplinada como la del escritor. Ya se sabe, se jugaba en el ámbito doméstico de las ollas y de los hornos. Pero también la gastó en la compra de una célebre colección de piezas arqueológicas conocida como "la colección Sologuren". Para adquirirla, Machila recurrió a una treta cuya víctima fue su propio padre. Le cantó el tango de la desafortunada heredera que malgasta sus energías y su precioso sudor en los camiones de la ciudad. El padre se apiadó y soltó los pesos para aliviar los pasos de su pobre prole con la compra de un coche. Hasta allí, los dos alternaron en el mismo lunfardo sentimental de la hija suplicante y del padre bondadoso. Como quiere la tradición tanguera, la puñalada fue trapera y toda relativa: con el dinero en mano, Machila corrió a invertir el sudor de su padre en la agostiza Sologuren. Tiempo después, la colección, que incluía la famosa diosa del maíz que figuraba en los antiguos billetes azules de 50 pesos, pasó a poder de Dolores Olmedo, que se la pagó a Machila con un terreno y una casa en la calle de Taxqueña, pero también con un tiroteo vengativo digno de un Otelo disfrazado de Al Capone.

Después de recorrer varias tierras y el accidentado camino de la pasión, el último viaje que Machila hizo con Fernando Benítez fue el alucinante viaje de los hongos, durante el verano de 1962, "en el sigilo y en la autenticidad del mundo mazateco" de María Sabina. Para Fernando Benítez, se trataba de un regreso a la Sierra de Huautla, donde el verano anterior y gracias a Gordon Wasson, había probado la psilocibina sagrada del nanacatl, llevado por la mano, las palmas y los cantos de María Sabina. La experiencia había sido más que desagradable, como lo relata el mismo Fernando Benítez en *Los hongos alucinantes;* había rozado el pánico, había atravesado las zonas más crueles e infatuadas de su ser, se había sentido un dios todopoderoso, agresivo y desafiante antes de acabar descendiendo a los infiernos, convertido en un vejete tembloroso, en un pellejo muerto de sí mismo. Tal vez para mitigar el recuerdo, regresaba ahora escoltado por dos mujeres amorosas y cercanas: su hermana Ana Benítez de Zumalacarregui y Machila. "Las cosas pues se presentaban muy diferentes a como se presentaron en 1961. Tenía a mi lado la ternura de las dos mujeres que me acompañaban, y su deseo de ayudarme como guías en el descenso a los infiernos era para mí de una importancia esencial", recuerda Fernando Benítez.

Tomar los hongos —apunta el escritor— equivalía a comprar un boleto y dar la vuelta en torno de uno mismo —como se compra un boleto para dar la vuelta al mundo—, recorrerse uno mismo en un largo viaje donde no hay guías, ni mapas, ni posibles itinerarios.

Para Machila, que acostumbraba sobrevolar su vida como una golondrina, haciendo un verano de cada momento, ese viaje le significaría una inesperada picada.

María Sabina se negó a bajar a Huautla y a realizar la ceremonia en la casa de la profesora Herlinda, que ya conocía Fernando Benítez. Hubo que subir en mulas y caballos hasta la cabaña de la sacerdotisa mazateca, cuando se cerraba la noche húmeda y olorosa.

La casa es un simple cuartucho de madera y tejado de lámina levantado al borde del camino que lleva a las riberas del Santo Domingo. Está dividida en dos partes: la posterior servía de alcoba a seis o siete nietos; la anterior —las separaba una división de tablas—, servía también de alcoba y de sala de ceremonias. En el altar, carente de ofrendas, descansaban los hongos sobre una hoja de plátano, un incensario de barro, velas, piciate y un ramo de flores.

"María Sabina no es precisamente seria, sino grave y digna, como son casi siempre los indios", puntualiza Fernando Benítez antes de esbozar un retrato de la "sabia herbolaria, curandera, cantante, maestra del éxtasis y maestra del alma humana". Así evoca a María Sabina:

Un dominio de sí misma, una perfecta naturalidad, una conciencia de su poder que sólo se expresa en la mirada profunda de sus ojos, unida al sosiego de toda su figura, hacen de ella ciertamente una personalidad extraordinaria. Sabe que es famosa —guarda los retratos y los artículos que han publicado sobre ella—, pero no le gusta hablar del asunto. Como todos los suyos, es pequeña y delgada e incluso sería demasiado delgada si no fuera por los músculos cada vez más visibles que asoman bajo su piel oscura. El pelo, dividido por una raya, es negro todavía, como las cejas espesas y abundantes, cosa rara en las indias; tiene pómulos salientes, fuerte y ancha nariz, la boca grande y elocuente. Su vida de campesina, el haber sostenido durante muchos años a su familia, los viajes que emprende a pie y las largas veladas donde ejerce su profesión de curandera en las que canta cinco o seis horas, baila y maneja elementos de percusión, fuma y bebe aguardiente, no parecen haber disminuido su prodigiosa energía.

¡Qué contraste entre la saltarina, la extrovertida Machila y la grave y contenida María Sabina! ¡Qué vidas más disímiles! Si ambas se dedicaban a alimentar a sus prójimos, una atendía su hambre espiritual, y la otra, su no menos bajo apetito carnal. Parecían encarnar las encontradas culturas de *lo crudo* y *lo cocido*. ¿En qué punto se encontrarían las dos mujeres: la primera, dispersa entre el rumor mundano de los salones, y la otra, fortaleza reconcentrada en su diálogo cara a cara con los dioses y los muertos? Se encontrarían en la ceremonia del conocimiento, durante la cual Machila, que contra todos se rebelaba, se sometió al poder de la sacerdotisa mazateca.

Se instalaron en la casita, algo sorprendidos y perturbados por el bullicio de los niños y de los parientes que iban y venían, entraban y salían, en un ajetreo que parecía poco acorde con la sagrada ceremonia. "María sahumó los hongos y nos ofreció seis pares a cada uno. Los comimos despacio con tablillas de chocolates y esperamos [...] La curandera, recogida en sí misma, tomaba aguardiente y fumaba sin descanso. También aguardaba el milagro."

Recostada en un petate, con la vista fija en las vigas del techo, Machila poco a poco se fue llenando "del veneno de los hongos, de ese sabor mineral y descompuesto de la muerte". Si la curiosidad la había llevado hasta allí, ahora comenzaba a sentir la angustia de descubrir lo que no quería averiguar. Además, ¿qué iría a descubrir? ¿Se enfrentaría a los mismos demonios que vislumbró Fernando el año anterior y que ahora él quería encarar de una buena vez? ¿Cómo serían los suyos? ¿Cómo era ella? Los minutos que pasaban en la espera de los primeros efectos de los hongos le parecieron cruel-

150

mente eternos: estaba atravesando ese cuarto de hora en que nada sucede pero donde no hay marcha atrás posible; ese lapso en que la conciencia se agudiza, buscando a tientas los primeros signos del terremoto físico de los hongos, y acercándose a ciegas a los abismos que abren en el alma. Las primeras sacudidas llegaron con las arcadas, que parecían generar ondas vibratorias que viajaban entre su cuerpo y el altar donde María Sabina entonaba sus salmos. Machila todavía pudo ver cuando ésta se levantó para acurrucarse a un lado de Fernando Benítez, presa de violentos escalofríos, y untarle la mezcla que contenía el piciate en las articulaciones de los brazos y de las piernas. Después perdió a Fernando y a Ana, se perdió a sí misma en el vertiginoso desfile de rombos, cubos, pirámides y grecas, de arquitecturas brillantes, luminosas y movedizas que se sucedían velozmente ante sus ojos inermes que, minutos antes, se colgaban de las vigas de madera. Sólo los ruidos y los cantos atestiguaban la presencia del mundo real, pero también éstos se incorporaron al desfile de la delirante geometría, tales las tocatas de una insoportable fuga.

¿Qué vio Machila? Nadie lo sabe. El testimonio de Fernando Benítez es escueto: "A un lado mi hermana se ríe. Me dice que llora de risa. Que tiene la cara empapada de lágrimas felices. Al otro lado su amiga solloza y habla de querer volver a su casa." También Machila empezó por reírse mucho, eso sí se lo contó a un amigo, pero lo que después sucedió, el porqué de su llanto, de su deseo de regresar a casa para recobrar un orden amable y conocido, se lo llevaron los duendes del nanacatl a las aguas del Santo Domingo, barranca abajo. Como de sus otras aventuras mitigadas, Machila sólo conservó el recuerdo de su risa y lo demás se hizo silencio...

El barullo de la Revolución cubana la atrajo como si se tratase de la celebración del espíritu de rebeldía que la había animado prácticamente desde su nacimiento. Con Fernando Benítez, y al igual que sus amigos intelectuales, Machila se solidarizó con los ideales de la Revolución caribeña, levantó más de una copa en honor de Fidel Castro y los demás barbudos, e integró los primeros contingentes del turismo revolucionario que, desde entonces hasta la fecha, manifiestan su apoyo al régimen con una decisiva participación en las noches rumberas del Tropicana. Su lazo con la Revolución cubana estuvo a punto de anudarse con el caballo supremo que pasta en los jardines de la isla. Una noche en que Fidel Castro recibía a los distinguidos mexicanos alrededor de una mesa multitudinaria, le tocó a Machila sentarse entre su leal escudero y el legendario caballo que embistió el cuartel Moncada, sin éxito y por falta, entre otras cosas, de los espejuelos indispensables para guiar el coche entre los mojones de la entrada. ¿Acaso la épica toleraría un caballo de Troya con espejuelos? Al calor de las copas que, a la menor provocación, se alzaban con vigor revolucionario, el caballo comenzó a relinchar por la yegua madrina que tenía a su costillar y a gambetear por debajo de la mesa. Al principio, Machila confundió las gambetas con accidentes estratégicos, que atribuía a meros problemas de coordinación motriz. Pero al rato el caballo piafaba con inconfundibles intenciones, arriba y, sobre todo, abajo de la mesa del banquete. El caracoleo no pasó a mayores porque no hubo oportunidad de soltar las riendas, ni de un lado ni del otro, aunque a Machila no le hubiera disgustado cabalgar un trecho con el caimán barbudo.

El lazo que no se anudó aquella noche se lo echaría

más tarde otra figura de la Revolución cubana, la noche del 21 de noviembre de 1960, en la intimidad de una cena coyoacanense cuyo menú incluía tortilla al estragón, *steak au poivre*, torta de fresa, vino de Beaujolais. Se trataba del escritor Alejo Carpentier, suizo de nacimiento pero cubano por adopción, sobre todo a partir del triunfo de la Revolución, cuando pasó a ser un símbolo de la alianza entre la *intelligentsia* y el poder. Había regresado a vivir a La Habana, después de un largo exilio en Europa y Venezuela, cuatro días antes de la celebración histórica del 28 de julio de 1959. Fue un regreso calculado que, sin embargo, revistió las formas de una adhesión espontánea y entusiasta al nuevo régimen. Su incorporación a la nomenclatura revolucionaria satisfacía a todos; en primer lugar a él, que encontraba así un centro geográfico para su desmembrada identidad, íntima y literaria, y también a los nuevos gobernantes, que se aprovechaban de su prestigio mundial para dar legitimidad al régimen. Si bien se le encargó casi inmediatamente la dirección de la Editorial Nacional de Cuba —que le valió el apodo de *el Zar del Libro*—, los demás puestos que desempeñaría se limitarían a la vicepresidencia de varios organismos claves en las relaciones entre los intelectuales y el poder, como el Consejo Nacional de Cultura y la Unión de Escritores y Artistas de Cuba. No tanto porque se desconfiara de su lealtad a la causa revolucionaria, de la que dio más de una prueba hasta el final de su vida, sino porque era más útil en un papel de figuración. En suma, era una honorable tarjeta de presentación que Cuba ostentaba en el mundo entero y frente a organismos tales como la UNESCO, donde Alejo Carpentier encabezaba las misiones de su país.

Tanta representación oficial tenía para Alejo Carpentier un solo inconveniente: la falta de disponibilidad y de libertad de movimiento para vivir a su antojo la pasión que le despertó Machila desde el primer día en que la conoció. La correspondencia de varios años reitera, antes que nada, la desesperación por los desencuentros, los aplazamientos de viajes, la ausencia que se prolonga a causa de compromisos oficiales o de visitantes comprometedores. Una paradoja se apoderó entonces de la vida de Alejo Carpentier: al mundo entero declaraba su voluntad de quedarse en Cuba, donde pensaba que se estaba construyendo, ni más ni menos, un paraíso terrenal, y se desvivía en malabarismos para salir de la isla y coincidir con Machila en algún lugar de la Tierra. Ideológicamente, Cuba ejercía sobre él una fuerza centrípeta; sentimentalmente, lo animaba una fuerza centrífuga que le hacía desear una fuga perpetua de la isla. Todo pretexto era bueno para volar a México y simular una visita de trabajo. Sería exagerado decir que, por ejemplo, la compra masiva de libros al Fondo de Cultura Económica por parte del gobierno cubano se debía únicamente al interés de Alejo Carpentier por hacer un alto en la calle de Taxqueña, pero lo cierto es que todo trato oficial con México le significaba una oportunidad amorosa que con gran empeño buscaba y provocaba.

A los 55 años, Carpentier recobró con Machila las emociones de los amores primerizos; revivía lo que toda pasión sabe convocar: una segunda, eterna juventud. Al mes de abandonarla por primera vez, le escribía esta carta digna, no del escritor más cartesiano del Caribe, sino de un adolescente felizmente enfermo de amor:

Amor mío:

...Estoy impaciente, inquieto, preguntándome si ya te

habrá llegado mi carta anterior. Si no habrás malinterpretado mal mis monosílabos por teléfono. A la vez, repaso y repaso tu comunicación mentalmente (no se te oía bien) y me entran dudas. Ahora me parece que dijiste que me habías llamado el día anterior... ¿Es cierto?... No sé. ¡Oh, haber vuelto a las angustias sentimentales, a las incertidumbres de los veinte años!... Y ¿has sido tú capaz de hacer tanto?... Como cuando te esperaba aquella mañana en el bar de la calle Madero —cuando lo menos que podía decirse es que ya me habías dado el "sí"—, con todos los desasosiegos del estudiante enamorado... (Eso fue el día 23, fecha importante en *nuestro* calendario.)

Pero más importante aún, la de hoy, 21 —primer *aniversario*. Treinta días, nada más, han pasado. Y ha habido como un cambio, una transfiguración, una iluminación. Todo ha cambiado de color y de aspecto.

Allá te dirán que aquí estamos tristes; que nos faltan cosas para celebrar las Pascuas... La verdad es que todas las calles están adornadas; que reina un bullicio increíble en todas partes... Y en cuanto a falta de manjares pascuales, te diré que las tiendas están atiborradas de turrones españoles, y que acaba de llegarnos un buque cargado de higos y pasas... Y en cuanto a las uvas, que antes venían de los EE. UU., este año las tenemos, pero con la ventaja de que son de Checoslovaquia y saben mucho mejor... Y en cuanto a juguetes, los tenemos de China —primorosos.

Te hablo de alegría... Desde luego que, en medio del júbilo general, me faltas tú. Pero la noticia de que vienes pronto lo ha cambiado todo. Llevo, dentro, una alegría tranquila, infinita: sensación de *continuidad;* de que todo sigue; de que la ausencia material, por encima de todo, poco significa cuando lo que se lleva se lleva tan adentro, tan metido en la piel, tan latente en la sangre... Ardo en deseos de saber cómo será ese viaje tuyo. Espero tus noticias con impaciencia... ¿Vienes en grupo? ¿Sola? ¿Invitada?... Como muchas personas han sido invitadas a La Habana en enero, hago mil conjeturas...

Otra vez te escribo en máquina. No me gusta —no me suena— hablar de ciertas cosas en el feo aparato ése... Pero es lo que me hará fácil escribirte cada día. De aquí salgo hacia un correo que me queda muy cerca. Y así te hablo más; más directamente.

Estas líneas te llegarán probablemente el día 24. Quiero que en esa noche te diviertas. (Yo, por mi parte, no pienso hacer nada, salvo darme unas vueltas por las calles.) Diviértete y piensa mucho en mí... que ésa es la más fina manera, para una mujer, de burlarse de las gentes. Ahí estará mi venganza por no estar a tu lado: venganza contra los otros, que te miran, desde luego. Coquetea, que no tengo miedo: otra venganza mía: la del chasco que otro se habrá de llevar.

Estoy en falta con Patti. Hoy mismo le escribiré felicitándola, y dándole las gracias por la palomita que.adorna mi estudio, con un ídolo que las gentes, definitivamente, encuentran *sensacional* —¡y no saben hasta qué punto!— y los caballitos, el de la Luna y del Sol, que relinchan desesperadamente por juntarse a lo largo de una pared donde los tengo separados.

Te amo, te amo, te beso,

tu A.

De carta en carta, Carpentier luchaba con los enemigos invisibles que conspiraban contra su amor: la burocracia que regía su agenda, el teléfono que no funcionaba sino caprichosamente, el correo que se retrasaba, los censores que desaparecían las misivas ("Y lo que me da más rabia es pensar que acaso me escribes, pero que tus cartas —o las mías o ambas— son voluntariamente 'extraviadas' por algún censor sin madre [Ninguno la tiene]"), los aviones que no llegaban a la hora, los azares de la política internacional que cancelaban giras, cerraban los aeropuertos y ponían, sobre todas las cosas, una incertidumbre insoportable, no tanto para el porvenir del país como para el reencuentro de los amantes.

Los primeros tiempos de separación fueron para Alejo Carpentier una gozosa obsesión del recuerdo. En vísperas de Navidad, le relataba a Machila el tenor de sus sueños diurnos y nocturnos:

No sé si te ocurre lo mismo; pero, a medida que pasan los días, se afianza en mí una sensación de seguridad, de estabilidad, en cuanto a ti. Tengo una confianza absoluta. Todo sigue; todo tiene que seguir. Hay un pacto sellado. Es algo *indestructible*. Hace noches, en sueños, me vi deteniendo un automóvil de alquiler... ¿para ir a dónde?... A la Calzada Taxqueña. Estaba en la misma ciudad. En La Habana. Bastaba con la voluntad *de ir,* para encontrarla. Esto, llevado a otro plano, es lo que me infunde, constantemente, una serena seguridad. Una calma rara, hecha de tu presencia ausente —pero presencia que siento en cada minuto. Veo cosas y me digo: "esto le agradaría... esto la divertiría, esto la haría reír". Me acompañas en cada instante.

A principios del año siguiente, le precisaba la naturaleza de su seguridad:

¡No sabes cuán presente te tengo!... Y luego, algo que tú también sentiste: la impresión de *hogar* —de estar en nuestro hogar— que teníamos, ambos, durante nuestras comidas tan inolvidables, en tu casa de Taxqueña... Había un calor, una intimidad, un descanso, que se halla muy poco en semejantes circunstancias, porque todo es, generalmente, demasiado reciente, demasiado nuevo, para situarse dentro de una realidad inmediata, concreta... Y sin embargo, desde el primer momento, existió entre nosotros algo que veníamos arrastrando, sin saberlo, desde hacía muchísimo tiempo. El anhelo de algo que, en minutos, quedó plasmado. Agarrábamos lo perseguido desde hacía años. Habíamos vivido esa maravillosa realidad, inconscientemente, sin saber cuándo ni cómo iba a cristalizar. Y, de pronto, se produjo el milagro. Dices que ves "mi" silla. Y yo veo las paredes de tu casa; sus cuadros, sus ídolos. Nada se ha borrado de mi memoria. Ni siquiera los detalles más nimios. Todo, con tu presencia en medio de todo, constituye un conjunto, algo indivisible, dentro de lo cual me siento vivir y palpitar. Te adoro.

Es indudable que, para Carpentier, Machila fue todo un descubrimiento, aunque sería difícil precisar si lo fue de un erotismo que nunca había conocido, de un tipo de mujer que no había frecuentado aún, o de un vigor y una juventud que no sospechaba siguieran existiendo en él, después de más de medio siglo de vida. Algunas de sus exclamaciones epistolares sugieren su asombro ante una mujer que pueda conjugar las llamas del erotismo con las aguas claras de una amistad casi matrimonial.

¡Para mí, nuestra última tarde, nuestra última comida, fueron inolvidables!... ¡Tan dulce fuiste; tanto me agarrabas las manos!... ¡Nunca te vi tan linda, tan fresca, con esas mejillas de fruta que tienes!...

No dejes de escribirme de cuando en cuando. No abandones lo nuestro. Y si dejas de quererme algún día... no me lo digas. Además de mujer, de amante maravilllosa, eres... ¡tan *amiga!* Tu compañía me hace bien, me conforta, me rejuvenece. Vences mi complejos. Cuando me señalas un defecto, trato de enmendarme, y, a veces, lo logro.

A pesar de su cosmopolitismo, de sus arrastradas "erres" francesas, de su catadura acartonada de diplomático, de su corpulencia rematada por un impecable engominado, a pesar de su vasta cultura y de su prestigio literario,

Carpentier se sentía "una muchacha provinciana" frente a Machila. En las cosas del amor, Machila le enseñaba nuevos alfabetos, le abría libros inéditos para él y hasta le reveló uno que otro incunable de su voluptuoso cuerpo. Machila se convirtió en su íntimo "real-maravilloso". Mientras Carpentier alfabetizaba las masas de Cuba, Machila le daba, de cuando en cuando, unas deliciosas clases particulares de arte erótico.

El año de 1961 se anunciaba lleno de promesas de viajes y, sobre todo, de una prolongada luna de miel en París.

En cuanto a que el año 61 será de "muchos vernos", no se trata de una halagadora hipótesis —le aseguraba Carpentier en febrero—. Es seguro. En primer lugar: estaré en París en la primera quincena de abril, para desempeñar un trabajo más representativo que laborioso, que me tomará muy poco tiempo, un día que otro. Es decir: que disfrutaré de días enteros de asueto, con sus consiguientes *noches*... ¡Qué noches ésas! Me estoy relamiendo de antemano, pensando en quién estará en París para esa fecha... ¡Todo un viaje de bodas!... ¿Te imaginas?... ¿Tú habías estado allá? ¿No?... En ese caso, te seré un guía absolutamente incomparable, pues me conozco la ciudad palmo a palmo, con sus pequeños *bistrots* donde se toma el mejor vino de Alsacia del mundo...

La coincidencia no podía ser mejor: Machila emprendía, a principios de marzo, una vuelta al mundo de más de 80 días, en una excursión impecablemente orquestada por la agencia Cook. Por su lado, Carpentier anticiparía sus huellas por Europa central, la Unión Soviética y China, a la cabeza de una misión de trabajo que auguraba la posibilidad de rematar el fatigoso periplo con

159

unos días de libertad en París. Pero el desencuentro fue total, en toda la longitud del doble itinerario, tal una verificación del axioma que asegura que las líneas paralelas de las misiones cubanas y de las excursiones Cook jamás se encuentran. Las que sí se cruzaron fueron las cartas posteriores que intentaban desentrañar el embrollo de la comedia de equivocaciones. Carpentier no se pierde en vericuetos epistolares:

> Muy buenos cuernos debe usted haberme puesto entre los días 2 y 29 de mayo, cuando no se resuelve usted a contarme lo que anduvo haciendo por Italia durante todo ese tiempo... Cada día espero, impaciente, una respuesta a mi carta anterior... ¡Y nada!... Todo eso huele a infidelidad... Por lo tanto se va haciendo urgente que vaya yo a México para aplicarle algún buen castigo de mordidas y bofetadas a donde mejor suenan...

Tal vez la fuga de Machila se debiera a un acoso musical que la llevó por varios países tras los bemoles de un pianista de origen polaco, Adam Harasiewicz, cuya juventud y belleza la desconcertaban más que sus brillantes conciertos. De ser cierta la simultaneidad de las dos historias, nunca Carpentier sospechó que su "concierto barroco" se había convertido en un concierto a cuatro manos.

Los reproches van y vienen hasta el mes de septiembre, en que las cosas parecen aclararse: la falta de cartas por parte de Carpentier sólo se debió al ajetreo de la gira y Machila le reitera su amor inconmovible.

> Me has devuelto toda mi confianza, y mi cariño, mi amor, hacia ti, no queda empañado con duda alguna... Por lo demás, diviértete... ¡Vive como amas vivir!... Tengo fe absolu-

ta en tu fidelidad profunda, en la verdadera, en la que no me fallará jamás. ¡Quiero creerlo así, y estoy orgulloso de ello!

La reconciliación se salda con un episodio más chusco aún que la comedia anterior. Esta vez, el tono es de farsa que el mismo Carpentier resuelve adoptar para relatárselo a Machila:

Amor mío:

¡Las cosas que me pasan por quererte! Es tan gracioso lo que voy a contarte que empiezo por ello. He aquí la historia:

Ayer, a las doce y media del día, suena el timbre del teléfono. Descuelgo y me encuentro que estoy comunicado (sin previo aviso) con México... El corazón se me sube a la boca. Y oigo una voz:

Voz: Le va a hablar Machila.

Me late el cuerpo entero. Respiro mal, de la emoción. ¡Dentro de unos instantes, pues, voy a escuchar tu adorada voz!... Pido a Dios que la comunicación esté clara, porque de La Habana a México, por lo general, se oye muy mal...

Voz de mujer: (Dice algo confuso.)

Yo: Habla más alto... Apenas si te oigo...

Voz de mujer: (Algo perdido en ruidos.)

Yo: Pero ¿dime? ¿Me oyes? ¿Me oyes?

Voz de mujer: (Más claro.) Hable con... Machila.

Cambia la voz de mujer: (Ahora es una voz algo más grave, perdida en ruidos, pero que bien puede ser la tuya... Es más: me suena.)

Yo: ¿Cómo estás, amor mío?...

Machila (que no oye nada): Oiga... Oiga... (ruidos).

De pronto el teléfono se pone claro, pero no lo bastante para que la voz no se parezca a la tuya. Sube el tono y oigo...

MACHILA: ¿Me oye ahora?... ¿Sí?... Mejor... Pues quería decirle a usted...

Yo (para mí): ¿Me trata de usted?... Será que está rodeada de gente. Bien. Me cuidaré... (alto) Diga usted, Machila, la oigo un poco mejor...

MÁCHILA: (Se enfrasca en una larga historia de una colaboración que me piden. Me dice que en el "Fondo" no sabían dónde llamarme, pero que, gracias a una "amiga" [¿por qué hablar de ti en tercera persona? —me pregunto]... decidieron pedirme dicha colaboración...)

Yo: (Empiezo a encontrar que todo eso es muy raro. La voz se me sigue pareciendo a la tuya, aunque con tantos ruidos... Ya explicado el caso, empiezo a desconfiar...)

MACHILA (¿?): Y reciba usted un abrazo...

Yo (gritando): Pero, ¿quién habla?

LA VOZ: Ila... Ila... Chila... Ila...

Yo (aullando): ¡No oigo!

LA VOZ: ¡Orfila! ¡Orfila!...

Yo: ¿Orfila, del Fondo de Cultura Económica?...

LA VOZ: Sí... Yo... Reciba usted un abrazo... Etc... Etc...

...Y ésas son las cosas que le pasan a uno por andar enamorado "como un caballo" —como dicen en mi tierra. No hago más que pensar en ti, y ¡claro!... ¿Llamada de México?... Ya oigo tu voz en todas partes.

Además de las conspiraciones materiales, Carpentier tenía que luchar con los enemigos de carne y hueso que rodeaban a Machila y, sobre todo, con los obsesivos celos que invadieron la relación epistolar a partir de 1962. Ya en febrero de 1961 le había advertido a Machila: "[...] no concibo el amor, cuando es verdadero, sin una fuerte dosis de celos. Es lógico: el amor es ferozmente exclusivo. Todo lo quiere para sí... ¿Verdad que nada tengo que temer? Dímelo. Necesito que me lo escribas". Pero los amigos comunes que iban y venían entre México y Cuba (Carlos Fuentes, Emmanuel Carballo, Elena Poniatowska, Fernando Benítez, entre otros), soltaban de pronto comentarios que hacían tambalear a Carpentier: que si Machila se había ido, había dicho, había visto a... El fantasma más temido era, por supuesto, Fernando Benítez, con quien lo unía una curiosa relación. Desde las páginas de *México en la cultura* y luego de *La cultura en México*, Fernando Benítez demostraba semanalmente su solidaridad con la Revolución cubana y su estima por Alejo Carpentier. Las colaboraciones del escritor caribeño se publicaban con frecuencia y sus visitas a México, por lo general, daban pie a una entrevista exclusiva. Ideológicamente, no había la menor nube en el cielo de sus relaciones; pero en el terreno humano, sentimental, una tormenta ensombrecía el firmamento de las buenas causas sin jamás estallar abiertamente. Una estrella estaba en disputa, tal vez no por amor verdadero, sino por amor propio, al menos por parte del mexicano. En agosto de 1962, Carpentier le confiesa a Machila:

...Anoche me dieron una noticia que me dolió como no te puedes imaginar... Que Fernando se había ido a París por seis meses... Y como ustedes son tan amigos, temí que hubiesen hecho alguna combinación para viajar juntos. (¿Te enojas conmigo porque lo pienso?... Pues Fernando, en una carta que me hirió como una cuchillada, me dijo: "He vuelto con Machila." No lo creí, pero ahora... tu silencio, ese viaje...)

Unos meses después, vuelve al ataque:

Méndiga, sinvergüenza, mentirosa, volteadora:
Ya me estoy comprando la navaja sevillana para picar. ¿Así que fuiste a lo de María Sabina con Fernando? Él no

163

falló en contármelo... Me dijo que te habían puesto bajo el cuidado de una maestra, para que "no fueses a arrojarte a una barranca". Que habías empezado por reírte mucho. En fin: lo mismo que me contaste tú.

Pero yo me tomé una venganza. Fue a mi casa y cuando vio el perro que me regalaste junto a la máquina de escribir, se quedó como de piedra. Estupefacto. Mudo.

Cuando él regrese, no vayas a hablarle de esto. Él me habla de ti indirectamente, como si yo apenas te conociera. Pero cuando nos encontramos, sentimos —ambos— que algo nos molesta.

En 1962, la relación ya no era tan secreta como pretendía serlo en sus inicios. ("Estoy celoso de todo el mundo. Hay un refrán cubano que dice que 'nadie puede ver al pobre con jaba grande'. Y como ahora, la gente sabe... Y sabe también que he sido querido por la más hermosa mujer del mundo, todos querrán 'quitarme la jaba'.") Como, por sus circunstancias, Carpentier no estaba autorizado para exigirle a Machila una exclusividad amorosa, disfrazaba sus reclamos con bromas como ésta:

He aquí lo que hacen los negros de Cuba a las viejas malas, infieles, que dejan de quererlos para salir con arquitectos que les aconsejan que hagan hoteles en San Miguel Allende, y otras marañas igualmente deplorables:
1) Se compra una navaja sevillana de mucha punta.
2) Se le saca un buen filo.
3) Se compra, en el Barrio Chino de La Habana, un pañuelo de seda sumamente fino.
4) Se envuelve la hoja de la sevillana en el pañuelo.
5) Se recita una oración.
6) Se acerca uno a la vieja, por detrás, y de un solo tajo se le marca una nalga de arriba abajo. (La herida no sangra, pero la nalga queda marcada para siempre.)

Eso se llama *"picar el culo"*. Y cuando una mujer está marcada de esta manera, ningún hombre se quiere acostar ya con ella.

Así que... ¡váyase preparando!...

Más de una persona estaba en el secreto de la relación supuestamente clandestina, pero la cómplice número uno era la madre de Carpentier, cuya casa hacía las veces de apartado postal y de central telefónica. Catherine Carpentier, *née* Blagooblasof, recibía con agrado las mil atenciones que Machila no faltaba en prodigarle y que eran indicadoras de las carencias de Cuba, debidas al bloqueo norteamericano: entre otras cosas, medias, ganchitos para el cabello y, sobre todo, medicinas. El papel de alcahueta que jugó Catherine Carpentier durante varios años sólo puede explicarse por un excesivo amor por su hijo o una tácita hostilidad hacia su nuera, Lilia Carpentier, bella y noble, que se hacía llamar "la señora Marquesa" en Caracas, y en La Habana ocultaba a su padre negro. Acerca de ella, escribe Guillermo Cabrera Infante:

La última [mujer de Carpentier], Lilia, era aún en su edad media una belleza bruna. Hija de un aristócrata negro y de una blanca, los viejos habaneros contaban que nunca le permitieron entrar en sociedad. Ésta era la causa no sólo de la ida hecha huida de ambos a Venezuela, sino de su odio por la alta burguesía habanera y la adicción a los destructores de la que debió ser su sociedad.

¡Cómo no le había de asombrar a Carpentier la naturalidad y la frescura de Machila! Tal vez por efecto de contraste, se maravillaba el escritor:

No sabes cómo echo de menos tu casa, tu ambiente, tu alegría, tu gracia... Yo creo —te lo he dicho, te lo repito—

que eres el ser más risueño, menos problemático, más franco para con la vida, que he conocido jamás. Por ello me haces tanta falta. Verte, aun cuando sólo ocurre de tarde en tarde, es para mí como un tratamiento moral necesario. Me aligeras, me alivias, me infundes nuevas energías... (Aparte de que tú y yo, juntos, somos incansables en un tipo de actividad que supimos ilustrar maravillosamente la víspera de mi partida)...

La devoción de Carpentier no se limitaba a las palabras. Siempre se mostraba preocupado por el bienestar material de Machila, ofuscado de que, por su culpa, fuese obligada a hacer gastos extraordinarios durante sus visitas esporádicas. En numerosas cartas, hace mención de las remesas que le enviaba a Machila con cierta regularidad, por el conducto de sus editores extranjeros. Eran gestos que apreciaba Machila, no sin un dejo de perplejidad ante ese amante que tenía las delicadezas de un marido. En todo caso, los libros de Carpentier aportaban la mantequilla a las espinacas de sus encuentros. Pero también a causa de un libro la relación se enfrió por un tiempo. Cuando, en 1962, se publicó *El siglo de las luces,* Machila tuvo el desagrado de leer que la novela estaba dedicada a la esposa de Carpentier. Machila, que hasta ahora todo lo había aguantado, se sintió "herida" y castigó al dictador de su corazón con un silencio más elocuente que una barroca retahíla de reclamos. Después de varias cartas echadas al mar de la ofuscación femenina, Carpentier recapitulaba:

[...] te pedía, te suplicaba, te rogaba, que me explicaras el sentido exacto de una frase tuya que aparece al comienzo de tu última carta... Me decías que alguna vez *te había herido,* y que *yo lo sabía....* ¿Cuándo?... ¿Cómo?... ¿Cómo he

podido herirte a sabiendas?... Yo formulaba hipótesis: acaso alguna dedicatoria —haciéndote recordar que databa de
1958, es decir: dos años antes de conocerte...

La mortificación de Machila suena poco creíble y parece indicar más bien cierto cansancio por esta pasión
demasiado esporádica a su gusto, sin otro porvenir que
la repetición del juego de "poner casita" varias veces al
año para alimentar la fantasía de un matrimonio ideal.
Más que ansiar la legitimación de su intermitente ama-
siato, a Machila le empezaba a pesar la servidumbre del
simulacro: las esperas y la subordinación a los tiempos
(y, sobre todo, contratiempos) de un Carpentier tan poco
dueño de sí, preso entre una Revolución que le exigía
cada vez más pruebas de su incondicional lealtad y una
familia diezmada por la enfermedad. En el verano de 1963
alternó sus múltiples funciones con el papel de enfer-
mero a las cabeceras casi simultáneas de su madre y de
su suegra. La larga agonía de Catherine Carpentier, afectada, según su hijo, de "inconcebibles" males ginecológicos
a sus 82 años, perturbó aún más la ya difícil comunicación
entre Cuba y México. Para colmo de desgracia, su suegra
tenía que guardar cama a causa de una afección cardia-
ca, lo cual significó, además de la genuina preocupa-
ción, que todo su tiempo libre lo dividiera entre una casa y otra. Varias veces le pide a Machila que mande sus
cartas a la oficina porque la casa materna está demasiado "vigilada", pero también la oficina está bajo otro tipo de
"vigilancia" y Carpentier teme que las cartas caigan en
manos igualmente peligrosas que las conyugales. Para
decirlo pronto, Carpentier vivió el verano de 1963 como
un calvario que su legendaria cautela no se atrevía a ali-
gerar con las escapadas mexicanas, que él mismo califi-

caba como absolutamente necesarias para su salud mental. Es comprensible que Machila se sintiera postergada cada vez que una *night-letter* anunciaba una nueva dilación y que, por lo tanto, ella empezara a alejarse de su fantasmal Alejo.

La relación fue extinguiéndose poco a poco, hasta que el nombramiento de Carpentier en la Embajada cubana de París, en 1966, hiciera ya insalvable la distancia entre los dos amantes. Dos años después, cuando su hija Patricia se casó con el hijo del pintor Julio Castellanos, Machila tuvo veleidades de emigrar a París, tal vez a petición de Carpentier que, gustoso, hubiera reanudado los altos en casa de Machila, gracias a la comodidad del metro parisiense. Machila consideró la posibilidad de irse en calidad de agregada cultural de la Embajada mexicana, cargo que hubiera desempeñado con gracia y habilidad, y que sus amigos Blanca y Miguel Ángel Asturias la alentaron a aceptar, augurándole una feliz y exitosa estancia en París. Pero Machila optó por quedarse en México para vivir su última década de desenfreno.

Empezó para Machila una época de decadencia física y etílica que, sin embargo, pocos presenciaron como un descalabro moral. Cuando los mencionaba, hablaba de sus problemas de salud con un desparpajo que pretendía desdeñarlos, como si su desdén fuera todavía la mejor cura. Al médico que atendía su diabetes, su cirrosis, su gota y todas las demás disminuciones físicas que padecía, le preguntó cuántos años duraría si obedeciera a la ciencia médica, y cuántos si observaba la única ley que rigió su vida: el exceso entendido como un ejercicio de la libertad. La respuesta era previsible: mucho menos si no renunciaba a su peculiar concepción de la libertad.

Entonces, Machila decidió vivir menos, pero vivir igual: en una perpetua fiesta de la vida. La única concesión que le hizo a la ciencia médica fue alternar el jugo de naranja con el jugo de toronja para acompañar sus vodkas, según le subía o le bajaba el azúcar en la sangre. Murió el 10 de febrero de 1979, a los 57 años de edad.

Poco tiempo antes de morir, Machila tuvo la satisfacción de comprobar que la secreta tradición del amor que revivía de una generación a otra en las mujeres de la familia, bajo las más diversas expresiones, no se extinguiría con su muerte. Su hija Patricia la reanudaba en una forma que llenó a Machila de perplejidad y de regocijo. Cuando joven, Machila había sido amada devotamente por Francisco Serrano, hijo del general sacrificado por la Revolución, y quien le dejó la huella reconfortante de una pasión inconsumada. Lo que no se realizó en esa generación, se cumplía en la siguiente: su hija Patricia y el hijo de Francisco Serrano se enamoraron con la fuerza de una subrepticia fatalidad que los condujo a abandonarlo todo para vivir el amor que el tiempo había dejado suspendido en algún limbo coyoacanense. El hilo no estaba roto. Ya sin mover los labios, Machila le volvía a susurrar a su hija las palabras que una vez su abuela había oído de los labios de Dios: "Oh hija, arrójate a este mar sin fondo del amor..."

NINFA SANTOS

¿CUÁNTAS horas de su vida habrá pasado Ninfa Santos acostada en una cama? Tantas que, sumadas una tras otra en un arbitrario recuento, acabarían siendo años, tal vez 20 o más. Demasiados años para una persona que era el antípoda de la pereza y de la lujuria. El signo dominante de su infancia fue la horizontalidad, a causa de un curioso precepto educacional que consistía en castigar sus travesuras, no con horas de caligrafía o de sumas y restas, sino con horas de guardar cama. Su más prolongado castigo fue un mes de cama por haber leído, a los 11 años, los cuentos de Boccaccio, de los cuales, por supuesto, no entendió nada. Como los castigos sólo exacerbaron su propensión a la travesura, creando así un círculo vicioso que, en rigor, tomaba la forma de una nociva horizontalidad, Ninfa pasó gran parte de su infancia encamada y con el único anhelo de escapar lo más pronto posible de la postración, del silencio y de la soledad. En cuanto pudo, Ninfa huyó de su cama carcelaria, de la hacienda de Liberia, de su Costa Rica natal; huyó como una Eurídice que hubiera aprendido su lección: sin mirar hacia atrás por temor a caer petrificada en otra cama-tumba. Huyó y se puso a vivir como si se tratara de recuperar el movimiento perdido: en un constante ajetreo, con una avidez que la hizo cruzar los cercos familiares, las fronteras, los océanos y las barreras humanas que generalmente resguardan a las personas de la aventura de la amistad. Demasiado pronto, el destino confirmó su legendaria ironía, castigándola con una enfermedad que la regresó a la semi, y luego total, inmovilidad de su cama. Pero a pesar de que el círculo parecía cerrarse en la misma horizontalidad, ahora Ninfa tenía al mundo alrededor de su cama y, sobre todo, un sinfín de relatos que resucitaban, a su antojo, los episodios pasados de su vida. Gracias a su arte narrativo y a una prodigiosa memoria, contar era volver a vivir por segunda o enésima vez.

Su cuarto en la casona de Coyoacán, donde pasó sus 10 últimos años, era un íntimo, atiborrado santuario a la vida y al pasado. En las paredes encaladas de la antigua casa presbiterial de Santa Catarina colgaba un impresionante número de cuadros, fotografías, collares, rosarios, objetos dispares y pequeños altares al comunismo. Su "sala de retratos" incluía al *Che* Guevara, a Ho-Chi-Min, a Fidel Castro, a Stalin, al general Lázaro Cárdenas y a su hijo Cuauhtémoc, a Berlinguer y a Ernesto Cardenal, que cohabitaban, literal o sentimentalmente, con la Virgen de Guadalupe, Marilyn Monroe, María Asúnsolo, Marie Bashkirtseff, uno que otro embajador mexicano, la princesa Carolina de Mónaco y otros miembros del *jet set* internacional comentados en la revista *Hola*. Ninfa era seguramente la única persona en el mundo que leía con igual disciplina y concentración las noticias sobre la caída del muro de Berlín y los reportajes sobre las veleidades amorosas de las princesas de Mónaco.

Perdida entre almohadas y edredones, rodeada de gatos, libros, periódicos, teléfonos y amigos, Ninfa dialogaba secretamente con los cuadros y los objetos que había dispuesto a su alrededor como quien pretende acomodar al mundo en el breve espacio de un cuarto. Todos esos objetos eran las briznas de una larga historia, propia y universal, para la cual hacían las veces de recordatorios y de certificados de autenticidad. La relación de

Ninfa con los objetos y ciertas palabras pertenecía al orden del pensamiento mágico, con ambiguas variaciones que iban del fetichismo a la superstición. Depositaba en ellos un poder capaz de reavivar emociones ligadas a su naturaleza. Por ejemplo, cuando cayó el muro de Berlín, encargó a una amiga que le consiguiera un pedazo del muro, sin saber todavía si cifraría en él su desencanto por el desmoronamiento del comunismo o bien la celebración de la libertad recobrada. Cuando lo tuvo entre sus manos, lo examinó detenidamente, palpó la tristeza de la piedra y observó la línea de pintura roja que rayaba una faceta del bloque, tratando de adivinar los *graffitti* a que pudiera haber pertenecido. Pero, más allá de la irresoluble duda ideológica que sólo la muerte desapareció de su mente, le preocupaba sobremanera la autenticidad de la piedra. Era sensato suponer que, por el gigante comercio en que se convirtió la venta de los pedazos del muro de Berlín, se había dado gato por liebre a más de un consumidor de la histórica pared. Entonces, ¿qué decidir sobre este pedazo de Historia que tenía ahora entre sus manos? ¿Era legítimo otorgarle el poder de encantación que sólo su autenticidad permitiría conferirle? No sin cierta reticencia, Ninfa resolvió integrar la piedra a su panteón sentimental.

Este afán coleccionista hace aflorar los impulsos de sobrevivencia propios de los desterrados o de los nómadas. En todas las casas que Ninfa puso a lo largo de su vida, en México, en los Estados Unidos, en Italia, vuelve a aparecer la misma decoración sentimental. Para las personas que trashuman por el mundo, los objetos se vuelven recuerdos plegadizos, disparadores de presencias que la distancia o la muerte han borrado del horizonte cotidiano; son, a un tiempo, reliquias y cartas de creencia. Porque en esta manera de exhibir las huellas íntimas del alma también hay una voluntad de decir a los desconocidos: "Ésta soy yo", en un esfuerzo simultáneo de transparencia y de reafirmación.

Por lo demás, estas colecciones expresan un alma sentimental en supremo grado, capaz de emocionarse hasta las lágrimas ante una flor seca proveniente de la tumba de Marie Bashkirtseff. No era exactamente el destino de la joven tuberculosa rusa el que le sacaba las lágrimas a Ninfa, sino el recuerdo de la amistad, libresca pero intensa, que había provocado el pequeño hurto. La emoción que la flor podía disparar en ella se debía tanto al recuerdo de una lectura apasionada del *Diario* y de la *Correspondencia* de Marie Bashkirtseff, como a la evocación de la manera en que había burlado la vigilancia del cementerio parisiense de Passy y se había trepado a una reja para arrancar una flor que, en su imaginación, se había secado sobre las cenizas de la joven muerta.

Con sus propios retratos Ninfa guardaba una relación tan original y secreta que hubiera podido confundirse con los arrebatos de una vanidad típicamente femenina. Colocadas estratégicamente sobre cómodas, repisas o en las paredes multitudinarias, las fotografías de una Ninfa joven y bella como una madona hecha de algún dulce provinciano miraban a una Ninfa envejecida, deformada por la artritis e hinchada por la cortisona. Un observador apresurado sólo habría encontrado contrastes entre una Ninfa y otra; habría sentido una sorda indignación ante los estragos del tiempo y de la enfermedad. Y, tal vez, habría sospechado que la Ninfa que yacía en la cama como una maraña de dolor, contemplaba a las otras Ninfas con amarga nostalgia. Pero había una "Ninfa constante" que sobrevivía, más allá de las apariencias físicas, en los ojos de las Ninfas de todos los tiempos. Hundidos en unos cachetes de beluga rosada y perfumada, los ojos de las antiguas Ninfas seguían brillando con el mismo fulgor pícaro. Y lo que la Ninfa inmolada buscaba en sus ojos de antaño era la mirada de amor que había quedado atrapada en cada retrato. Ninfa aseguraba que se acordaba a quién miraban sus ojos en cada retrato, a qué secreto amor estaba destinada su mirada que, sin saberlo, había inmortalizado un artista o un simple fotógrafo ambulante. Curiosamente, no era tanto su imagen, testimonio de una belleza pasada, la que le interesaba, como el otro, ausente e imperceptible, que había quedado cautivado en sus ojos gracias al arte narcisista por excelencia.

Poco tiempo antes de morir estuvo a punto de vender a un coleccionista norteamericano el retrato al óleo que le pintara su amiga María Izquierdo. El cuadro la representa muy derechita, con los brazos cruzados en una mesa ante la cual está sentada, mirando hacia el frente y sin ningún recoveco en la expresión; a un lado suyo, pero en trasfondo, aparece su hija Juana Inés con un arco que rompe la geometría de falsas proporciones de los muebles. Después de muchas vacilaciones y de una ausencia temporal del cuadro, Ninfa quiso cancelar el trato con el coleccionista, a pesar de que necesitaba el dinero que éste le ofrecía. No podía soportar la idea de ya no tener ante sus ojos ese cuadro al que se sentía ligada por razones estéticas y sentimentales. Pero tampoco se atrevía a retractarse de su decisión y a cancelar la venta. Le dejó a su hija la delicada tarea de desmentir su palabra, cosa que siempre le repugnaba y que la metía en más de una situación liosa. Tal vez a sabiendas de que le quedaba poco de vida se quiso regalar a sí misma un tiempo más de contemplación amorosa. En ese cuadro, el que quedó atrapado en su mirada fue Salvador Toscano, a quien Ninfa vio una sola vez una noche en que se despedía al antropólogo e historiador del arte que se marchaba a vivir a otro país; nunca se enteró aquél del deslumbramiento que suscitó en Ninfa. Tampoco nunca supo que había quedado para siempre en esos ojos que pintara María Izquierdo.

Así solían ser los enamoramientos de Ninfa: instantáneos, inconfesos e intensos, en la mejor tradición stendhaliana de las pasiones irrealizadas. Compartía con el novelista francés la convicción de que las pasiones más felices son las que siempre se postergan, las que conservan la ilusión de su eventual consumación. Su adhesión al comunismo no estaba exenta de esa misma apuesta lanzada al futuro, característica de todas las utopías, en la que el proyecto de construcción de una sociedad justa, igualitaria y bondadosa importa más que la realización siempre errada e imperfecta del ideal político. Si bien amó, en el amor y la amistad prefería el estado de enamoramiento a la consumación trivial de los encuentros amorosos. No era únicamente lo que suele llamarse, desde un punto de vista romántico o clínico, "estar enamorada del amor", sino, a un mismo tiempo, una defensa y una disposición vital frente al mundo. Entre varias otras, una pasión española podría ser la llave para penetrar el alma de esta mujer que, con Garcilaso, repetía: "Amor quiere que muera sin reparo."

La mañana del 7 de junio de 1937 faltaba una persona en el muelle de Veracruz, donde se esperaba la llegada del *Mexique* y su cargamento *sui generis*: cerca de 500 niños que huían de los bombardeos de la Guerra Civil española y que la historia bautizaría como *los niños de Morelia*. Es cierto que entre las 15 000 personas que se habían congregado en el puerto para recibir al primer contingente del exilio español, la ausencia de una mujer habría pasado totalmente inadvertida si no la hubieran estado esperando también a ella para completar el Comité de Ayuda a los Niños del Pueblo Español, encargado de escoltar a los niños, primero hasta la ciudad de México y luego hasta la capital michoacana. Elena Vázquez Gómez y Teresa Provenza empezaban a impacientarse porque no lograban divisar entre la apretada muchedumbre la menuda silueta de su compañera, ni en alta mar, la opaca mancha del *Mexique*. El barco se impuso de pronto sobre la línea del horizonte como un animal que poco a poco fue creciendo, pero en ningún lado aparecía la pequeña ardilla que tan inoportunamente jugaba a las escondidas. "¿Dónde se habrá metido?", exclamó Teresa, con la indignación propia de las militantes sin tacha.

Ninfa bogaba en alta mar, a bordo del *Motomar* que había salido en la madrugada al encuentro del *Mexique*, para acompañarlo en el último trecho de su travesía de 14 días desde Burdeos y con una sola escala en La Habana. Porque juzgaba que vivir y navegar no eran incompatibles, Ninfa había aceptado la invitación del comandante Fernando Disenta a hacerles un recibimiento especial a los hijos de sus compatriotas republicanos.

Ninfa y Fernando se habían conocido el día anterior, en la terraza del café de la Parroquia, un poco más atiborrada que de costumbre por los contingentes que venían a recibir a *los niños de Morelia*. Fernando se había acercado a saludar a algunos miembros del Socorro Rojo Internacional, sin otro propósito que compartir con ellos el tiempo de espera que agitaba al puerto con una calma chicha. El calor invitaba a la inmovilidad, pero la excitación ambiental, a la tertulia, a las rondas de cafés y al desahogo de noticias y especulaciones. A casi un año de la sublevación militar contra la República, la tensión y los combates se habían recrudecido en toda España, pero subsistía la esperanza de la victoria. La prueba era que esos niños, cuya edad oscilaba entre los ocho y los 12 años, en su mayoría hijos de obreros catalanes, sólo se quedarían en México en calidad de huéspedes transitorios, hasta que terminara la guerra y se recobrara el control del país. Al menos ésta había sido la idea del Comité de Ayuda a los Niños del Pueblo Español, creado en octubre de 1936 y capitaneado honoríficamente por Amalia Solórzano de Cárdenas y otras esposas de secretarios de Estado. En ese entendimiento, pero no sin cierto cargo de conciencia, los padres de los niños habían aceptado la solución de resguardar a sus criaturas de los bombardeos y del hambre mandándolos a los trópicos cardenistas por lo que auguraba ser una especie de prolongada vacación. Nadie hubiera sospechado que esa vacación se convertiría, a causa de la derrota republicana y, luego, por las represalias franquistas, en un definitivo exilio. Muchos de los que llegaron en ese verano de 1937 encontrarían en México una salvación, pero también, a la larga, una tumba sin pompa ni gloria.

Por lo pronto, en la mesa de la Parroquia, el 6 de junio de 1937, se hablaba con euforia del arribo del *Mexique* y, como si se tratara de solidarizarse con el pueblo español a través de la imitación de sus modales, se discutían a gritos los últimos avances del Frente Popular. Aunque español de pura cepa, Fernando era hombre de pocas palabras, curtido en la discreción por el papel comprometedor que jugaba en esos tiempos al mando del *Motomar:* transportaba las armas que con tanta reticencia algunos países vendían a la República, muchas veces gracias al intermediarismo del general Cárdenas. Traía sobre los hombros la doble aureola del peligro y de la melancolía, dos atributos que no pudo dejar de percibir Ninfa cuando Fernando se sentó a su lado para iniciar una conversación que duraría hasta la madrugada.

Las primeras horas, el curso de la conversación se orientó hacia el tema de la Guerra Civil y de la pasión que ésta suscitaba dentro y fuera de España. La suerte de España concernía al mundo entero: el día que se cerrara la última puerta a la República, se abrirían todas las puertas del mundo a los temibles fantasmas de Hitler y Mussolini. Aunque la apuesta no hubiese sido tan descomunal, Ninfa se habría entregado con el mismo fervor a la causa de España. Había llegado a México en los inicios del cardenismo que, más que ningún otro periodo de la historia nacional, abrevó su sed de épica y de gestas revolucionarias. Había llegado con tres cartas de recomendación, firmadas por un primo suyo, para Rodolfo Usigli, Rafael Heliodoro Valle y Porfirio Barba Jacob. Decidió visitar primero a este último que, en señal de bienvenida, le ofreció un cigarro, precisándole al momento de encendérselo que era de mariguana. La entrevista no fue sino una serie de provocaciones que espeluznaron a la joven provinciana y que el poeta remató con la siguiente pregunta: "—¿De qué edad te gustan a ti los hombres? —De los 30 a los 50, contestó Ninfa fingiendo una naturalidad que no podía sostener. —A mí, de los 18 a los 20, replicó el anguloso Porfirio Barba Jacob."

Poco a poco, Fernando la fue aislando del resto de

los comensales y del rumor circundante, bajo una campana de cristal donde sólo cabían dos voces y que creaba la más inusitada de las intimidades: esa que se forma entre la multitud como un invernadero del deseo. Los ojos aguamarina de Fernando eran el origen y el destino de esa intimidad, donde Ninfa se refugiaba y se perdía al deshilo de la conversación. Cuanto más se perturbaba, tanto más hablaba, haciendo un recuento de sus primeros 20 años de vida, pasando de un registro a otro sin el menor pudor, agitándose a través de las palabras como quien se debate con la primera experiencia de plena libertad. ¿No era maravilloso estar sentada aquí, al calor del puerto, con ese vestido de florecitas azules que descubría sus brazos y sin tener que aguantar las medias? Fernando se rió de que la libertad, tan amenazada y enaltecida por los tiempos, de pronto se cifrara, para esa mujer, en la frivolidad de un vestido y de unas piernas al desnudo. Con extrema seriedad, Ninfa le confesó que nunca había sentido que la libertad la habitara a ella como una sensación física de relajamiento y disponibilidad; que si quería la libertad para el mundo entero, para todos los oprimidos, y la deseaba con todas sus fuerzas, era sobre todo porque ella nunca la había conocido en carne propia.

Desde su tierna infancia había padecido la tiranía, la resequedad de alma, la continua vigilancia de la tía Ninfa, a quien su padre la había entregado después de la muerte de su esposa, porque era un viudo mayor que no sabía qué hacer con una hija de tres años. La tía Ninfa tenía la inflexibilidad de las mujeres estériles en quienes un vientre yermo se transforma en aridez de carácter. De su San José natal Ninfa había hecho, a una temprana edad, el largo viaje de cuatro días por tren, barco y mula hasta la frontera de Costa Rica con Nicaragua, hasta el pueblo de Liberia en la provincia de Guanacaste, cuyo paisaje coincidía anticipadamente con los cánones de lo "real maravilloso". Los aromas penetrantes de los micacos y de los mones se mezclaban con los efluvios de los hueledenoche, en la cercanía de los laureles de la India que rodeaban la casa. Hasta los personajes que vivían en la hacienda parecían cortados con la tijera de un escritor del *boom* latinoamericano, como don Espiridión, el esposo de la cocinera María, que en cada borrachera mascullaba su invariable letanía: "Porque el amor es un mito..."

Aunque su cuarto en la hacienda de los Santos estuviera adornado con un busto de Voltaire y una estatua de la Virgen de las Mercedes, la niña dormía sobre una piel de cocodrilo a causa de la excesiva humedad tropical que acaba con las camas tradicionales. Al sentimiento de orfandad y abandono se añadieron los mil miedos que le despertaban por igual la piel de cocodrilo, la sonrisa de Voltaire, la oscuridad de las noches, el cura de la parroquia, el "coco" de la tía Ninfa, el caudal de leyendas que animan el ocio de la provincia, en suma, cualquier objeto, situación o persona que amenazaran su imaginación ya en peligro por la inseguridad de su nacimiento. Por las noches dirigía sus oraciones a su madre, pero tenía el cuidado de agregar al final de su responso: "Mamacita, quisiera verte, pero no te me aparezcas porque me darías un susto tremendo."

Entonces conjuraba el miedo con la temeridad y luego con la risa, como ahora lo hacía para Fernando, que escuchaba, entre intrigado y divertido, sus relatos de infancia. Le contaba que la tía Ninfa tenía el don de siempre hacerla sentir en falta, en virtud de una arraigada convicción que la suponía, de entrada, degenerada, mentirosa, desobediente, insolente, es decir, poco menos que un espíritu del mal encarnado en una grácil e infantil envoltura corporal. "A quien Dios no le da hijos, el diablo le da sobrinos", solía repetir la tía Ninfa justificando con un refrán su muy personal punto de vista. Como todos los niños, Ninfa sustraía monedas del bolso de su tía para comprar golosinas. La víspera de su primera comunión le confesó al cura sus pequeños hurtos y recibió la perentoria penitencia de pedirle perdón a su tía antes de comulgar. Imaginó todas las maneras posibles de presentar el hecho a la tía Ninfa: desde el melodrama cinematográfico en el que caminaría de rodillas hacia sus faldas, hasta la confesión por escrito antes de suicidarse con las tijeras del costurero. El temor al castigo y a una nueva paliza pudo más que los mandamientos de la fe. Al día siguiente le aseguró al cura que el perdón le había sido concedido, y se fue hacia el altar con las piernas temblorosas, conjeturando lo que podría ser el castigo divino en comparación con los de la tía Ninfa. Sabía que la hostia era el cuerpo de Cristo y que, por lo tanto, no debía masticarse. Pero después de un rato de recogimiento la hostia seguía entera y hasta se volvía cada vez más dura y fría. Ninfa conoció entonces el pánico divino: seguramente, Dios la castigaba por su mentira y peores serían en adelante las manifestaciones de Su ira. Ya se veía consumida por las llamas del averno, sometida a los más crueles suplicios por los diablos peludos y hediondos a quienes Dios encargaría su eterno sufrimiento. Para esa clase de escenarios, su imaginación no tenía límites. Por fin resolvió sacar discretamente de su boca la hostia que le impedía entonar el *Agnus Dei*. Se dio cuenta de que lo que se le había quedado pegado a la lengua era un pedazo del cirio que llevaba en la mano, pero no recordaba en qué momento, entre semejante nerviosismo pecaminoso, le había dado tal franca mordida.

Desde niña descubrió el involuntario arte del enredo, mezcla de temeridades y retrocesos, que desarrollan los tímidos o los asustadizos para, según ellos, salir de los atolladeros de la vida. Una como parálisis les impide encarar de una buena vez una situación cualquiera, y su imaginación les hace ensayar falsas salidas que acaban resultando un remedio peor que el "mal" inicial. La vida de Ninfa aparece, en ciertos aspectos, como una sucesión de audacias que no son sino las manifestaciones equívocas de un miedo fundamental. Comprendía y compartía cabalmente la observación de Marie Bashkirtseff: "El que tiene miedo y va hacia el peligro es más valiente que el que no tiene miedo. Más grande es el miedo, mayor el mérito de vencerlo."

Tenía la lucidez de declararse demasiado cobarde para tomar un fusil e ir a pelear a los frentes de guerra, pero no podía renunciar a una forma de acción, sobre todo, no podía renunciar a andar en la primera fila de los acontecimientos y de la actualidad. Por eso, le explicaba a Fernando, aquí estaba para esperar a los niños españoles.

La noche se cerraba con la ilusión de una brisa marítima, y Fernando propuso que caminaran por los muelles para ir al encuentro de la ilusión. ¿De dónde le venía su adhesión al comunismo? De otra tía, Lupita, que, como Ninfa, vivía en condición de "arrimada" en la hacienda de Liberia. Lupita era el polo opuesto de la tía Ninfa y tenía en su cuarto un retrato de Sandino, a quien veneraba como una especie de Robin Hood de los trópicos y al que coronaba con laureles literales y figurados. Las caricias y el afecto de la tía Lupita se fueron entreverando con los relatos de las hazañas de Sandino, produciendo tal vez en la niña una intuitiva asociación entre el cariño y la revolución. Eso lo adivinó Fernando al percibir que la misma euforia y emoción recorría las evocaciones que Ninfa hacía de la tía Lupita y de Sandino. Luego añadió Ninfa riéndose: "Y ¿quién no es comunista?"

Las listas de partidarios, compañeros de viaje o simples simpatizantes nunca volvieron a ser tan largas ni tan diversas como en la segunda mitad de los años treinta. En México se mantendrían nutridas hasta la segunda Guerra Mundial, con algunas deserciones debidas al sectarismo del PC español y a los crímenes cometidos contra los anarquistas y trotskistas. Los mismos que habían cuestionado al comunismo durante la guerra de España confirmarían sus sospechas luego del juicio al estalinismo. Todavía se perdonaba mucho en nombre del peligro circunstancial, y Ninfa no era una militante que entrara en esa clase de "detalles". Del comunismo, le conmovían las concentraciones de masas, los puños en alto, las canciones revolucionarias, las imágenes de banderas flotando en los tanques, la atmósfera de fraternidad y el garbo de los líderes.

Por supuesto, no todo el mundo era comunista, empezando por su hermana Lupe, en cuya casa Ninfa se refugió después de su decidida salida de Costa Rica. Lupe vivía en una espectacular casona de San Ángel, dedicada a su marido, un jurista y diplomático mexicano, y al cultivo de su inquebrantable fe católica. "No es mala —le precisó Ninfa a Fernando—, pero es terriblemente mocha." Por la diferencia de edad y de credos,

Lupe pretendía someter a Ninfa, que cayó en ese hogar sin hijos como una providencial descendencia. Entonces también huyó de ese nuevo hogar donde, como en el anterior, pesaban más los constreñimientos que la ilusión de una seguridad que, por lo demás, nunca había conocido. Se metió en la boca del lobo comunista: en una pensión coyoacanense de la calle París que regenteaba la madre de los legendarios Arenal. Por allí desfilaban refugiados de toda índole: los que, como Ninfa, andaban transitoriamente perdidos por la vida, o bien guerrilleros perseguidos por diversas tiranías latinoamericanas. Ninfa se mantenía con un modesto empleo en la Secretaría de Educación Pública, donde compartía una oficina con el ex vasconcelista Adolfo López Mateos. En pocos meses se hizo de una multitud de amigos, de una nueva casa en el centro de la ciudad y de su primer carnet de las Juventudes Comunistas. "¿Y también de un novio?", le preguntó Fernando cuando se detuvieron frente a un buque de guerra del que empezó a bajarse una hilera de marineros. En cosa de minutos, el muelle se llenó de siluetas oscuras que semejaban hormigas en busca de una selva que devorar. Fernando juzgó más prudente regresar al centro: Ninfa era una apetecible tentación que él se sentía tan incapaz de defender como de resistir. Su pregunta quedó sin respuesta.

Para confundir a los turbulentos marineros pasó su brazo sobre los hombros de Ninfa, y su mano descansó en el límite entre la tela y la piel. Aceleraron el paso hasta dejar a una cómoda distancia los gritos y los chiflidos de los marineros, que pretendían así rendir una calurosa pleitesía al género femenino. A Ninfa no le agradaban esas manifestaciones vulgares del deseo, pero no dejaba de sentir esa parte de halago que proviene de la incitación que otros hombres pueden provocar en un hombre en particular. Cuando entraron en las cercanías del Zócalo, Ninfa volteó repentinamente hacia Fernando para recordarle que sería bueno cenar algo. Él aprobó la sugerencia, pero retiró su brazo de Ninfa, en la duda de que su brusca vuelta se debiera a un real apetito o a la incomodidad de sentir una mano sudorosa sobre su hombro desnudo.

Después de la cena Fernando volvió a plantear la pregunta que había quedado en suspenso frente al buque de guerra. Ninfa se quedó pensando y concluyó: "Éste es un cuento largo y complicado. Necesitaríamos muchas horas más para que te lo pudiera contar. Es tarde. Habrá que ir a dormir." "Ni tú ni yo tenemos sueño —aseguró Fernando—. Vamos a tu cuarto."

Sintieron un inevitable rubor a la hora de pedir la llave del cuarto al portero de noche que, sin embargo, sólo les dedicó una distraída mirada en su resignada contemplación de un ventilador que era un resumen de la molicie humana. Se cruzaron con una cucaracha en el pasillo que conducía a una escalera de mosaicos enturbiados por un foco tristón. Retumbaba esa clase de silencio que es un eco sordo del rumor exterior. Sus precauciones de sigilo se echaron a perder con sus risas a la hora de cerrar la puerta, que rechinó como una calculada traición.

"Todo empezó el día en que fui a esperar el cadáver a la estación de Colonia", dijo Ninfa cuando ya se habían acomodado sobre la cama con un cenicero como boya entre sus dos cuerpos. En realidad, iba a esperar a Fernando Barrera, un periodista que había conquistado su imaginación amorosa con el cuento de ir a Veracruz a recibir los restos del poeta Luis G. Urbina. Pero no se hizo la expedición conjunta y Barrera le pidió a Ninfa que los esperara a los dos, a él y al poeta, en la estación capitalina. Ninfa llegó con anticipación por temor a que se le escapara el periodista, ya que, por supuesto, el poeta ya no escaparía a ningún lado. Entre la muchedumbre aguardaba un hombre enfundado en un impermeable del que no parecía despojarse nunca, ni siquiera para dormir. De baja estatura como el común de los yucatecos, pero con una complexión delgada y nerviosa, tenía una inconfundible pinta de intelectual: unos rasgos afilados y vivaces, una mirada clara oculta tras unos lentes redondos que evocaban una lechuza que hubiera tenido el ingenio de un zorro. A él se dirigió Ninfa para preguntar si había llegado "el cadáver". La formulación de la pregunta le causó tanta gracia como la belleza de la joven mujer. A partir de ese día comenzó el largo asedio de Ermilo Abreu Gómez a la que sus contemporáneos bautizarían como la *Venus de Ermilo*.

Ermilo Abreu Gómez no solamente le aventajaba más de 20 años, sino también un matrimonio y dos hijos, aparte de una carrera literaria que, tanto al lado de los Contemporáneos como en contra de ellos, le daría renombre y cierto protagonismo. Entre otros, dos atributos suyos deslumbraban particularmente a Ninfa: era escritor y era taciturno. Desde antes de conocer el significado de la palabra *taciturno*, ésta se había convertido en un ideal humano: "Cuando sea grande, seré *taciturna*", solía repetir la niña a sus compañeros de escuela. Después cifró su ideal amoroso en la figura de un escritor. Ermilo Abreu Gómez rebasaba con creces el talento literario de su primer novio, Mario Flores, un abogado costarricense que le leía poemas cursis y autobiográficos, en los que un cura casaba a un hombre con una mujer a la que éste no amaba.

Pero si Ermilo encarnaba a la perfección esos dos ideales, también tenía en su contra unos celos excesivos de Ninfa y un matrimonio que los descalificaba de entrada. Su carta más fuerte en la larga conquista de Ninfa era el papel de víctima que se asignaba en las minuciosas descripciones del infierno en que se había convertido su matrimonio con Francisca di Chiara. Al principio, Ninfa le creía todas las fechorías de la napolitana: desde las tentativas de envenenamiento con hierbas malignas hasta la quema de sus manuscritos para encender el bóiler. Empezó a dudar de la veracidad de los "crímenes" el día en que, picada por la curiosidad de conocer a semejante bruja, se fue a Bellas Artes, donde la hija de Ermilo tomaba clases de danza. Tuvo la sorpresa de mirar, desde lejos y escondida tras una columna, a una mujer distinguida, guapa y con todas las apariencias de la decencia, que no correspondía a la imagen pintada por Ermilo. A partir de ese día escuchó las quejas de su pretendiente con más reservas, pero el talento narrativo de Ermilo siempre acababa por vencer su prudencia.

También existía otra razón para dudar del enlace que le ofrecía Ermilo contra vientos y mareas, y después de un imprescindible pero siempre aplazado divorcio. Esa razón se llamaba Jorge Rigol, un pintor cubano que tenía sobre Ermilo la ventaja de la juventud y la comodidad de ser vecino de Ninfa en los cuartos de azotea de un edificio afrancesado que, en una prolongación de la avenida Hidalgo, contrastaba con la mole cercana del Monumento a la Revolución. Jorge Rigol se mostraba sensible a los coqueteos de Ninfa y, para su desgracia, cayó perdidamente enamorado de ella sin entender que no representaba más que un objeto de diversión entre las muchas cavilaciones de Ninfa sobre su relación con

Ermilo. Mientras Ninfa soñaba con una entrega absoluta, una fusión sin fisuras con el ser amado, Ermilo le escribía largas disertaciones sobre la separación de las conciencias, sobre la distancia que permite apreciar al otro con toda *objetividad*. En 1935 mandó editar en la Imprenta Mundial una *Epístola a Ninfa Santos*, en 10 ejemplares numerados, que procuraba convencer a Ninfa de ciertas realidades seudometafísicas acerca del amor. No era el tipo de epístola que conmovía a Ninfa, pero se sintió halagada por el gesto de su ilustrado Cyrano de Bergerac.

Cuando Ninfa llegó a ese punto en la explicación de su vida amorosa se hizo un silencio durante el cual cada quien buscaba una frase para salir del embarazo: Ninfa ya se arrepentía de sus confesiones, y Fernando, de su incapacidad para replicar algo sensato. Ninfa musitó que preferiría no tener dudas, no tanto para ganar certezas como para vivir libremente. ¿Acaso no se dice así: "sentirse libre de dudas"? Fernando asintió con la cabeza y reconoció que la duda podía ser una esclavitud tan pesada como cualquier otra.

Se levantó a abrir la ventana para ventilar el cuarto, que se había llenado de humo y de fantasmas. El mar comenzaba a limpiarse con el sol que subía detrás del horizonte. De pronto, propuso: "Vamos a alta mar, no hay nada mejor para despejar la mente. Iremos al encuentro del *Mexique:* estos niños deben sentirse solos últimamente..."

La noticia de la llegada de los niños de Morelia había llenado las páginas de la prensa nacional con una anticipación que semejaba la cuenta regresiva de un lanzamiento de cohete. Previsiblemente, corrieron rumores que no eran sino el reflejo del imaginario popular: entre otros, que esos niños eran huérfanos. Era una nota dramática que contribuyó a magnificar la recepción que les reservaba el pueblo mexicano. Hasta el general Cárdenas tuvo que rectificar, por escrito, otro rumor que se había creado alrededor de la expedición: "La traída a México de los niños españoles huérfanos no fue iniciativa del suscrito. A orgullo lo tendría si hubiera partido del ejecutivo esta noble idea." Más adelante añadía: "México no pide nada por este acto; únicamente establece un precedente de lo que debe hacerse con los pueblos hermanos cuando atraviesan por situaciones difíciles como acontece hoy en España."

Las 15 000 personas que aguardaban en el puerto, en su mayoría miembros de sindicatos locales y nacionales, se frustraron ante el dispositivo de desembarque. Uno de los niños, Miguel Batanero, recuerda:

> Bajamos del barco. No tocamos ni el suelo de Veracruz porque había una pasarela. Del barco directamente al tren. Nos suben al tren, veo gente loca, riendo, llorando, queriéndome tocar una mano, queriéndome, dándome una paleta, gente que me quiere besar.

A lo largo del trayecto entre Veracruz y la capital, las muestras de cariño se multiplicaron con las incontables paradas del tren. El mismo Miguel Batanero asegura:

> [...] si eran las tantas de la mañana, nos despertaban con tambores, con música, con flores. En los pueblos más insignificantes, la gente nos estaba recibiendo y nos daba, pues, piñas, plátanos y mangos y fruta y lo que tenía la gente. Era una cosa muy bonita, muy espontánea.

En una de las tantas paradas, cuando el sueño finalmente venció a la exaltada turba de niños, Ninfa recibió de un campesino el regalo más conmovedor del periplo: una caja de cerillos que contenía los tres tristes cacahuates que permitía su tamaño o la indigencia del campesino; en la tapa se abría una violeta atada con un listón.

Ésa fue la segunda noche que Ninfa pasó en compañía de Fernando, que se había subido al tren para ir a arreglar unos asuntos a la capital. La intimidad que ahora los unía resultaba del cúmulo de horas que habían pasado juntos desde la víspera, hablándose, observándose, aventurándose en las envolventes aguas de la confesión y de la complicidad. A bordo del *Motomar,* Fernando le había enseñado a Ninfa las fotografías de su esposa y de sus dos hijos que presidían su cabina como un conjuro frente a los peligros que acechaban su vida. Le había hablado de su padre, un escritor que conoció cierta fama con una novela titulada *Juan José* y con quien solían confundirlo porque llevaban el mismo nombre. Las mutuas confesiones los habían acercado uno al otro, pero también los habían amarrado a sus respectivas reticencias: Ninfa a sus dudas, Fernando al puñado de certezas del que se agarraba en los momentos de descalabro moral. En el tren, la presencia de los niños no era solamente un obstáculo real a su intimidad sino que, subrepticiamente, los regresaba a un trato fraternal que era una conducta común entre militantes comunistas. Las relaciones entre hombres y mujeres no estaban exentas de cierto puritanismo que confundía la lealtad a la causa comunista con la represión del deseo amoroso y sexual. La aparente y toda relativa igualdad entre hombres y mujeres comunistas se debía en parte a esa clase de puritanismo que pretendía hacer de sus militantes unos santurrones, para los que la sexualidad se consideraba un pecado pequeñoburgués. Para no caer en tentaciones, era preferible borrar las evidencias y las manifestaciones del sexo y tratarse, no tanto como hermanos, sino, más bien, como seres asexuados. Era obvio que esa pretensión traía consigo su dosis de incomodidad y de artificio, con la que Fernando y Ninfa se debatían a sabiendas de que faltaban unas horas para que se separasen temporal o definitivamente.

En la ciudad de México, más de 30 000 personas esperaban al tren. Semejante congregación respondía tanto a la expectación creada por la prensa como a un apoyo vicario a la política de Cárdenas. Los niños permanecieron un día en la capital y se alojaron en la escuela Hijos del Ejército número 2. Ese primer contacto con niños mexicanos fue un augurio de la futura estancia: a pesar del calor de la acogida, las más elementales diferencias de hábitos y de expresión lingüística empezaron a forjar la cohesión del grupo que, a la larga, se convertiría en una experiencia de exclusión social. Nunca esos niños olvidaron su origen por razones obvias de sobreviencia. Tampoco los mexicanos les permitieron olvidarlo a causa de su peculiar concepción de la hospitalidad, que baraja las más extraordinarias muestras de generosidad con imprevisibles y violentas actitudes de desconfianza hacia el extranjero. *Los niños de Morelia* significaron un noble capítulo en la historia universal, pero también un triste catálogo de destinos individuales.

Entre los jaloneos de la muchedumbre y el ajetreo que suponía vigilar a casi 500 niños en un estado superlativo de conmoción y de cansancio, Ninfa perdió de vista la silueta de Fernando, que desapareció de pronto, ahorrándoles así, a los dos, la difícil ceremonia del adiós. De ese primer encuentro que semejaba un paréntesis tan irreal como un sueño, a Ninfa le quedaba el recuerdo de

191

un color y de una melodía: el aguamarina de los ojos de Fernando y el tono grave de su voz. La única prueba tangible que conservaba era una dirección garabateada en la incertidumbre de los tamboleos de un tren.

El segundo encuentro no tardó mucho en realizarse. Poco después del episodio veracruzano, Fernando se apareció una tarde en el cuarto de azotea de Ninfa. La estrechez del lugar acentuó su torpeza en el momento de deshacerse de su cargamento para saludar a Ninfa: traía en los brazos un ramo de flores, una botella de manzanilla y dos copas de cristal barato. Le anunció que venía a robarle su noche, a robarla a ella, pero de ninguna manera sus escasos recursos: por eso, traía él todo lo necesario. Es más, él estaba en deuda con ella: presentía que su pensamiento lo había acompañado todo ese tiempo, como un ángel que le susurrara palabras de reconfortamiento a través de las brisas del mar. La situación no mejoraba en España; las noticias no eran alentadoras. Fernando temía lo peor.

Ninfa percibió la desesperación que afloraba en las palabras de Fernando; no desmintió su presentimiento pero tampoco le habló de los poemas que había empezado a escribir para desahogar angustias y abonar ilusiones. La poesía era un secreto ejercicio que se parecía demasiado a un soliloquio sentimental. Además, ¿cómo enseñarle a Fernando los atrevimientos poéticos de los que él era el objeto y tal vez, muchos menos, el destinatario? Un doble pudor le impedía a Ninfa revelarle la existencia de esos poemas: el literario y el amoroso.

Ninfa insistió en que salieran a dar un paseo por la capital. Paró un taxi y le pidió al chofer que recorriera las calles de la ciudad sin detenerse, como si realmente se tratara de partir para un largo viaje. Pero el paseo no hizo sino retrazar las mismas vueltas que daban sus sentimientos. Ese segundo encuentro los dejó, aparentemente, en el mismo punto que el anterior.

La tercera aparición de Fernando fue, a un tiempo, angelical y fantasmal. Tuvo lugar después de la derrota de la República, en la casa de España que se abrió en la capital mexicana como un símbolo de hospitalidad y de resistencia. Ninfa estaba sentada en una mesa con una prima que era depositaria de sus confidencias amorosas, así como de las pocas pruebas tangibles de la existencia de Fernando: unas cuantas cartas, una flor seca y dos copas de cristal barato. Ninfa era bebedora de tequila, tanto por gusto como porque era la bebida más barata en ese entonces. Pero esa noche, a imitación de su prima y por el simple encanto de la palabra, ordenó un *peppermint frappé*, que le sonó a sofisticado lujo hollywoodense. Cuando el mesero trajo las bebidas, Ninfa se maravilló de que la apariencia del licor coincidiera con las sonoridades de su nombre y, bajando la voz y la mirada sobre la copa, añadió, casi para sí misma, que además tenía el color de los ojos de Fernando. Alzó la cabeza para despejar el ensueño y sintió que algo caliente le bañaba el corazón: parado ante su mesa, aparecido de la nada como por el poder de la invocación, estaba Fernando mirándola con sus ojos de aguamarina. Ninfa volvió a mirar el *peppermint frappé*, volvió a alzar los ojos y volvió a encontrar el mismo color fijándola como si ella hubiese sido la aparición. Enmudeció y a su alrededor se acalló el bullicio como si de repente alguien le hubiese quitado el sonido al mundo. Entre el lejano y opaco zumbido que regresó a sus oídos percibió la insistente pregunta de su prima: "¿Qué te pasa, Ninfa?"

Después de unos segundos, cuando el hombre vestido de mono azul jaló una silla para sentarse con las dos mujeres, Ninfa susurró con voz de ultratumba: "Te presento a Fernando."

No fue únicamente la aparición milagrosa de Fernando lo que le heló la sangre en las venas después de hacerle bullir el corazón, sino también la cercanía de Ermilo, que estaba a unos cuantos pasos de allí y que, desde el 9 de marzo de 1938, se había convertido en su marido. ¿Qué debía hacer ahora que Fernando regresaba, después de tan larga ausencia y de tantas lágrimas vertidas indiscriminadamente por el destino de España y la sospecha de que el comandante Disenta había muerto? Lo había entrevisto, una o dos veces, en los noticieros que aplacaban con terribles imágenes de la Guerra Civil su regocijo por las actuaciones de Charles Boyer y de Humphrey Bogart. Una o dos veces, su corazón se había sobresaltado en la oscuridad de un cine, pero luego, durante muchos meses, las pantallas habían oscurecido con la pura negrura de la tragedia final. ¿Cómo imaginar entonces que Fernando había sobrevivido si ninguna señal le llegaba por ningún medio? ¿Cómo hubiera podido saber que, además de a la guerra, había sobrevivido al drama personal que duplicó para él el amargo sabor de la derrota: su mujer lo había abandonado por un fascista y le había quitado a sus dos hijos? ¿Cómo sospechar que Fernando regresaría un día doblemente atribulado y liberado de sus ataduras de España? Ninfa sintió ese día que lo irremediable ya se había cumplido.

Fernando desapareció con el mismo misterio con el que el ensueño de Ninfa lo había convocado. Ella escribió un poema que tituló "Al hombre que pudo haber sido mío" y que, más que pregonar la resignación, cantaba la más pura de las pasiones: aquella que el destino no pudo nunca deshacer porque nunca permitió que se realizara. Fernando murió un escaso año después de refugiarse en Veracruz donde quizá buscara, en el alcohol y en la ilusión de una brisa marítima, los aleteos de la risa de una mujer que se le antojaba cada vez más parecida a un ángel.

Una breve esquela en un periódico trajo la noticia de la muerte de Fernando. "Every poem an epitaph", rezó Ninfa con T. S. Eliot a la hora de escribir la *Elegía* que le dedicó cuando ya ninguna palabra podía acompañarlo en la soledad de su tumba:

Ahora que no tienes ojos de aguamarina, ni dulzura,
ni caracoles, ni menudas arenas brillantes en las manos.
Ahora que no eres más que un largo silencio irredimible,
un pedazo de tierra junto al mar,
quizás sin cruz ni flores.
Sin más canto que el canto de los vientos,
ni más llanto que el llanto de la lluvia
y el rumor de las olas reclamándote,
ni más recuerdo que tu nombre escrito
por estrellas errantes en la noche.
Hombre que amara, ¿dónde duermes tu largo sueño?
¿En qué sitio se han helado tus huesos?
¿Qué horrenda soledad los acompaña?
¿Qué clamor, qué deseo se te quebró en la boca
en el instante más amargo?
¿Quién te cerró los ojos de mar de junio
y quién te llora hoy,
cuando yo me he quedado sin lágrimas?

Encontrar la tumba de Fernando se volvió para Ninfa una obsesión que requirió varios años para satisfacerse. Los celos de Ermilo eran el principal obstáculo a sortear en la larga búsqueda. Ni la complicidad de Xavier Villaurrutia en la ocasión de un viaje a Veracruz fue suficiente para disipar el miedo que a Ninfa le despertaba la simple idea de que Ermilo se enterara del propósito de sus investigaciones. En el verano de 1946, casi 10 años después de su primer encuentro con Fernando, Ninfa tuvo por fin la oportunidad de viajar a Veracruz, cuando salió de México para alcanzar a Ermilo en la Universidad de Illinois. Iba sin Ermilo, pero no iba sola: llevaba a su hija Juana Inés, que ya casi cumplía siete años, y a otro hijo de escritor, Jaime del Valle-Inclán, que tenía para Ninfa el irresistible encanto de estarse literalmente muriendo de amor. Ese muchacho escuálido y desfalleciente había llegado de Chile pocos meses antes de la partida de Ninfa hacia los Estados Unidos. Su familia lo había mandado a México para alejarlo de una mujer casada a quien acosaba con obsesiva pasión. Fascinada por ese amor imposible que mezclaba la literatura con los literatos, Ninfa no tardó en proteger al muchacho y en volverse su cómplice para que regresara a Chile. Con la ayuda de sus amigos Tito Monterroso, Ernesto Mejía Sánchez, Fedro Guillén y Rosario Castellanos, Ninfa logró llevar a cabo una complicada estratagema para dejarlo en La Habana, desde donde saldría a Valparaíso. Con ese clandestino del amor, Ninfa se instaló en un hotelucho de Veracruz. Como no les alcanzaba el dinero para dos cuartos, se hicieron pasar por hermanos y rentaron uno solo, donde Ninfa dormía de noche y Jaime del Valle-Inclán, de día. Las paredes que separaban los cuartos no llegaban hasta el techo y, en una sola noche, Ninfa escuchó más obscenidades que las que había oído en su vida entera.

A la mañana siguiente, Ninfa se fue a la hemeroteca

municipal para localizar en el periódico la noticia de la muerte de Fernando y saber en cuál de los dos cementerios de Veracruz había sido enterrado. Compró un ramo de flores y se subió al tranvía que tenía como destino final el panteón de primera clase. Poco a poco, los pasajeros se fueron bajando en las distintas paradas del recorrido, hasta que Ninfa se quedó sola con un hombre de escasa estatura y todo vestido de negro. Con semejante ramo entre los brazos era difícil disimular el propósito de su viaje. El hombrecillo tomó la evidencia como pretexto para iniciar la conversación. ¿Que si iba al cementerio? ¿Que si tenía un muerto allí? ¿Que quién era? No fue por pudor que Ninfa comenzó a inventar el cuento de que un tío suyo estaba enterrado allí, sino por temor a lo que ella llamaba las "antenas" de Ermilo. Por quién sabe qué desenfreno de la imaginación, empezó a conjeturar que el hombrecillo de negro era un enviado de Ermilo, un espía por lo demás parecido a los personajes del otro Valle-Inclán. El hombre, que era más cortés que rocambolesco, le ofreció su ayuda para localizar la tumba del "tío", a quien ella tanto había amado y que no tenía más pariente que esa tan dulce y bella sobrina. Él era, por fortuna, un empleado del cementerio.

La visión de la tumba de Fernando reavivó en Ninfa las lágrimas vertidas antes sobre una escueta esquela de periódico. El pedazo de tierra sin lápida ni cruz, sin más adorno que las malas hierbas, era una cifra póstuma de lo que había sido su último año de vida. Lo primero que se le ocurrió a Ninfa fue delimitar la tumba con unos ladrillos, como si así le diera un territorio propio a ese hombre que había muerto en la *no man's land* más absoluta. Luego depositó sus flores dentro del refugio que le había construido, como para volver un poco más hospitalaria una casa recién estrenada.

Allí estaba, de pie bajo el sol que comenzaba a picarle la piel, perdida en evocaciones que eran sus rezos más fervientes, cuando el hombrecillo de negro carraspeó para llamar su atención. Se disculpó por interrumpir sus oraciones, pero acababa de consultar su registro y de percatarse de que la tumba del honorable tío ya había caducado. Se volvió a perder en una confusa letanía de disculpas, pero había que elegir una solución: cremar los restos del buen hombre, cuyas cenizas, por otra parte, se encargaría de entregarle en una urna, o bien pagar la perpetuidad de la tumba. Estaba seguro de que una sobrina tan decente y que, además, era la única parienta que le quedaba al muerto, no permitiría que lo transfirieran a la fosa común.

La sola mención de la palabra espeluznó a Ninfa, pero también calculó rápidamente que ninguna solución era viable. ¿Qué explicación le daría a Ermilo si llegara con los restos de Fernando en una urna debajo del brazo? Por otro lado, la perpetuidad suponía gastar los pocos ahorros que llevaba consigo, si acaso alcanzaran. Pero si ella no lo hacía, ¿quién le daría a Fernando un lugar para habitar su larga vida de muerto? ¿No se lo debía ella por lo que había callado y reprimido cuando todo aún era posible? Y más allá de esa revuelta de sentimientos que le daban vueltas como un trompo que corre hacia una pared, estaba el hombrecillo parado ante ella, bajo ese sol veracruzano que es más sol que ningún otro, esperando su fallo y, tal vez, cerrar el negocio del día. Enredada como estaba en su cuento inútil, Ninfa no tuvo más remedio que sacar de su bolso el dinero que le pedía el hombrecillo vestido de negro para dejar a Fernando en el lugar exacto donde lo pudiera recordar en los años venideros.

De esa pasión no quedó una sola huella, ni la más mínima prueba de existencia que Ninfa hubiera conservado entre sus secretos tesoros. Una fotografía de Fernando Disenta que poseía Ninfa se hizo trizas entre las manos lodosas de unos niños de Morelia que lo confundían con el anarquista Durruti; las cartas, la flor seca y las dos copas de cristal barato se perdieron en una mudanza de la prima Carmen; el poema "Al hombre que pudo haber sido mío" no se incluyó en la colección que Ninfa editó más tarde bajo el título de *Amor quiere que muera* y, poco a poco, se fue borrando de la memoria de las contadas personas que solían recitarlo; quizá exista la tumba de Fernando, a quien Ninfa regaló, como última señal de su pasión inconfesa, un perpetuo reposo en tierra mexicana, pero también podría ser que ya no existiera. Sólo sobrevivió ese relato que tácitamente Ninfa depositó en la memoria de unos cuantos amigos para que, tal vez, algún día, alguien deje un torpe testimonio de esta pasión perfecta.

Cuando Ninfa se marchó a los Estados Unidos dejaba atrás, en México, una suma considerable de amistades y de experiencias. A pesar de que ella había alentado a Ermilo a aceptar la invitación que, por conducto de Xavier Villaurrutia, le había llegado de dar un curso en Vermont y luego unas conferencias en la Universidad de Illinois, Ninfa lo alcanzó con el presentimiento de que su futuro se despoblaría a medida que subiera hacia el Norte.

Ahora me iré a una ciudad lejana
de hombres extraños que hablan extraña lengua;
hombres indiferentes cuyo dolor ignoraré
así como ellos ignorarán este largo sollozo
que camina, sonríe, se detiene, pasa,

escribió Ninfa a modo de presagio y de despedida de su segunda tierra de elección.

Si el matrimonio no le deparó la felicidad conyugal, en cambio le trajo la dicha de las amistades: las que heredó de Ermilo y las que se ganó a pesar suyo. No le fue difícil conquistar a los antiguos amigos de Ermilo que, como Xavier Villaurrutia, Agustín Lazo, Juan de la Cabada, Octavio Paz, María Asúnsolo, Alfonso Reyes o Jorge Cuesta, entre muchos otros, celebraban su gracia genuina, su inocencia con tintes de ingenuidad, su bondad fundamental hacia el mundo y la gente. Rápidamente se ganó su amistad y hasta su complicidad, cuando Ermilo empezó a reinstalarse en su conocido papel de víctima de la vida matrimonial. La diferencia de edad provocaba a menudo desencuentros de ilusiones, de apetitos y de comportamientos: mientras Ninfa todo lo quería conocer y probar, Ermilo ya estaba de regreso de muchos ideales mitigados o derrotados por la experiencia y el conocimiento. El matrimonio vivía en un modesto departamento de las calles de Martí y Agrarismo, a la vuelta de la avenida Insurgentes. Aparte de Juana Inés, que nació en 1939 como fruto de la unión, Ninfa tenía a su cargo a los dos hijos de Ermilo, un niño de cinco años y una muchacha de 13, que habían quedado huérfanos de madre a causa de la muerte de Francisca di Chiara en 1937. En tales circunstancias, no tuvo tiempo para adaptarse a una nueva vida a la que, por lo demás, su temperamento no era proclive. Ni siquiera hubo tiempo para luna de miel: la noche de bodas la pareja se fue a un mitin convocado, irónicamente, en defensa de la República Española.

Ni el matrimonio, ni la maternidad, ni la estrechez de recursos lograron frenar a Ninfa en su derroche de vida

Ninfa Santos, 1936. "Madona hecha de dulce provinciano."

Ninfa Santos, 1933.
"Prefería el estado de
enamoramiento a su
consumación trivial."

Ninfa con su hermana
Guadalupe y su cuñado José
Almaraz Harris, San Ángel,
1934.

Ninfa recibe a los niños de la República Española, Veracruz, 1937.
"Le conmovían los puños en alto..."

Ninfa y Ermilo Abreu Gómez,
1943. "Todo empezó el día
que fui a esperar el cadáver…"

Ninfa Santos, 1935.
"La Venus de Ermilo."

María Izquierdo: Retrato de Ninfa Santos y su hija Juana Inés, *1944.*
"...aseguraba recordar a quién miraban sus ojos en cada retrato."

Tito Monterroso, ca. 1944.
"Mi alma gemela."

Ninfa Santos, ca. 1947.
"Ahora me iré a una ciudad
lejana…"

Ninfa en la ONU con Alfonso García Robles, Antonio Carrillo Flores y Manuel Tello, ca. 1964.
"Ponía sus pasaportes diplomáticos junto a los carnets de los partidos comunistas."

Ninfa, Juana Inés y Paloma, 1988.

La recámara sin Ninfa, Coyoacán, 1994.

social. Quería estar en todas las fiestas, en todos los mítines, en todas las exposiciones, en todos los teatros y cines, en todas las aulas, en todos los salones de baile, con todos los que se cruzaban por su camino. Es cierto que Ninfa no correspondía al modelo de esposa y ama de casa con el que sueña todo intelectual partidario de la libertad, de la igualdad entre los sexos y otros valores anexos que defiende en el café o en el papel, pero que no privan en su ámbito doméstico. La fama de irresponsable que Ermilo fue construyendo alrededor de Ninfa, como antes hablaba de las "brujerías" de su primera esposa, se aderezó con algunas contribuciones de la propia Ninfa. Por ejemplo, una noche en que Ermilo regresó a casa con un grupo de amigos, le pidió a Ninfa que les sirviera un tequila, que ella se había bebido en la tarde con sus amigas. Para disimular su "crimen" y ahorrarse la reprobación pública de su marido, le reservó a Ermilo la copa que quedaba en la botella, y a los demás les sirvió agua rogándoles que fingieran estar brindando con tequila. La treta estuvo tan bien secundada por los amigos, más divertidos por la ocurrencia de Ninfa que por una eventual escena conyugal, que Ermilo no se percató del engaño.

A su hija Juana Inés la bautizaron "la niña de los abrigos", porque a menudo pasaba la noche entre los abrigos que se amontonaban en la recámara de las casas donde Ninfa disfrutaba de las fiestas. Una tarde que Ninfa estaba instalada en la butaca de un cine, con su tejido en las manos, para ver la segunda o tercera película de la matinée, se acordó de pronto que era la hora del biberón de la niña. La película era tan buena que no podía perdérsela. Entonces escribió en un papelito el siguiente mensaje: "Favor de llamar a (tal teléfono) para avisarle a la muchacha que le dé el biberón a la niña. Firmado: una madre en galería." Ató el mensaje con el estambre de su tejido y fue bajando el anzuelo hacia la platea hasta que alguien lo mordió. Segura de que la persona respondería a su llamado, cosa que efectivamente sucedió, se reacomodó en la butaca para seguir viendo el drama cinematográfico. Ermilo fue el único a quien no le hizo gracia el desplante de Ninfa.

Sin embargo, Ermilo tenía sentido del humor y, sobre todo, un gran ingenio para darle la vuelta a las apariencias y otras tantas vueltas a las personas. En los cafés donde pasaba gran parte de su tiempo libre, en el París o en el Habana, rivalizaba con Andrés Henestrosa en el remate de los *traits d'esprit*. "Ermilo era un charlista nato —recuerda Fedro Guillén—, un cafetómano profesional, un caballero de la pluma que iba haciendo sus artículos y cuentos entre clase y clase, entre plática y plática." Pero concebía sus mejores chistes cuando alguien se volvía el blanco de sus ironías: las más de las veces, Ninfa era su víctima predilecta ante un público que no podía reprimir la instantánea hilaridad que despertaban sus bromas, sin reparar en la incomodidad de Ninfa que, sonrojada, no podía contestar con el mismo arte ni la misma celeridad, y optaba por permanecer callada. ¿Cómo discernir entre la dosis de crueldad que contenían las burlas y el puro ejercicio de un ingenio desenfrenado? ¿Qué habrá sentido Ninfa cuando recién casada, después de pasar a máquina el manuscrito de *Canek*, oía a Ermilo comentar a los amigos que le elogiaban: "¡Y las mejores páginas me las perdió Ninfa!"? De todos modos, Ninfa siguió pasando a máquina todos los manuscritos de los muchos libros que Ermilo escribió a lo largo de los casi 20 años de su matrimonio.

No solamente de las mofas de las que era víctima se acongojaba Ninfa, sino también de cualquier burla o ataque que se le hiciera a Stalin. A raíz del asesinato de Trotsky, pero más tarde que otros intelectuales que no esperaron esa segunda tentativa para repudiar a los comunistas, Ermilo y Ninfa se salieron del Partido. Era imposible que Ninfa no estuviera al tanto del cisma comunista y, sin embargo, conservaba una lealtad sentimental hacia Stalin, a quien veía como la figura sustituta de un padre ideal o el santo padre de la iglesia comunista, que era su credo. Ninguna razón, ningún razonamiento político intervenían en sus devociones. Nunca fue una militante activa aunque estuviera en todas partes, ni disciplinada aunque se desviviera por la política. Su relación con el comunismo fue una forma moderna del romanticismo, en el que los líderes, independientemente de las posiciones ideológicas que sostenían, poseían la envergadura de los poetas malditos o de los santos victimados por su fe. Para Ermilo, a quien las actitudes irreflexivas y contradictorias de su esposa sacaban de quicio, Ninfa no era más que una diletante del comunismo.

Aunque había cantado las peores burlas a Trotsky musicalizadas por Silvestre Revueltas para las manifestaciones comunistas, el asesinato del jefe del Ejército Rojo la escandalizó y quiso rendirle un personal homenaje cuando, la noche del 20 de agosto de 1940, se veló su cadáver en la funeraria Alcaraz. Se metió a la cola, que medía más de 15 cuadras y que suponía unas cinco horas de espera para pasar delante del ataúd de Trotsky y salir por la puerta trasera. Cuando le tocó su instante de recogimiento, le dio pánico mirar el rostro cetrino de Trotsky y se siguió de largo. Al respirar el aire fresco de la calle, echó pestes contra su irremediable cobardía, se retó a sí

203

misma y volvió a integrar la cola. Cinco horas después logró despedirse para siempre de Trotsky, y esta vez, cara a cara.

Su conmiseración por el asesinato de Trotsky no le impedía encerrarse a llorar en el baño cuando, en una reunión, alguien maldecía a Stalin. Lo curioso fue que la visita a la tumba de Stalin, durante un viaje de turismo a la URSS en el verano de 1968, le provocó el mismo pánico que el *tête à tête* con Trotsky. Después de comprar unas flores se tomó un tranquilizante para calmar los nervios que le daba la pura idea de estar junto a los restos de Stalin. Mientras caminaba, lograba controlar el temblor de piernas, pero ya que llegó frente a la tumba, tiró las flores y salió despavorida.

Este tipo de salida era bastante frecuente en Ninfa cuando no lograba frenar su imaginación desbocada por sus propios delirios o alimentada por los cuentos que le inventaban sus amigos aprovechándose de su ingenuidad. Conoció a Diego Rivera en un congreso que tuvo lugar en Guanajuato en 1945. Pasando por alto la desaprobación de Agustín Yáñez, que la vigilaba como un factótum de Ermilo, Ninfa se fue a un baile con Manuel Ezcurdia y dejó a su hija encargada con Diego Rivera. Esa noche, Diego cumplió a la perfección su papel de niñera, y de regreso a la ciudad de México citó a Ninfa en su estudio de San Ángel para hacerle un retrato. Ninfa llegó acompañada de Juana Inés, a quien Diego mandó en el acto a comprar un helado, sin duda con la intención de trocar su papel de niñera por el de pintor donjuanesco. No tardó en arrinconar a Ninfa y a plantarle un beso que, por sí solo, pedía otros episodios. Ninfa corrió a refugiarse en casa de Juan Soriano que, después de escuchar su aventura, le aconsejó: "Te voy a dar alcohol para que te limpies el cuerpo, porque a las que besa Diego se les caen las pestañas, las cejas y el pelo." Ninfa salió corriendo de la casa de Juan Soriano, más despavorida aún que del estudio de San Ángel donde, por supuesto, no volvió a poner un pie.

Cuando Juana Inés cumplió cinco años, Ninfa quiso reanudar sus estudios. Había cursado unos años en la Escuela Normal de San José de Costa Rica y desde su llegada a México daba clases de gramática en varias escuelas particulares. Tal vez sintió la necesidad de consolidar su formación el día en que un alumno le preguntó qué era un adverbio. Ya que no tenía la menor idea de cómo explicárselo, Ninfa le contestó: "Si usted todavía no sabe lo que es un sustantivo, cómo va a entender un adverbio." Le hubiera gustado estudiar letras, pero Ermilo le dio una sola opción: sería su alumna en la Escuela Normal Superior, donde él trabajaba de maestro. Acaso la relación en la aula no fuera muy distinta de la que privaba en casa, pero provocaba cierta incomodidad cuando Ninfa le hacía trampa a su maestro-marido. En repetidas ocasiones puso a sus amigos a contribución para escribirle los trabajos que encargaba Ermilo. Así, José Attolini se sacó un 10 en historia griega, y Jorge Rigol, un lamentable 6 en estética porque Ermilo descubrió la trampa. Emma Godoy era su compañera de banca, y como era mucho más estudiosa que la esposa del maestro, la dejaba copiar los días de exámenes. En uno de matemáticas que Ninfa le copió íntegramente, Emma Godoy se sacó un 10 y Ninfa un cero. Con un descaro inaudito, Ninfa le fue a reclamar al maestro arguyéndole que si le había copiado todo a Emma no era posible que no se hubiese sacado un 10. El profesor le demostró que el cero no se debía a un castigo moral, sino al hecho de que había copiado mal la primera cifra, lo cual invalidaba todo el desarrollo de la ecuación.

En todo caso, el mayor atractivo de los estudios se encontraba fuera de las aulas, en el café de la Facultad de Filosofía y Letras, a donde acudía Ninfa para reunirse con un grupo de estudiantes que se convertirían en sus íntimos amigos. Los centroamericanos Ernesto Mejía Sánchez, Tito Monterroso y Ernesto Cardenal compartían su mesa, entre otros, con Ricardo Garibay, Rosario Castellanos y "los niños más bellos del mundo", como en esa época se les apodaba a Tomás Segovia y a Michèle Alban. Entre todos ellos, a Ninfa la seducían sobremanera el desvalimiento y el ingenio de Tito Monterroso. Tenía la apariencia de un duende por su escasa estatura, su tez sonrosada, la malicia que encendía sus ojos y su risa, y, sobre todo, por las magias que hacía para sobrevivir en su precaria condición de estudiante, a la cual, años después, se añadiría la de exiliado, a raíz del derrocamiento del presidente guatemalteco Jacobo Árbenz. Tito no tenía ninguna duda sobre su vocación de escritor, pero las tenía todas acerca de su talento, de si un día cosecharía la fama y la gloria. Por eso, el éxito le llegó más tarde como una auténtica sorpresa. Pero en esos años posteriores a la segunda Guerra Mundial, Tito era una maraña de inseguridades y de desparpajo típico de los tímidos. Además de las largas conversaciones sobre libros, política, amigos comunes y *le tout Mexico,* ¡Ninfa se reía tanto de las bromas que ideaba Tito con un semblante de extrema seriedad! Una vez que fueron a cenar juntos a un restaurante, a la hora del postre Tito le pidió con tanto aplomo a la mesera unas "peras al olmo" que ésta desapareció hacia la cocina, regresó al cabo de un rato y anunció en un tono de disculpa: "Señor, se terminaron desde la seis."

Ninfa fue descubriendo así la diferencia entre un ingenio del que era cómplice y otro del que era víctima. Pero a pesar de que cayó perdidamente enamorada de Tito, no lograba destronar la figura de escritor hecho y derecho que para ella representaba Ermilo. Porque no fue correspondida, porque se marchó a los Estados Unidos y por el simple efecto de los años, la pasión stendhaliana de Ninfa por Tito se fue transformando en una entrañable e incondicional amistad. Sin duda alguna, Tito fue el amigo más íntimo de Ninfa, a quien ella gustaba calificar de su "alma gemela" hasta el último día de su vida.

Al irse a vivir a los Estados Unidos, Ninfa también dejaba atrás a los exiliados españoles que casi cumplían un decenio de residencia en tierra mexicana. Se despidió de Juan Rejano, de Ramón Gaya y de Juan Gil-Albert y de varios otros a quienes no volvería a tratar sino esporádicamente, durante unas vacaciones en México o a través del imperfecto arte epistolar. En los años setenta, desde Italia, reanudó su correspondencia con Juan Rejano y empezó a tejerle una manta para que se abrigara en las noches cuando escribía. A todos los que quería, Ninfa les tejía: era, decía ella, su manera de darles calor. Entre las noticias que se mandaban de un continente a otro, en un tono sorprendentemente familiar y cotidiano después de tantos años de no verse, Ninfa le informaba a Juan Rejano de los progresos de su manta. Desde su soledad, a unos pasos de la muerte, el poeta, conmovido, le contestaba: "Ya siento que me está abrigando."

Lo que auguraba ser una breve estancia en los Estados Unidos se convirtió en un prolongado destierro cuando, inmediatamente después de las conferencias en la Universidad de Illinois, le ofrecieron a Ermilo un trabajo en la Unión Panamericana, cuya sede estaba en Washington. La pareja se instaló en Alejandría, un pueblito de Virginia en las cercanías de Washington, que no tenía más encantos que el de evocar otras asoleadas latitudes. Pronto descubrieron la magia de los créditos norteamericanos y se hicieron así de una casa, diminuta y modesta, pero que era, a fin de cuentas, su primera propiedad. A Ninfa se le antojaba que la casita había salido de un cuento de hadas, tanto por su tamaño como por la facilidad con que se había adquirido, y cada vez que salía, regresaba con el temor de que se hubiese esfumado de la realidad. El vecindario se componía de empleados y profesores universitarios, en su gran mayoría judíos, respetuosos y corteses, pero sin la menor curiosidad por los demás que es, entre otros, el germen de la vocación para la amistad.

Pasado el ajetreo de la instalación, lo único que a Ninfa le mantenía el alma en vilo era la inminente publicación de su libro de poesía, *Amor quiere que muera,* que recogía sus desventuras amorosas en una lírica depurada y de corte clásico. En México, Salomón de la Selva, que había sido su maestro de inglés cuando ella tenía 13 años, era el encargado de sus intereses editoriales y de sus cuentas de huevos y leche. En unas cartas que mezclaban jubilosamente toda clase de informaciones sobre la Presidencia, los libros de texto —que ya en esa época eran un asunto espinoso—, el lechero y la actualidad literaria, Salomón de la Selva le daba noticias de los progresos del libro. Por fin, en 1949 salió la edición de 500 ejemplares numerados que patrocinó la revista antológica *América,* editada por el Departamento de Divulgación de la Secretaría de Educación Pública, al cual dirigía Marco Antonio Millán secundado por Efrén Hernández. En esa revista publicaba una buena parte de los amigos de Ninfa: el mismo Salomón de la Selva, Efrén Hernández, Augusto Monterroso, Rodolfo Usigli, Rosario Castellanos, Margarita Michelena y Juan Rulfo, que todavía firmaba Juan Rulfo V. Ninfa distribuyó la edición entre sus amistades y recibió los acostumbrados comentarios de agradecimiento por el envío que, generalmente, se confunden con unos cuantos elogios inocuos. Así, Alfonso Reyes aprovechó la ocasión para besarle la mano, Juan Ramón Jiménez abundó un poco más en las virtudes de su lírica, y el único que le dedicó unos comentarios que denotaban una lectura atenta del volumen fue Octavio Paz que, desde París, le mandó una larga carta acerca de su libro y de la poesía en general. La reacción de Ermilo fue ambigua: si bien no se opuso a la publicación de los versos que suspiraban por otro amor, tampoco se desbordó de entusiasmo cuando los delgados volúmenes llegaron por correo a Alejandría. Acaso pensara que como en materia de comunismo, Ninfa no era sino una diletante de la poesía.

En el poema que anticipaba su nostalgia por México, "Ahora me iré a una ciudad lejana", Ninfa adivinaba las imágenes de su futura soledad:

Habrá también mi soledad tremenda,
anhelante en la noche;
pero mi soledad será como esos perros
que crecen a puntapiés;
será como las piedras pulidas de los ríos,
como los muros de las casas en invierno,
aún más terrible,
como esos esqueletos anónimos de las universidades

que la inocencia perversa de los estudiantes
deja en posturas ridículas y obscenas.
Será la soledad de los ataúdes
sin muertos.

Se sentía, como suelen decir los venezolanos y los
costarricenses, "íngrima y sola", una redundancia que
antes le sonaba tan maravillosa como la palabra *taciturno,* pero que ahora padecía como una herida casi física.
La soledad se fue transformando en una severa depresión. Además, reinaba en los Estados Unidos una pesada atmósfera de cacería de brujas contra los activistas y
simpatizantes comunistas. Ninfa atestiguó la persecu-
ción macartista y se aterrorizó la tarde de la ejecución
de los Rosenberg que, hasta el final, gritaron su inocencia: en todas las casas, en las calles de Alejandría, la
gente escuchaba por radio el reportaje de la ejecución.
Los "vivas" que atronaron por doquier cuando se anunció la muerte de los supuestos espías en la silla eléctrica
la llenaron de un frío y mudo espanto.

Ninfa entró en psicoanálisis, lloró largas horas sobre
los recuerdos de su infancia, revivió mil miedos enterra-
dos por la conciencia, se enamoró de su psicoanalista y
sacó en claro unas cuantas verdades que, sin embargo,
hasta muchos años después le seguían pareciendo caba-
les enigmas. Entre otras, la sentencia de su psicoanalista, que le había asegurado: "Usted no se casó con Ermilo, sino con su tía Ninfa." Ninfa comprendía hasta qué
punto el carácter de Ermilo podía parecerse al de la tía
Ninfa, aunque nunca había vuelto a padecer los malos
tratos físicos de su infancia en su vida matrimonial; era
cierto que el mal genio, la neurosis y las implacables
ironías de Ermilo a veces le recordaban la resequedad

de alma de la tía Ninfa. Pero de allí a entender la maroma inconsciente a la que aludía el psicoanalista había un paso que Ninfa nunca dio, aunque aparentemente concedió algo de crédito a la ortodoxia freudiana. Muchos años después, todavía le tentaba la curiosidad de llamar por teléfono a su psicoanalista para que le explicara el sentido de la frase.

Pocos eran los amigos que frecuentaba el matrimonio. Aparte de algunas relaciones de trabajo, Ermilo buscaba de preferencia el trato con los españoles residentes en los Estados Unidos: con Pedro Salinas y Juan Ramón Jiménez, principalmente. El conocimiento que tenía Ermilo de los clásicos españoles y, sobre todo, de su querido Cervantes, al que no se cansaba de releer, lo inclinaba a compartir sus gustos literarios con los poetas y estudiosos del exilio. Al mismo tiempo, trataba de contagiarles su pasión por el pasado indígena de México y por sor Juana, a quien dedicó varios trabajos, entre otros la edición de sus *Obras completas*. También recibían a los amigos de paso por los Estados Unidos. A Juan de la Cabada lo albergaron unos días, pero de salida de los Estados Unidos, porque no tenía sus documentos migratorios en orden, como era de esperarse del autor de *Paseo de mentiras*.

Una amistad particular con un muchacho de 23 años, Wayne Siewert, fue un salvavidas que la Providencia le envió a Ninfa para emerger de su tristeza depresiva. Se encontraron en una sala de conciertos de Washington, y el joven solitario, desvalido y romántico, comenzó a aficionar a Ninfa a la música de cámara, y él, a aficionarse a la dulzura cálida de esa mujer que casi le duplicaba la edad. La relación estrecha, dependiente, que se anudó entre los dos no cabría en ningún esquema tradicional,

211

aunque en ella pudieran reconocerse las manías de los adolescentes enamorados, la protección de una figura maternal para un muchacho de sensibilidad exacerbada o los arrebatos de un Julien Sorel por una mujer madura. Era una relación movediza que navegaba entre las aguas de la amistad y los torrentes de la seducción; lo era todo y nada a la vez. Quizá perteneciera a la inasible categoría de las "amistades amorosas" que, sobre todo a partir de Wayne, Ninfa cultivó como una defensa del amor a secas y como un arte que muy contadas personas saben practicar. La amistad amorosa reviste a la amistad común con todos los signos de la pasión, con sus exigencias, su exclusividad, sus códigos secretos, sus dones y sus esperas llenas de claros alientos y de sobresaltos que estrujan el corazón como pequeños infartos. Pero no persigue la posesión ni la apuración del otro, sino la duración y la nobilidad de un lazo privilegiado entre dos personas.

Además de Wayne, el trabajo sacó a Ninfa de la soledad y de su consecuente depresión. En 1953 entró a trabajar como empleada auxiliar en la delegación de México ante la OEA, con un sueldo mensual de 170 dólares. De ese modesto puesto de secretaria arrancó su carrera diplomática que, a la par del comunismo, adoptó como una segunda religión. Durante el resto de su vida fue coleccionando los pasaportes diplomáticos en el mismo cajón donde guardaba sus carnets de los distintos partidos de izquierda a los que se adhería clandestinamente. Los sucesivos embajadores con los que trabajó integraron su panteón sentimental, a un lado de Stalin y del *Che* Guevara, y les profesó una misma e incondicional lealtad.

Ninfa era una buena trabajadora: puntual, eficaz,

preocupada por sus responsabilidades por mínimas que fueran. A pesar de que se había nacionalizado mexicana en el año de su matrimonio con Ermilo, nunca dejó de percibir su nombramiento en el Servicio Exterior como una anomalía: sentía un poco de culpa por usurpar el lugar de un "verdadero" mexicano y no se atrevía a reclamar un ascenso. Durante muchos años tergiversó las informaciones que le pedían anotar en las formas burocráticas. Un año declaraba que sus padres eran originarios de Chiapas; otro, de Durango; al siguiente, de Oaxaca, y así sucesivamente hasta agotar la geografía de México, porque ni siquiera era capaz de acordarse de sus mentiras. Con su edad seguía una estrategia similar: en cada declaración se quitaba los años que el tiempo le cargaba, tan injustamente para su gusto. (Aunque su pasaporte indicaba que había nacido en 1918, es probable, como lo registró en su testamento, que haya nacido hacia el comienzo de la primera Guerra Mundial.) Por lo demás, era poco proclive a "hacer carrera", y muchos años permaneció en una categoría inferior a sus responsabilidades y al mérito con que las cumplía. Sus relaciones con el poder eran ambiguas: se deslumbraba con las altas jerarquías, pero, al mismo tiempo, era totalmente desinteresada en aprovechar las relaciones de poder para sí misma. Cuando Adolfo López Mateos llegó a la Presidencia, tuvo la oportunidad de visitarlo en Palacio Nacional durante una vacación a México. Los había unido una estrecha amistad en los tiempos de la Secretaría de Educación Pública, y más de una vez López Mateos había sido el confidente de sus cuitas amorosas, había saldado sus cuentas en los restaurantes y se había dejado embobar por los cuentos de Ninfa. Cuando se instaló en la antesala de Palacio Nacional, Ninfa sacó su tejido previendo que tendría que esperar horas antes de ser recibida. Pero no tuvo tiempo de acabar la vuelta, porque la puerta se abrió inmediatamente, al igual que los brazos del Presidente, que la saludó con el invariable "¡Ninfita!" A poco de iniciada la conversación, López Mateos hizo la pregunta que expresaba el afecto que le tenía: "¿Qué puedo hacer por usted, Ninfita?" "Que se siente en la silla presidencial para verlo de presidente", le contestó Ninfa, sonrojada por el atrevimiento de su petición. Después de complacerla, López Mateos la despidió reiterándole que estaba a su servicio, como siempre. Ninfa estrechó su mano con lágrimas de emoción en los ojos y le regaló un ojo de buey para que le trajera buena suerte en su mandato.

Gracias a la insistencia del embajador Luis Quintanilla, en 1958 Ninfa fue asimilada a la categoría de vicecónsul. El reconocimiento que le llegaba implícitamente a través de su nuevo nombramiento casi coincidió con una grave descalificación de su papel de madre por parte de Ermilo, que originó su divorcio. Ermilo andaba de conferencista itinerante por América Central cuando su hija decidió casarse secretamente, sin esperar la mayoría de edad que su padre le había pedido respetar. Juana Inés le informó a su madre de su matrimonio con Bernardo Díaz cuando era un hecho consumado, pero Ninfa guardó el secreto unos meses, fascinada por el romanticismo de los dos adolescentes. Ermilo enfureció con la noticia, no tanto porque su yerno era bisnieto de Porfirio Díaz, lo cual hubiera podido parecerle una ofensa a su vida de luchador social, sino porque Ninfa carecía de todo control sobre su hija y, además, se hacía su cómplice y defensora. Contra toda previsión, porque siempre Ermilo le aseguraba a Ninfa que se moriría el día en

214

que ella lo abandonara, Ermilo provocó la ruptura y, un año después del divorcio, se casó en terceras nupcias con la poeta Margarita Paz Paredes.

Ninfa no le guardó rencor, no tanto porque se sintiera aliviada de un lazo que la asfixiaba, sino porque comenzó a recapitular una larga lista de disculpas que tendían a exentar a Ermilo de su parte de responsabilidad en el fracaso del matrimonio. La muerte de Ermilo, en 1971, le dio un brillo definitivo a la aureola que Ninfa le fue dibujando por encima de la grisura o la franca negrura de los años de matrimonio. Cuando regresó del entierro empezó a poner en su departamento de Roma retratos de Ermilo, a recortar cuanto artículo aparecía en la prensa en homenaje a su trayectoria de escritor, y hasta le pidió a Margarita Paz Paredes una de sus boinas y sus lentes de carey, que guardó en una urna que presidía la estancia de su casa. Le rindió un culto público aunque, en privado, entre melancólica y ceñuda, lamentaba haberle regalado su juventud.

En 1963 el Servicio Exterior la mandó a Nueva York, una ciudad que, lejos de deslumbrarla, la aterrorizaba. Se instaló en un pequeño departamento de Greenwich Avenue, frente a la cárcel de mujeres. La soledad absoluta en la que se retrajo por temor a salir a la calle tenía como única diversión los diálogos que las prisioneras sostenían con sus parientes o amantes desde las ventanas de sus celdas. Las obscenidades y las maldiciones doblaban al atardecer como unas campanas que anunciaran una misa para la miseria humana. Su único "amigo" —así lo recordaba ella en estos términos— era un parque frente al cual pasaba el autobús que todas las mañanas la conducía al trabajo.

La llegada de su hija, acompañada de Paloma y Marisa, las dos nietas que habían nacido de la unión rápidamente disuelta con Bernardo Díaz, borró la soledad de Ninfa como un torbellino de alegrías y de preocupaciones. De un día para otro, Ninfa se encontró a la cabeza de esa pequeña familia a la que contribuía a sostener, pero que también llegó a tiempo para rescatarla a ella de su naufragio neoyorkino. Poco a poco, la rutina que combinaba el trabajo con el cuidado de las niñas le fue dando una dimensión más humana al gigantismo de la ciudad que antes la apabullaba. También aparecieron nuevos amigos: el entrañable Mauricio González de la Garza, el embajador Gómez Robledo y algunos representantes de los países del Este, a quienes Ninfa veía como emisarios de la Gran Causa. Asimismo recibía las visitas de los antiguos amigos que, con o sin Ermilo, seguían considerándola parte integrante de la familia intelectual de México. Para Emilio Carballido, María Asúnsolo o Alice Rahon, entre otros, siempre había un rinconcito donde acomodar una cama adicional en los escasos metros cuadrados de su departamento. María Asúnsolo prefería la llaneza oriental de un tapete en el suelo donde, en las noches, se pasaba horas recordando con Ninfa los viejos tiempos de su amistad con Ermilo, las fiestas multitudinarias de la GAMA, y evocando a la media humanidad que María conocía al dedillo. La personalidad y la obra de Alice Rahon fascinaban a Ninfa, al igual que Leonora Carrington y Remedios Varo, a quienes no tuvo la suerte de conocer, o que María Izquierdo y Frida Kahlo, con las que sí trabó amistad. Con Alice Rahon la unía además una vieja amistad con el poeta peruano César Moro, otro desvalido que había conquistado el corazón de Ninfa en los primeros años de su estancia mexicana. Pero, con la edad, Alice Rahon se había vuelto maniática y sólo el afecto que Ninfa le profesaba le permitía aguantar sus estrictos protocolos de vida. Cuando la pintora la visitó en Nueva York, en 1966, le exigía apagar la luz a las ocho de la noche. Entonces Ninfa, que siempre fue nocturna y noctámbula, se trasladaba al baño para leer o mirar su programa favorito en la televisión que instalaba estratégicamente frente al excusado. En esa ocasión, a Alice Rahon se le ocurrió visitar a un señor que la había enamorado 30 años atrás en Acapulco. Viajó hasta Maine, de donde regresó unos días después enfurecida: "¡Vieras qué viejo está! —le explicó a Ninfa, con la ingenuidad que permite la total carencia de autocrítica—; es un viejo necio y lleno de manías."

Dos grandes sucesos marcaron la estancia neoyorkina de Ninfa: estrechó la mano del *Che* Guevara cuando éste fue a dar un discurso en las Naciones Unidas en 1965, y vio la película de Pasolini *El Evangelio según San Mateo*. El primer suceso fue breve pero intenso. El "último de los revolucionarios románticos", como ella calificaba al *Che* Guevara, le fue presentado en una recepción diplomática a la que Ninfa se hizo invitar después de remover cielo y tierra. El segundo suceso no fue menos intenso pero sí más prolongado o, mejor dicho, reiterado: Ninfa vio la película 17 veces, sola o acompañada por todos los que lograba ganar a su culto. Más allá de la visión marxista del capitalismo que subyace a la reconstrucción evangélica, lo que más le fascinaba de la película era el Canto de los Mártires que musicalizaba la cinta. Desde que vio esa película cobijó la ilusión de ir a Italia para conocer a Pasolini. Y ésta fue la razón por la que aceptó seguir a Gómez Robledo cuando éste la invitó a trabajar en la embajada de México en Roma.

Ninfa llegó a Roma en el verano de 1967 con sus dos nietas y un gato. Las cifras estratosféricas que representaba su sueldo traducido a liras italianas destantearon sus primeros planes de vida. Se dio cuenta de que los millones de liras no significaban una suerte de millonario. Entonces, como siempre, Ninfa se amoldó a un estilo de vida más hecho de tirantez que de abundancia. También desmintió el mito de la hospitalidad italiana: durante los 13 años que permaneció en Roma, muy contadas veces fue recibida en casa de italianos, que prefieren el bullicio y el escenario de los cafés para lucir sus siluetas cinematográficas. Sea dicho de paso, por más horas que gastó Ninfa sentada en las terrazas de la Piazza del Popolo, tratando de reconocer el perfil de Pasolini, nunca pudo satisfacer su sueño de estrecharle la mano.

Pero si Roma no resultó tan hospitalaria como lo imaginaba Ninfa, no faltaban amigos a quienes visitar o con quienes llenar el pequeño departamento que ocupó cerca de la embajada mexicana y de Villa Torlomia. Ese azar geográfico le repugnaba de tal forma que durante muchos meses se inventó un complicado itinerario para no pasar frente a la residencia de Mussolini. Entre los residentes mexicanos estaba Juan Soriano, a quien Ninfa conocía desde tiempos inmemoriales, es decir, más o menos desde que el pintor tenía 18 años. Juan Soriano acababa de pasar por una larguísima y hondísima depresión, de la que lo salvó su extraordinaria disciplina de trabajo. Vivía con Diego de Meza en la celda de un viejo convento romano y pintaba del amanecer hasta que caía la noche, cuando empezaban a llegar los amigos que animaban la tertulia cotidiana. Pintaba sentado en una silla diminuta, y la exigüidad del lugar daba a creer que no se levantaba de ella durante todas las horas que pasaba frente a sus lienzos. Mientras pudo moverse con facilidad, Ninfa no dejó de hacer sus altos en el convento para recibir la bendición de sus dos amigos, más confidentes que confesores.

También acudía a la tertulia semanal de Rafael Alberti, a quien había conocido en 1935 cuando el poeta visitó México en compañía de su esposa María Teresa León. Durante ese corto viaje, Alberti atesoró unas cuantas y agudas visiones de México en un poema recogido en la colección de *Poesía (1924-1938),* publicada en 1940 por la Editorial Losada de Buenos Aires. Sin embargo, no todas sus visiones quedaron para la posteridad. Así, su intuición primera de México:

> Se sabe, se comprueba que no eres
> esa curva monótona y sin músculo
> que por los anchos muros oficiales
> Diego Rivera ofrece a los turistas,

desapareció de las ediciones posteriores, cuando el muralista mexicano se reconcilió con la gran familia comunista en la que Rafael Alberti figuraba como un venerable patriarca de heroica cabellera. Todos los sábados por la noche se abrían las puertas de su departamento de la Vía Garibaldi a los amigos y visitantes de paso por Roma. La sangría, que era el sello andaluz de la hospitalidad de los Alberti, dejaba en las grandes jarras, al final de la noche, unas indecorosas pulpas enrojecidas por la tinta del vino. Allí Ninfa conoció a Vittorio Vidali, a quien ella siempre prefirió nombrar "el comandante Carlos", tal vez en recuerdo de los tiempos de la Guerra Civil española, que tanto había significado en la vida personal de Ninfa. La noche en que se conocieron, el comandante Carlos repasó para Ninfa sus aventuras en México. Ninfa confirmó a través de sus relatos lo que siempre había sospechado: era probable que hubiera coincidido con Tina Modotti en varias reuniones, durante la segunda estancia de la fotógrafa en México, sin saber su verdadera identidad. Tina Modotti representaba para ella un ideal de mujer revolucionaria, la figura que tal vez a Ninfa le habría gustado encarnar si hubiese superado sus miedos, su consecuente cobardía para tomar un fusil o mirar a un muerto a los ojos, si hubiese sido más fría en su trato con la vida o si hubiese puesto por encima del amor y de la amistad las razones ideológicas que dictaron el destino de Tina Modotti. Ninfa era incapaz de anteponer la razón al corazón, cosa que ella juzgaba una debilidad, sobre todo cuando se comparaba con figuras como la de Tina Modotti, en que cifraba una supuesta entereza y una vocación de sacrificio. Ninfa no tuvo conciencia de su propio y secreto heroísmo, que consistió en resistir, hasta el último día de su vida, al desamor, a la amargura, a la resignación, a la falta de asombro y de esperanza.

También esa noche le confió al comandante Carlos que ella poseía una pluma fuente de Trotsky que, a través de un curioso periplo, había llegado hasta sus manos. No era cualquier pluma fuente sino la que Trotsky, en la época de su devaneo con Frida Kahlo, le había regalado a ésta con su firma grabada y la siguiente dedicatoria: "To Frida, 25 de abril de 1937." Por ironía del destino, la pluma se volvió un estorbo, casi una vergüenza, para los que, sucesivamente, la habían tenido en su poder. Primero lo fue para la propia Frida Kahlo que, después de renegar de su amistad con Trotsky para reintegrarse a las filas del Partido Comunista Mexicano, se deshizo de ella como quien se deshace de una prenda del diablo. Se la regaló a su enfermera costarricense, Judith Ferreto, amiga de la infancia de Ninfa, en agradecimiento por sus cuidados, pero tal vez sin saber que esa mujer, de pura cepa estalinista, la veía con la misma repugnancia o desprecio que su dueña original. Finalmente, Judith Ferreto se la regaló a Ninfa que, en cambio, siempre la consideró su tesoro más valioso: con esa pluma Trotsky había escrito gran parte de su obra. Cuando Ninfa terminó de explicarle al comandante Carlos la historia de la singular herencia, éste se quedó pensativo. Luego le aseguró que él no había tenido nada que ver en el asesinato de Trotsky, que era una infamia que cargaba como un estigma en su pasado de revolucionario, y le suplicó que le regalara la pluma. Ninfa estuvo a punto de pasarle el relevo a Vittorio Vidali en la equivocada cadena de la posesión del recuerdo. De haberse cerrado ese eslabón, se hubiera demostrado que el destino puede alcanzar a veces insospechados niveles de ironía.

Otra herencia, monetariamente más valiosa, le llegó a Ninfa durante su estadía en Roma. Pero, a diferencia de la pluma de Trotsky, ésta se convirtió en un real y pesado estorbo. Se trataba de la casona de Chimalistac, que su hermana Lupe le había legado a su muerte. Un sinnúmero de abogados más o menos honestos tuvieron que intervenir en la liquidación de la herencia porque Ninfa no se decidía a hacer un viaje a México para arreglar el lío. (Le tenía tanto pavor al avión que nunca pudo animarse a subir a esos aparatos del diablo que, sin embargo, le hubieran ahorrado tiempo y dinero.) Mientras se resolvía el asunto, Ninfa tuvo que desembolsar cada mes la mitad de su sueldo, nada más para pagar el predial de la casa. Cuando, luego de complicadas gestiones, se pudo vender ésta, Ninfa se sintió aliviada de una fortuna de la que nunca había gozado y que le había ocasionado tantísimos gastos. Concluyó, riéndose, que era demasiado costoso ser rico.

A partir de 1970 la artritis y la cortisona con la que combatía su diabetes empezaron a dejar huellas visibles en su cuerpo y a limitar su capacidad para moverse. El dolor físico también empezó a acompañarla como una sombra que, en vano, Ninfa trataba de ahuyentar y con la que acabó firmando una especie de pacto: la aceptó como la inevitable sombra de su cuerpo maltrecho, pero le pidió que conservara su lugar natural: silenciosa, atrás de su espalda. Algunas veces, cuando se reacomodaba en su sillón o entre las almohadas de su cama, parecía advertirle: *"Sois sage, ô ma douleur, et tiens-toi plus tranquille."*

Entonces, si ya no podía ir hacia el mundo, el mundo vendría hacia ella: ¿acaso no todos los caminos conducen a Roma? La casa de Ninfa se convirtió así en un lugar de peregrinación cotidiana que las muchas madonas romanas le hubieran envidiado. Cuando regresaba de su trabajo en la embajada, ya entrada la tarde, Ninfa se preparaba para presidir la romería, más pagana que cristiana, que llenaría su casa al anochecer. Se refrescaba, se ataviaba con los huipiles más esplendorosos, se empolvaba, se perfumaba, se adornaba con collares y anillos, se alisaba el cabello, que llevaba corto y plateado, con un cepillo sedoso que sostenía con dificultad entre sus dedos encogidos por la enfermedad. Entonces se recostaba en su recámara, que, como un teatro de bolsillo, se iba llenando de sillas plegadizas que los visitantes abrían a medida que iban llegando, y que disponían en filas apretadas a fin de que todos cupieran. En el buró de su cama había un vaso del tamaño de un florero, lleno de hielos, en el que se servían, con la discreta ayuda del amigo más cercano, los *whiskies* que poco a poco hacían bajar el nivel de los garrafones de Johnny Walker que invariablemente animaban sus tertulias. Tenía tanta fe en el *whisky* para calmar sus dolores, que en una ocasión en que su hija le trajo de Lourdes una botella de agua bendita, Ninfa resolvió tomársela junto con el alcohol.

La casa de Ninfa lo era todo: un salón literario, una sucursal de la embajada, un hospicio para desvalidos de toda índole, un refugio para los hijos de sus amigos, una fiesta perpetua, un templo consagrado al arte de la conversación y de la memoria, un centro de información, un hogar cálido y divertido donde cualquiera se sentía bienvenido. Mirabeau escribió acerca de la marquesa de Lambert: "Ingeniosa, sabia y bella, tuvo siempre amigos y nunca amantes, y puede ser citada como modelo para nuestro siglo." Del siglo XVIII al XX, muchas costumbres y circunstancias han cambiado; sin embargo, ha subsistido, afortunadamente, la presencia, así sea escasísima, de mujeres como la marquesa de Lambert y Ninfa Santos. Para todos los que la frecuentamos, Ninfa Santos era nuestro siglo XVIII.

La embajada de México difícilmente podía funcionar sin la eficacia y el alma de Ninfa. A lo largo de los años había adquirido una experiencia y una red de contactos que eran un descanso para todo nuevo embajador que llegara a hacerse cargo de la representación. Ciertos servicios dejaban literalmente de funcionar en ausencia de Ninfa. Fue el caso del telex de la embajada, que Ninfa secuestró bajo llave cuando lo instalaron en su oficina y al que nadie tenía acceso, a excepción tal vez del embajador. La llegada del telex revivió para Ninfa los tiempos navideños: era como si le hubieran regalado un juguete sofisticado y medio mágico con el que se divertía simulando para los demás complicadísimas operaciones de manejo.

El embajador Augusto Gómez Villanueva tomó posesión de su cargo poco tiempo antes de las fiestas patrias de México. La noche de la tradicional recepción en la embajada observó con perplejidad que la cola que los invitados formaban para saludar al cuerpo diplomático era más larga frente al sillón donde reinaba Ninfa apoyada en su bastón como Luis XIV, que frente a sus impecables mocasines. Lejos de guardarle rencor por opacarle su primera presentación oficial, Gómez Villanueva se dejó seducir por los encantos de Ninfa y le prometió que pronto la iría a visitar a su casa para rendirle un homenaje personal. El día que se hizo la visita "protocolar", Ninfa mandó limpiar la casa hasta que, por su tamaño, quedó como una verdadera tacita de plata. Se acordó de colocar, ante la comprometedora fotografía del *Che* Guevara que presidía la entrada, las flores de papel que sacaba cada vez que un visitante oficial pisaba su casa y que invariablemente, poco a poco, iban doblándose y descubriendo la inconfundible boina, la mirada perdida, los bigotes ralos y la boca sellada del "último revolucionario romántico". En cambio, los otros 22 retratos del *Che* Guevara que adornaban su departamento quedaban a la vista de todos.

Ninfa recibió al embajador sentada, mayestática, en su sillón de la sala, pero a los 10 minutos le pidió que se trasladaran a la recámara porque ya no aguantaba los dolores, y toda la comitiva se instaló en el "teatrito". Ninfa desplegó entonces todas sus artes de seducción y

224

de conversadora y acabó haciendo el milagro de que un político mexicano se sintiera, por un momento, por una tarde, un amigo cualquiera. La sensación debió de haber sido recíproca porque Ninfa, al despedir a Gómez Villanueva, le dijo con toda naturalidad: "Señor embajador, ¿le podría pedir que bajara a mis gatos por el elevador?" Nadie, ni siquiera el embajador Gómez Villanueva, podía negarle un favor a la irresistible Ninfa.

Gracias a esa capacidad suya para ganarse el afecto y los favores de todo el mundo, Ninfa pudo socorrer a cuanto desterrado o proscrito le solicitara su ayuda. Si su pertenencia al servicio diplomático no le permitía manifestar públicamente sus repudios a la política interior de México, por ejemplo, por los sucesos de 1968, discretamente, con sus modestos recursos, procuraba remediar las injusticias cometidas contra los jóvenes a raíz de los trágicos sucesos del 2 de octubre. Así, les conseguía los pasaportes que el gobierno les negaba, argumentando con las autoridades que, luego de la ley de amnistía, todo mexicano tenía derecho a ese elemental documento.

Ninfa siempre tuvo mucho cuidado de disimular sus simpatías comunistas frente a las autoridades del Servicio Exterior mexicano. Extremaba su tan peculiar sentido de la prudencia hasta disfrazarse "de incógnita" para ir a las manifestaciones del PCI que, en los años setenta, tenía un papel protagónico en el escenario europeo. Su disfraz consistía en una especie de pasamontañas que remataba con una pañoleta enroscada hasta la barbilla, unos anteojos negros que le cubrían el resto de la cara como ojos de mosca y un impermeable deslavado por las lluvias del otoño romano. Según ella, su disfraz le hubiera inspirado a John Le Carré el atuendo necesario para el más avispado de sus personajes. En realidad, sobre todo cuando la disfrazada se subía a la inconfundible silla de ruedas que acabó siéndole indispensable para sus desplazamientos, a nadie se le escapaba la verdadera identidad de la mujer que se "escondía" detrás de semejante facha. Por lo demás, es probable que todo el Servicio Exterior mexicano supiera de la "doble" vida de Ninfa Santos. Si a alguno le hubiera quedado una duda sobre las simpatías políticas de su leal servidora, la propia Ninfa se encargó de despejarla con su carta de renuncia fechada del 8 de mayo de 1989. Su enfermedad ya no le permitía seguir acudiendo a diario a la oficina de Tlatelolco, a donde finalmente regresó en 1980 luego de su partida de Italia. Pero también por enojosos líos burocráticos le negaron un justo reconocimiento a sus casi 40 años de servicios. Despechada, lastimada hasta el alma por la injusticia, Ninfa ensayó varios borradores hasta que reparó el agravio con las siguientes líneas:

A Lic. José Antonio González Fernández, Director en Jefe para Asuntos Especiales.

Hace muchos años, cuando yo era joven y usted aún no nacía, vi una excelente película alemana, *La última risa*, con aquel gran actor, Émile Jannins.

La trama era muy simple: el viejo portero de un hotel de lujo es despedido. Para ocultar de su familia y sus vecinos su humillación y su tristeza, viste por las mañanas su uniforme de portero con galones y botones dorados y sale a vagar por las calles hasta la hora en que solía regresar de su trabajo.

El final de la historia, muy dramático, se me desdibuja en la memoria, pero lo que trato de decirle es que yo no me pondré el uniforme de galones y botones dorados por-

que, en la esperanza de un México justo y digno, dedicaré
mi fuerza moral y mi entusiasmo a trabajar por mi Partido.

Atentamente,
NINFA SANTOS.

El partido al que alude Ninfa en su carta es el Partido
de la Revolución Democrática, al cual se adhirió desde
su fundación en 1989 y al que dedicó sus últimos y re-
novados entusiasmos políticos. En Cuauhtémoc Cárdenas cifró sus esperanzas por una sociedad más justa, al
igual que antes, a su llegada a México en 1934, el general Lázaro Cárdenas había abrevado su sed de épica revolucionaria. Un ciclo, como natural, se cerraba para ella
en la nueva aventura política que se iniciaba.

Hasta pocos días antes de morir, las mismas pasiones
que habían asoleado su existencia siguieron enderezan-
do su espíritu lleno de fervor y de asombro. Dos grandes y simultáneas ilusiones animaron sus últimos meses:
ver a su partido victorioso en la redención de México y
comprarse un diamante para completar su colección de
anillos. Saltaba de una ilusión a otra con la gracia que
dispensa una frivolidad asumida como la manifestación
de un entusiasmo infantil. La amistad, sobre todas las
cosas, gobernó su corazón e hizo de cada uno de sus
incontables amigos un ser un poco mejor por el simple
hecho de haberla conocido. Ninfa Santos queda en la
memoria de todos ellos como un bálsamo de frescura y
de amor que el viento baja del cielo donde, seguramente, ella preside ahora la tertulia de los ángeles.

Murió el 26 de julio de 1990, cuando la sombra de dolor se apoderó de su cuerpo y se cerró sobre él como una

noche definitiva. A unas cuadras de su última residencia, frente al restaurante Los Geranios en la calle Francisco Sosa, hay dos carretas antiguas llenas de helechos y de geranios. La primera se llama *la Ninfa* y la segunda *la Santos*. Allí descansa su imborrable memoria.

LUPE MARÍN

"Seis de las figuras del Anfiteatro Bolívar tienen mis manos en todas las posiciones", aseguraba Lupe Marín, refiriéndose a los murales de su primer esposo. Parecía depositar en sus manos una clave privilegiada para leer su personalidad. En todos sus retratos, de Diego Rivera a Juan Soriano, las manos de Lupe Marín se adelantan a su cuerpo, como una defensa y una advertencia; son, junto con sus ojos color de ginebra, un signo distintivo que cifra su singularidad al tiempo que la expresa.

Sus manos son descomunales para la medida nacional que José Moreno Villa aventuró en su estudio de *Doce manos mexicanas,* a propósito del caso particular de Alfonso Reyes: "Su mexicanismo consiste, según los datos que voy adquiriendo, en ser pequeña, corta, llena y de uñas nada alarmantes." Punto por punto, las manos de Lupe Marín desmienten la mexicanidad que el escritor español creyó delinear en su ensayo de quirosofía, y sin embargo, nadie dudaría de la naturalidad con la que Lupe Marín encarnó a un país y una época; reinó sobre la creación de una mexicanidad agigantada y colorida, desde el ambiguo trono de la mujer terrenal y de la diosa primitiva. "Lupe pertenece a la realidad y a la mitología del México contemporáneo", dice Octavio Paz. Sus manos son una monstruosa excepción que confirma la regla de la mexicanidad apocada o recatada.

Las manos de Lupe no son discretas, ni finas, ni afiladas: son infinitas y, al mismo tiempo, de una sola pieza. Se antojan unas raquetas para lanzar una réplica hiriente a la faz del interlocutor: están hechas para las bofetadas públicas. Combinan la laxitud y la tozudez: las uñas al ras, triangulares y abruptas, rematan la largura de los dedos como si quisieran contradecirla. Lupe contaba que desde el vientre de su madre apretaba las yemas de los dedos contra la palma de las manos para contener la fuerza que pujaba en sus entrañas. En estas manos desemboca un temperamento volcánico en perpetua erupción, y sus dedos son columnas de lava que avanzan petrificando sus ondulaciones. No parecen hechas para apresar lo delicado: en el retrato que le pintó Juan Soriano en 1945, la izquierda se posa extendida sobre un ramillete de flores en un ademán suspendido: si se cerrara, las flores acabarían estranguladas. Diego Rivera insinuó la misma idea en su soberbio retrato de 1938, al pintar en primer plano las manos de Lupe entrelazadas sobre la rodilla: es tal la fuerza que se arremolina en los nudillos enroscados que uno imagina con cierto escalofrío lo que sucedería si en lugar de una rodilla, los dedos atenazaran un cuello de frágil aliento. Evocan las garras de los felinos o de las aves de presa y tienen esa rara facultad de apresar los objetos como si cada dedo fuera independiente de los otros y tan poderoso como la totalidad de la mano. En una conocida fotografía tomada el Viernes de Dolores de 1924, de regreso de un paseo con Diego Rivera por Iztacalco, Lupe aparece ataviada de felicidad: lleva flores en el sombrero, alrededor del cuello, en una maceta; se arrima al brazo de su marido como cualquier señora respetable y endomingada; en su vientre crece la hija que la ligará para siempre a su pintor donjuanesco. Su mano derecha envuelve el brazo de Diego, no a la altura del antebrazo como cuando se busca en el amado un apoyo suave, la seguridad de su compañía, sino a la altura del bíceps, en un ademán de posesión y de control que subraya el quiebre de la muñeca. Sin embargo, hay algo dulce en esta mano derecha, sobre todo si se le compara con la otra, que sostiene la maceta. El meñique y el anular son suficientes para apresar la maceta, sobre cuyo fondo oscuro destacan como dos garras de inusitado tamaño e incomprensible fuerza.

En otros retratos, en otros recuerdos, las manos de Lupe se agitan como mariposas, como abanicos, como la capa de un torero que baila su destino en el ruedo de la muerte. Abanican el aire para despejar la memoria que incomoda, los fantasmas al acecho o cualquier idea que ronda como un remordimiento. Aletean alrededor de su cuerpo para refrescar el aire que se vicia de pasado y crear así un oxigenado presente. Aletean en el alegato; alegan en el aleteo, cuando gesto y palabra se confunden en una sola arenga.

David Alfaro Siqueiros recuerda otra particularidad de las manos de Lupe: "aquellas manotas largas y desguanzadas [...] colgaban como cosa extraña, de una escultura que hubiera sido revestida de trapos". No obstante, si a veces parecen pender de sus muñecas como un estorbo, las manos de Lupe son útiles, hacedoras, pragmáticas. Es difícil decidir si lo que más les sienta es el espectáculo de su teatralidad o el trabajo cotidiano, humilde, de la cocina y la costura. Se ajetrean con igual y tajante nerviosismo en cualquiera de sus dos espectáculos: alisan la seda como desaparecen las sutilezas de la vida: con un solo impulso que domeña la materia y la vida en una forma unívoca. No son manos gobernadas por la vacilación o las medias tintas: con el mismo aplomo, las manos de Lupe cortan las telas, sazonan la comida y editan la realidad a su conveniencia.

Lupe hace ostentación de sus manos, pero también se

231

acoraza tras ellas como si fueran un escudo, una mediación entre su cuerpo y los demás, entre su agresividad y su ternura, entre su prestancia y su recóndita vulnerabilidad. En la Edad Media se creía que una mano abierta y extendida era un talismán contra toda clase de maleficios. Así Lupe parece conjurar los peligros: como los musulmanes, que estampan su mano en la fachada de la casa opuesta a la suya, ella antepone su mano a todos los que pretenden abrir las puertas de su intimidad. Además, sus manos atemperan sus abandonos y acentúan sus iras. Prolongan sus palabras y detienen las avanzadas del cariño, tan difíciles de contener como las del sufrimiento. Entre Lupe y el mundo siempre están sus manos de por medio, al igual que otros miden la distancia adecuada para resguardarse de la promiscuidad en un entorno contaminado por el mal. La postura más característica de Lupe es con los brazos cruzados o las manos cobijándole el pecho y el corazón, en una actitud de aparente reposo y como disciplinada, pero que, en el fondo, denota una necesidad de protegerse del mundo exterior. Ya endiosada por Juan Soriano, sus manos se cruzan sobre su pecho en una plegaria crispada, como si quisieran retener un grito que fuera la pura expresión del poderío de la naturaleza.

Sus manos también evocan lo vegetal: "sombras de las hojas sobre el vidrio" para Juan Soriano, palmas que recuerdan asimismo los juegos rituales de los antiguos mayas, esas otras "palmas" enigmáticas y bellas, o las complicadas arquitecturas de ciertos árboles cuyas ramas y raíces se retuercen como los dedos de hule que aparecen en algunos retratos de Lupe. En su poema "Anatomía de la mano" Jorge Cuesta dice:

232

imita al árbol sus ramas
en pos de una interna fruta
la interrupción de la mano.

¿Hay en estos versos un recuerdo de Lupe?

Las manos de Lupe son múltiples y cambiantes; son las hojas y las alas que distraen de la verticalidad de su silueta; asemejan papalotes mecidos por una brisa desganada. Cuando Juan Soriano se propuso apresar las visiones de Lupe que rondaban su memoria, ensayó reiteradas veces resumir su silueta en unos trazos que, más que una estilización, perseguían el perfeccionamiento de una obsesión. Al tiempo que fija las apariciones, Juan Soriano parece buscar una geometría que explique la arquitectura de un arquetipo, de la misma manera que un fenómeno físico se revela en una gráfica matemática. Lupe se perfila así como una combinación de líneas paralelas y de círculos en la que, en el lugar de las caderas, de la boca, de los ojos, sólo hay vacío. "Sus ojos translúcidos —apunta Octavio Paz— no reflejan nada sino nuestra propia avidez." Todavía en el simple trazo se dibuja una oquedad que produce una mezcla de fascinación y de horror. Las siluetas de Lupe, como las radiografías del esqueleto, evocan el mundo de la muerte. Ella misma es un perfil de hueso cuyas extremidades semejan articulaciones deformadas o, incluso, sendos testículos a los lados de su tronco-pene. Una ambigüedad entre lo femenino y lo masculino se sugiere en el trazo despojado de los atavíos que, en los otros cuadros, la transforman en una diosa ceñuda e impenetrable.

En el texto que acompaña el dibujo que Antonio Peláez hizo de Lupe Marín, Fernando Benítez ensaya una lectura del retrato:

233

La gran mano ciñe la pequeña cabeza femenina, su duro perfil, sus ojos de gato, su boca olmeca. Es ella: mujer de palabras que estallan como cohetes, desorbitada, escandalosa, celosa, navaja hiriente, toda uñas y dientes, quizá para ocultar su último desamparo, su hambre de ternura, sus ensueños siempre renacidos en la sequedad de su vida.

Lupe encarna una intrigante coincidencia entre la apariencia física y el carácter, hasta el punto en que uno se pregunta si su temperamento calcó las líneas de su cuerpo o si la cosa sucedió al revés. Más de una ciencia pretendió razonar esa coincidencia, pero la interpretación de los "tipos" no fue mucho más que una caricatura de los comportamientos humanos. Hay poca sutileza y un exceso de riesgos en tales teorías que, ocasionalmente, sirvieron a causas vergonzosas. En el caso de Lupe, sin embargo, la coincidencia es tan espectacular que no deja de ser inquietante. La verticalidad de su silueta hace un eco exacto al rasgo dominante de su carácter: no existe mejor palabra para calificar el temple de este personaje. La verticalidad y las líneas quebradas del relámpago forman la geometría de su carácter.

"Feroz, suntuosa, original" son los adjetivos que la persiguen, al igual que "alucinante" y "obsesionante". Pertenece a esa clase de personas cuya fascinación surge simultáneamente de los resortes de la atracción y del miedo. Y sería difícil decidir si la fascinación que ejercen sobre los demás se debe a que uno se sienta incluido en el círculo de sus afectos o excluido del de sus anatemas. Lupe fascinó a su época, pero también hizo temblar a más de uno de sus contemporáneos.

Toda su vida, Lupe se mantuvo apartada del lugar común: tanto su físico como su carácter la hacían irreductible e imprevisible. Es probable que su físico extraordinario la llevara a extremar su marginación, es decir, a buscarse un lugar fuera de lo convencional. Pero el drama de Lupe se perfila en esta tensión: siempre quiso encontrar un lugar que se saliera de lo común, y su empeño en la excentricidad no era sino una forma paradójica de la nostalgia del lugar común. Lupe sabía mejor que nadie que, en México, estar fuera del lugar común es también estar, simplemente, fuera de lugar.

Lupe cabía en la caracterización de las jaliscienses que Cardoza y Aragón redujo a tres términos: "Muchachas altas, de ojos claros y seno breve", pero la singularidad que Lupe añadía a cada uno de esos atributos hacía que no cupiera en ningún lugar de su provincia natal. Lupe pertenecía a esas familias de numerosa prole (fueron 15 hijos) donde es una verdadera batalla no dejarse comer por el hermano y defender a diario la parcela de atención y de afecto que le toca a cada hijo. Con los años, Lupe transformó esa lucha afectiva en una lucha por la comida a secas: hablaba de una infancia de constante hambre insatisfecha, pero es posible que su memoria confundiera las muchas clases de apetito que la provincia no alcanzó a saciar. Con el mismo resentimiento recordaría su paso por un colegio de monjas en Zamora: mientras las niñas pasaban hambre, las monjas organizaban para sí banquetes a puerta cerrada. Ése fue motivo suficiente para alejarla de la religión. Desde muy joven, tuvo que pelear por *su* lugar dentro de la familia, peligrado por la tradicional preferencia por los varones y por una pléyade de hermanas tan guapas y casi tan singulares como ella. La familia Marín Preciado se dividía en dos bandos: los "prietos" y los "güeros", que eran los predilectos de la madre y entre los cuales, por supuesto, no se contaba la que más tarde Diego Rivera bautizaría "prieta mula". Decir que Lupe no se llevaba bien con su familia sería particularizar una relación generalizada con el mundo. Con algunas de sus hermanas, por ejemplo, el trato nunca se libró de la competencia original por hacerse un lugar a fuerza de gritos, codazos, empujones y otras secretas rivalidades. Pero ni en las alianzas ocasionales ni en las rupturas más definitivas Lupe se comportaba con sus hermanas de una manera diferente de la que solía regir sus relaciones en general. María se casó con Carlos Orozco Romero, Isabel con Wolfgang Paalen, Carmen con Octavio G. Barreda y, aparentemente, Lupe les ganó a todas: Diego Rivera le dio el lugar al que aspiraba y creía merecer: el de "la única". Después de un largo paréntesis en el que sobrevinieron su separación de Diego Rivera, la muerte de Frida Kahlo y de Emma Hurtado, e incluso la del propio Diego Rivera, hacia el final de su vida, Lupe pudo exclamar: "¡Ahora sí soy la única!"

De esta obsesión por ocupar un lugar *único,* porque nunca lo había tenido y porque todo en ella era singular, Lupe sacó su esplendor y su miseria. La ausencia de un lugar adecuado para la suma de sus singularidades se convirtió en una lucha radical por distinguirse siempre como "la única". Fue el motor de sus transgresiones, de su arrojo, de su valor por imponerse ante todos y en cualquier parte tal como era: descomunal, volcánica, suntuosa e indomable. Pero, también, las exigencias que se imponía a sí misma no hacían sino exacerbar las flaquezas que entrañaba la lucha por todo o nada.

Guadalajara es una ciudad blanca, de dulce cursilería moderada y simpática. Vive siempre en deshabillé, en pantuflas silenciosas de fieltro y batas afelpadas. Su cursilería tiene un sabor suave y exquisito. Nunca ofende ni desentona: se mantiene en equilibrio inexplicable,

observaba Cardoza y Aragón en su "Oceanografía de la provincia" de 1936. La gracia que le causó la ciudad no ocultó al poeta guatemalteco el reverso de esa atmósfera, que en seguida expresó así:

¡Cómo se siente una inmensa gana de saltar valladares, de burlar las costumbres familiares, de romper toda norma y de pecar! Bajo las ropas austeras de la provincia hay siempre un *tu-tu* de bailarina, una huella azul de caricia vehemente. Guadalajara está reclinada en el llano de la canción, desnuda como una maja.

De haberse quedado en Zapotlán el Grande, donde nació el 16 de octubre de 1896, Lupe hubiera conocido otros anatemas que los que se conquistó saltando los valladares de la suave y cursi Guadalajara. La hubieran llamado *Priscapocha*, hija de María *la Matraca*, como reza el Zapotlán de Juan José Arreola. Pero la familia se mudó a la capital en los primeros años del siglo, a iniciativa de doña Isabel Preciado, momentáneamente despreciada por don Pancho Marín, que corría por las rutas comerciales de Nayarit y Colima y tras el comercio con las muchachas bonitas. Doña Isabel abrió una casa de huéspedes, lo cual atrajo más gente a la multitudinaria mesa familiar, restándole así a Lupe la atención que reclamaba y que fue a buscar entre el Círculo Bohemio de Guadalajara.

En toda la provincia de ayer y de hoy las bohemias son una tradición que tolera la sociedad para compensar su indiferencia o su desdén por la cultura. Suelen ser cunas de destinos artísticos o políticos, cuando no combinan estas dos aptitudes que, a veces, se aparean en una sola ambición. La de Guadalajara de principios de siglo no escapaba del modelo, entre glorioso y patético, de la bohemia provinciana. Lupe comenzó a frecuentar a los tertulianos gracias a su inseparable amiga María Lavat, que la llevó a escuchar los primeros versos de su hermano Juan. El otro poeta del grupo era Martínez Valadés, que luego prefirió la carrera de diputado; Alfredo Romo era el hombre de las múltiples e indefinidas dotes; Hernández Galván "amenizaba" las reuniones con su guitarra; Enrique Díaz de León llegaría a ser rector de la Universidad; Amado de la Cueva, pintor, muralista y ayudante de Diego Rivera; José Guadalupe Zuno, gobernador del estado y, mucho más tarde, suegro de un presidente de la República. David Alfaro Siqueiros, amigo de la familia Marín y admirador de doña Isabel Preciado, recuerda en sus memorias los tiempos de la bohemia de Zapopan:

A Guadalupe la conocí en el primer ataque y toma de Guadalajara, el año de 1913. Era casi la única mujer "libre" que se movía entre el grupo que formaban los artistas del centro bohemio llamado de Seattle, en Guadalajara. [...] Seguramente la única muchacha decente de Guadalajara que podía llegar a su casa más tarde de las diez. La única que toleraba nuestras bromas directas y nuestro "lenguaje para hombres". En fin, ella era lo excepcional de nuestra vida de artistas.

Ya se perfilaba como "la única" en su género, aunque eso le significara la continua reprobación de sus padres y la sanción de las familias de distintos abolengos. Lupe recordaba a un novio aristocratizante: "Luis no sé qué y de otros ricachoncillos de por ahí", pero su noviazgo tapatío más conocido fue con José Guadalupe Zuno. A los ojos de Lupe, su mayor defecto era su indecisión vocacional: no sabía si abrazar la carrera de pintor o de político. Más que la disparidad de los términos, a Lupe le irritaba sobremanera el hecho mismo de la duda. Otros motivos de exasperación seguramente se sumaron a la impaciencia natural de Lupe y atrajeron sobre el indeciso el rayo de su anatema: le gritó que era "un cursi y un rastacuero", con lo cual puso fin al noviazgo para ir en busca de una vocación más decidida.

Otro personaje de esa época reaparecerá más adelante en la vida sentimental de Lupe. Se trata de un poeta jalisciense: Salvador Escudero, casi 10 años mayor que ella, autor de dos libros de poesía, *Agros* (1912) y *No escuche quien no sabe de estas cosas* (1929). A juzgar por los poemas de este segundo volumen, su mayor mérito no residía en su arte poético, sentimental y previsiblemente provinciano, sino en su belleza física: rubio, de ojos claros y rasgos finos, irradia encanto, pero también la sospecha de ser un seductor empedernido. No se sabe a cuándo se remonta su enamoramiento de Lupe, pero podría ser que un poema suyo, "¡Señor, no me la robes!", fechado en 1920 y dedicado a José Guadalupe Zuno, la evoque bajo la cifra de "la rara de ojos verdes". Hacia 1928, a su vez, Lupe evocará, pero con todas las letras del nombre, su pasión por Salvador Escudero, que la obnubiló y la hizo vacilar en su decisión de casarse con Jorge Cuesta, como si todavía formara parte de su entorno vital. En las pocas cartas de Jorge Cuesta que se conservaron de la época anterior a su matrimonio con Lupe, varias veces aparece la mención a Salvador Escudero, no solamente como un fantasma del pasado, sino también como un rival en la difícil conquista de su amada. "En tu vida está Salvador Escudero, Lupe, está lo que te ha humillado Diego; está lo que acaba de herirte de esos imbéciles", le escribe Jorge Cuesta. Y más enigmáticamente, en otro momento, le pregunta: "He apostado mi vida por ti contra ellos, los que te han humillado. ¿Vas a dejar que la pierda, que me la quiten? ¿Qué harías si vieras a Salvador Escudero matándome? ¿De parte de quién te pondrías, a quién ayudarías?" Si es imposible discernir la realidad de la fantasía en las lucubraciones de Jorge Cuesta, lo cierto es que ese misterioso poeta tapatío, contemporáneo de la bohemia de Zapopan, gozará de más permanencia en la vida de Lupe que el despechado José Guadalupe Zuno.

La leyenda quiere que Lupe se marche a la capital, a fines de 1921, con el único propósito de conocer a Diego Rivera y casarse con él. Ya realizada la boda, era tentador acomodar la historia en ese sentido. Además, para magnificarse, todo amor se inventa su cuota de predestinación, tal vez también para darle algo de comprensión al misterio del enamoramiento, que no deja de tener una parte tenebrosa en el azar de su elección. En todo caso y más allá de sus probables distorsiones, la leyenda es elocuente de la personalidad de Lupe: segura de la fascinación que podía ejercer, fue en busca del escenario adecuado y del hombre susceptible de dejarse cautivar, porque él mismo era el más atareado en seducir a su siglo.

Lupe no fue una culta dama ni pretendió nunca acceder a la categoría acuñada y satirizada por Salvador Novo. Sus conocimientos artísticos provenían más bien de una intuición levemente educada por sus amistades de Guadalajara. Decir que el talento pictórico de Diego Rivera era el principal motivo de su atracción por él sería exagerar tanto la capacidad visionaria de Lupe como la incipiente fama del pintor. Diego Rivera acababa de regresar de Europa y apenas comenzaba a embadurnar los

240

muros que le darían un renombre internacional. Por lo demás, es probable que Lupe nunca hubiera visto un cuadro de Rivera antes de viajar a la capital. "Mi mayor ilusión era conocer a Diego Rivera, me tenía intrigada su personalidad y el porqué toda la gente lo admiraba...", recordaría Lupe 50 años después. Más que a las hebras de una leyenda que ya envolvían a Diego Rivera con los prestigios de todo héroe lejano, Lupe le apostó a una personalidad dotada de resonancias que prometían amplificarse hasta el estruendo del mito. La elección a ciegas de un amor no deja de encerrar una ambigüedad que la hace oscilar entre la tradición romántica y una patología del carácter: ¿Diego Rivera encarnaba para Lupe una predestinación o un reto? Tergiversada por la leyenda póstuma, la decisión de Lupe se antoja un misterio romántico; considerada en el momento de ser tomada, es más bien un desafío.

En septiembre de 1921, con motivo de los festejos de la consumación de la Independencia, Obregón se propuso pasear por el país a artistas e intelectuales mexicanos y extranjeros. Sin saberlo, el Presidente urdía así el primer encuentro entre Diego y Lupe. José Vasconcelos lo frustró en el último momento, incluyendo al pintor pródigo en la comitiva que viajaría a Yucatán. Lupe esperó la llegada del tren a Guadalajara con excesiva excitación, anudando y desanudando sus dedos de hule, mareando a su amiga María Lavat con un sinfín de especulaciones sobre la apariencia física que tendría el hombre al que ya consideraba su prometido. Bajaron Julio Torri, Rafael López, el joven argentino Arnaldo Orfila y un viejito de barbas blancas con catadura de diablo aristocratizante que era Ramón del Valle-Inclán. La ausencia de Diego Rivera desilusionó a Lupe, pero no tanto como para opa-

241

car su belleza, que cautivó a los viajeros. El más deslumbrado fue seguramente Valle-Inclán, que le expresó a Lupe su propia desilusión ante el encuentro frustrado por su edad en una dedicatoria que suspiraba:

> ¡Qué triste destino el mío!
> encontrarte en mi camino
> cuando los años blanquean
> mis barbas de peregrino.

Aparte de los epítetos peyorativos que desgranaba tras sus pasos la buena sociedad tapatía, Lupe se había cosechado el mote más admirativo de *Pina Menichelli,* una actriz de fascinante belleza del cine mudo italiano. Su parecido era asombroso en la quietud de los retratos, pero en persona Lupe le aventajaba con su vitalidad sin afeites. En las escasas fotografías de esa época, los ojos de Lupe reflejan una luz de resolana, intensa pero a la vez brumosa, engañosamente empañada por una gasa húmeda o como por el efecto de una droga. No es tristeza ni melancolía lo que vela la extraordinaria luz de su mirada, sino esa especie de lejanía y de vértigo que a veces sugieren las aguas de los cenotes antiguos: pozos de luz que nunca tocan fondo.

En esas aguas se sacrificó Diego Rivera cuando Lupe se presentó en la iglesia de San Pedro y San Pablo, donde se encontraba, en un segundo piso, el cuartel general del muralista, de Roberto Montenegro y de Fermín Revueltas. La acompañaba Julio Torri, quien fue el alcahuete de ese encuentro tan anhelado por la tapatía.

Al vernos —recordaría Lupe—, [Diego] dejó el trabajo que estaba haciendo: unos bocetos para el Anfiteatro Bolívar de la Preparatoria. Me dijo que le gustaría que posara, le interesaron mis manos y cabeza para algunas de las figuras que estaba realizando para el anfiteatro. Desde luego que acepté gustosa y para celebrarlo me invitó a comer...

La versión de Diego Rivera es un poco más regocijada que la de Lupe, que parece reducirse a un contrato artístico. El pintor gustaba de evocar con carcajadas la manera en que Lupe comenzó a devorar, una tras otra, las naranjas que se amontonaban en una batea michoacana, así como su incredulidad de que se las fuera a acabar. Calificó su primera visión de Lupe como un encuentro con la "belleza salvaje", que no se limitó a plasmar en bocetos de manos y cabeza, sino que desplegó sobre los muros en la sensualidad de la Tierra fertilizada, es decir, de la Mujer por antonomasia. Diego la desnudó y la recostó en los muros como una maja jalisciense, y rellenó sus formas con los atributos que el enamorado suele sumar a la rama seca de Salzburgo.

Críticos de arte, y hasta el propio Diego Rivera, han reconocido que durante mucho tiempo Lupe Marín siguió siendo la inspiradora de su representación pictórica de la Mujer.

Aunque Lupe y yo no hemos vivido juntos desde hace muchos años —confesaba Diego Rivera a Gladys March hacia 1950—, el recuerdo de su exquisito cuerpo desnudo que pinté en mi primer mural [el del Anfiteatro] ha permanecido conmigo. He utilizado este recuerdo incluso en algunos de mis trabajos más recientes. Las curvas y sombras de esa maravillosa creación dejó una huella imborrable en mi cerebro de pintor.

Frida Kahlo estaba destinada a ser la media naranja del mito Diego Rivera, pero no la musa del arquetipo femenino que obsesionó al pintor en su obra y, ocasionalmente, en su vida privada. Por lo demás, Lupe nunca se hubiera contentado con ser sólo una mitad de cualquier cosa: significativamente, el día de su encuentro con Diego Rivera engulló la totalidad de las naranjas, como si le advirtiera así a su "prometido" el destino que le esperaba. A diferencia de Frida Kahlo, que fabricó su mexicanidad desde convicciones ideológicas y por amor a su esposo, Lupe Marín la encarnaba sin proponérselo. Esto no quiere decir que una fuera mejor que la otra, pero sí podría explicar la permanencia de Lupe en el imaginario del muralista, más allá de las desavenencias sentimentales. Tampoco significa que Lupe Marín encarnara *la* mexicanidad, sino, a lo sumo, la idea que Diego Rivera se hacía de ella, idea que tanto se atareó en precisar y en deformar.

La relación de Diego Rivera con Lupe Marín coincide con los primeros murales: la Preparatoria, Chapingo, la primera época de la Secretaría de Educación Pública, es decir, con las representaciones míticas de un México que, al correr de los años, se iría ideologizando, en menoscabo de la imaginación pictórica. Sería abusivo atribuir a la sola presencia de una u otra mujer una influencia decisiva en la obra de Diego Rivera: la radicalización de ciertas tendencias o la nostalgia por una pintura menos contaminada por la sinrazón marxista. Pero no lo sería intentar comprender lo que en cada una de ellas cifraba, en esa imprecisa intersección entre la vida privada y la realización de una obra.

Lupe Marín fue la compañera de los años de fundación de la obra y de la leyenda mexicana de Diego Rivera. Una transición entre la maternal Angelina Beloff y la joven devota Frida Kahlo. Lupe se perfila así, entre la sombra protectora de la rusa y la incondicional rendición de Frida, como una figura más igualitaria e íntegra. Lupe nunca creó una obra semejante a la de Frida Kahlo, que la hubiese convertido en una eventual interlocutora de su marido. Es más, Lupe nunca aspiró a crear ninguna obra que no fuese su propia existencia. Sin embargo, entre todas las mujeres que pasaron por la vida de Diego Rivera ella es la única que no afianzó su relación amorosa en el desequilibrio de la sumisión. Le era tan difícil, por no decir imposible, borrarse a sí misma que hasta en sus momentáneos silencios se oía el fulgor de su fuerza bronca.

Luego de unos seis meses de estira y afloja, de vida común en una casa de la calle Flora y de estratégicas retiradas de Lupe a Guadalajara, Diego Rivera accedió a formalizar la unión, el 20 de julio de 1922, en la iglesia de San Miguel, con María Michel y Xavier Guerrero como testigos. Habría que preguntarse si el hecho de que Diego Rivera omitiera el matrimonio civil fue un acto premeditado o un lapsus no menos elocuente de sus reticencias a formalizar su relación con Lupe. La sola unión religiosa no tenía validez legal, ni más propósito que complacer a la familia Marín. Difícilmente se aceptaría la tesis de un matrimonio religioso por reconocimiento de superioridad del orden divino sobre el de la sociedad civil, que no compagina con los credos de ninguno de los novios. Lupe se contentó con esa fugaz comparecencia ante el altar, a las seis de la mañana, probablemente por ignorancia de los requisitos de la ley republicana. (Años después, tampoco se enteraría de la necesidad de registrar a sus hijas ante las autoridades civiles para darles un mínimo de existencia legal, cosa que tuvo que hacer Diego Rivera cuando la mayor tenía entre siete y ocho años de edad.)

Diego Rivera trabajaba entonces en los murales de la Secretaría de Educación Pública. La falta de disponibilidad del novio, aunada a la de dinero, redujo los festejos de la boda a una cena ofrecida por Jorge Juan Crespo de la Serna en una fonda situada frente al Teatro Lírico y bautizada Los Monotes por los dibujos de Orozco que la decoraban. La pareja se fue a vivir a un departamento de la calle Frontera —cuyo mobiliario se limitaba a una cama regalada por la madre de Diego Rivera y a una mesita con dos sillas que habían sido obsequio de María Michel—, antes de ocupar la célebre casa de Mixcalco 12, que pertenecía al escultor Germán Cueto, en el centro de la ciudad, cerca de la antigua Merced.

Cuenta Guadalupe Rivera Marín que cuando el matrimonio vivía aún en la colonia Roma, Diego Rivera le hizo creer a Lupe que ella tenía poderes sobrenaturales, que podía dominar la voluntad de la gente con la sola intensidad de su mirada. Fascinada de descubrir que poseía una singularidad más y no de las menos ventajosas, Lupe quiso experimentarla en el acto. Se puso a la ventana y escogió como víctima al panadero que andaba repartiendo su mercancía. Clavó en él sus ojos de pantera categórica, y en ese preciso momento el panadero se cayó de su bicicleta. Se desconoce la reacción de Diego, si palideció al ver, por una vez, sus cuentos hechos realidad, pero Lupe no dudó de que la caída del panadero se debió a la eficacia de sus poderes sobrenaturales. Habría que imaginar la mirada que le lanzó a Diego después del experimento y, más aún, la sonrisa que habrá sellado sus labios como una silenciosa advertencia.

Pero la leyenda que adorna la relación entre Diego y Lupe registra ante todo los escándalos de la joven esposa, que son un mentís a la eficacia de sus poderes sobre el marido. Su principal dificultad era precisamente que Diego escapaba de su voluntad con demasiada facilidad y prontitud. Los pleitos fueron más comentados que las calmas entre tempestad y tempestad. No eran solamente las escapadas amorosas de Diego las que mermaban las veleidades de control de Lupe sobre él, sino también el exceso de tiempo que el pintor pasaba en los andamios, los compromisos políticos y económicos con el Partido Comunista y los gastos que le significaba su pasión naciente por las piezas arqueológicas. Ya forma parte del folklore nacional la anécdota según la cual Lupe le preparó a Diego una sopa de ídolos para vengarse de su indiferencia con el mantenimiento de su casa y de sus hijas, Guadalupe y Ruth. Las cóleras en las que montaba Lupe, sin importarle nunca la presencia de terceros, eran en parte justificadas: la economía familiar, ya de por sí estrecha, se veía gravemente afectada por las irreflexivas e irrefrenables pasiones de Diego. Lo curioso es que Lupe convirtió sus dificultades conyugales en hostilidades ideológicas que, con el tiempo, se asentaron en su pensamiento como férreas convicciones. Toda su vida se opuso ferozmente al comunismo, no tanto porque estuviera convencida de los errores del sistema, sino, sobre todo, porque el comunismo fue, entre otras causas menos nobles, una de las de su ruptura con Diego. Pero tampoco era una causa razonada: sólo veía en el comunismo el mal que le restaba la atención, la disponibilidad y hasta las pocas ganancias de su marido, al que, además, le daba por redistribuirlas fuera de casa, entre los demonios de carne y hueso de las guapas camaradas. No obstante, sería injusto encajar a Lupe en la categoría de las mujeres sufridas y victimadas por la tiranía de sus esposos, pues ella misma era la primera en violentar al suyo. Una pequeña semblanza de "doña Lupe Marín" que escribió José Juan Tablada contrarrestaría toda tentación de presentar a Lupe como una víctima:

> La conocí cuando era esposa de Diego Rivera, cuando el pintor cíclico tenía por habitación un emporio de artes populares que aún no eran *curious* para turistas. Doña Lupe era un compendio de todas ellas. Irradiaba la rústica alegría de las bateas michoacanas; era como los equipales, radicalmente tapatía, morena como jarros y cazuelas, y sus bellos ojos, por verdes, recordaban, no los de Nausicaa, sino los vidrios de Texcoco... Sobre todos esos caracteres nacionalistas, casi folklóricos, lucía doña Lupe los de las matracas, por ruidosa y movediza; el de las cotorras, por la inagotable verborrea y, por fin, y esencialmente, la infidelidad, la indiscreción de los botellones de Guadalajara... Así como éstos transpiran el agua que se les confía, así doña Lupe dejaba escapar cuanto sabía o le contaban en una continua exudación de chismes... No bien conoció a mi esposa, cuando le dijo de mí algunas cosas ciertas, otras falsas, todas inoportunas. Sin maldad; el botellón de Guadalajara no tenía dolo, pero su barro era deformador vidrio de aumento...

Entre todos los huéspedes que desfilaron por la casa de Mixcalco 12, Lupe recordaba a un joven yugoslavo de veintitantos años que, bajo el seudónimo de Vives, se había refugiado en México. Diego Rivera le ofreció alojarlo gratuitamente en su casa, pero Lupe insistió en cobrarle seis pesos mensuales por el cuarto. ¿Qué hacía el futuro mariscal Tito en México hacia 1925? Lupe lo ignoraba y la antipatía que le despertaba no la incitó a acercarse a él para averiguarlo.

Fumaba todo el día —contaba Lupe—. Tosía demasiado. Todas las mañanas iba a La Merced y se compraba una

Lupe Marín, ca. 1922. "Los ojos de Lupe reflejan una luz de resolana…"

Lupe Marín, ca. 1916.
"La única muchacha decente
de Guadalajara que podía lle-
gar a su casa después
de las diez."

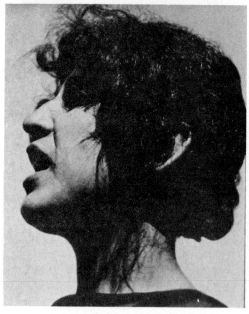

Edward Weston, Lupe
Marín, *1924.*
"Feroz, suntuosa,
original…"

Lupe y Diego, Iztacalco, 1924.
"...dos garras de inusitado tamaño
e incomprensible fuerza."

Lupe Marín, ca. 1923. "Mujer de palabras que estallan como cohetes."

Diego Rivera, *La Tierra fecundada*, Chapingo, 1926-1927.
"*Las curvas y sombras de esa maravillosa creación dejaron una huella imborrable en mi cerebro de pintor.*"

Manuel Álvarez Bravo:
Jorge Cuesta, ca. 1930.

Lupe Marín, Jorge Cuesta, Néstor Cuesta y los empleados de la Hacienda el Potrero, 26 de junio de 1929. "La única en el escenario."

Diego Rivera, Retrato de Lupe Marín, 1938.
"Un temperamento volcánico en perpetua erupción."

André y Jacqueline Breton son recibidos en México por Frida, Lupe, Diego y otros, 1938.

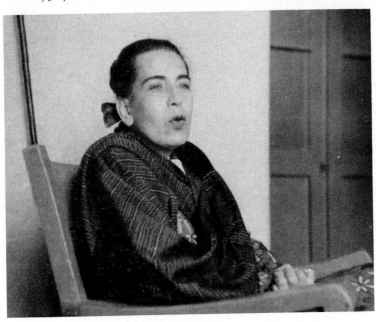

Lupe Marín, Guadalajara, 1948.
"…se volvió una fortaleza a fuerza de salvaguardarse de todo riesgo de vulnerabilidad."

Juan Soriano, Lupe Marín, 1962. *"Sus manos se cruzan sobre su pecho en una plegaria crispada."*

penca de plátanos, que en aquella época ha de haber costado diez centavos. Era su único alimento. Me horrorizaba que tosiera tanto. Pensaba que me iba a contagiar algo.

En cambio, Maiakowski la impresionó enormemente: "Era de una vitalidad arrolladora y de fuerte expresión poética."

Si los escándalos de Lupe pasaron a la historia, no es solamente porque fueron públicos, sino también porque desplegaban un arte narrativo y escénico que envidiarían muchos dramaturgos. Los celos de Lupe eran, sin duda, excesivos, a la medida de su aspiración a ser y permanecer como la "única", pero nunca mezquinos en su expresión. Hizo de su patología una teatralidad, cuya audacia e inventiva recogían los aplausos entre admirados y atónitos de sus eventuales testigos o víctimas. Con Lupe estamos lejos de la dolorosa e íntima disección de los celos de un Proust o de un Simenon: entramos a la comedia italiana, con algunas temperaturas de *vendetta*, y los colores y los humores de una farsa rabelaisiana. Siqueiros jugó en varias ocasiones, y sucesivamente, los papeles de testigo y de víctima. Su testimonio no estará exento de la inventiva que contagiaba el espectáculo.

Recuerdo una ocasión en que llegamos a esa misma casa de Rivera, Amado de la Cueva y yo, en los momentos en que Rivera apedreaba a Guadalupe con jícamas, papas y todas las frutas duras que tenía a su alcance, mientras ella daba unos gritos que no podía uno saber si eran de dolor o de infinito placer, un placer casi espasmódico. Pero sucedió entonces que nosotros cometimos un gravísimo error que hirió a Guadalupe durante largo tiempo en lo que a nuestra actitud con ella respecta: no atreviéndonos a decirle a Diego, que estaba exaltado hasta el infinito, que ya no le pegara a Lupe, nos limitamos parsimoniosamente a retirar del frutero todas las frutas duras, dejando solamente las más blandas. Es decir, los zapotes prietos, los chicozapotes, con lo cual la paliza de Diego resultó no solamente punitiva en grado sumo, sino obviamente pictórica y cruelmente sarcástica.

En otro pasaje de sus memorias, refiere esta otra incomprobable situación. Fermín Revueltas y Siqueiros habían llegado a visitar a Diego Rivera para reprocharle haber separado del trabajo a Amado de la Cueva y a Jean Charlot. Le discutían a Diego su decisión con una agresividad tal vez desmesurada para el papel de abogados defensores que pretendían cumplir. Diego los escuchaba con resignación, cuando Lupe los ve por la puerta del cuarto y le grita a su marido con su peculiar manera de manifestarle su solidaridad: "¡Viejo cabrón, no te dejes nalguear de esos mocosos! ¿No tienes vergüenza?" Cuenta Siqueiros que interrumpieron la discusión para encerrar a Lupe en otro cuarto y que, después de zanjar el problema, le dejaron a Diego la llave y la decisión de liberar a la fiera enjaulada.

Al día siguiente —prosigue Siqueiros—, alguien de mi casa me llamó a la puerta para decirme que en la primera plana de *La Prensa* había una noticia sensacional relativa a Revueltas y a mí. Ciertamente, en la portada de *La Prensa* se reproducía una fotografía de la casa de Rivera (entonces en una callecita cerrada que está en la avenida Chapultepec, ya muy pegada a Bucareli) y en la fachada de esta casa, a toda la extensión de la misma, aparecía una manta que, con letras enormes, decía textualmente: "A esta casa no vuelven a poner sus cochinos pies el padrote de Siqueiros ni el borracho de Revueltas." Tal fue la venganza de Guadalupe, la cual, en la crónica de *La Prensa*, seguía diciendo las peores cosas contra Rivera.

250

Dado el carácter de Lupe, no era difícil atribuirle una colección de desplantes cuya veracidad nadie ponía en duda. Una escena del amplio repertorio que fue constituyendo a lo largo de su vida gozó y sigue gozando de un pertinaz crédito en la opinión pública, a pesar de que sus dos protagonistas siempre la negaron: la agresión con que Lupe habría celebrado el matrimonio de Frida con Diego, en agosto de 1929. Se dice que Lupe habría llegado a la reunión del festejo para levantarle la falda a Frida y exclamar ante la concurrencia: "¿Ven estos dos palos? ¡Son las piernas que Diego ahora tiene en lugar de las mías!" Por más asombroso que parezca, el trato entre Lupe y Frida fue más amable que lo que quiere la leyenda. Además de poner en tela de juicio esta anécdota —urdida por Bertram Wolfe, a quien Lupe acusó por difamación en 1940—, la biógrafa de Frida Kahlo, Hayden Herrera, añade:

Lupe Marín le enseñó a Frida a complacer los gustos de Diego. Un día llegó, revisó toda la casa y mandó a Frida al mercado de La Merced a comprar ollas, sartenes y otras cosas. Después le mostró a la joven novia cómo guisar la comida que le gustaba a Rivera. En recompensa, Frida pintó el retrato de Lupe (1932).

Hayden Herrera es seguramente la que más cerca de la verdad está, no porque Lupe no fuera capaz de semejantes barbaridades, sino por la simple razón de que Frida no fue el objeto de un odio que Lupe dedicó, sin reserva alguna, a la verdadera causante de su ruptura con Diego, es decir, a Tina Modotti.

Era la época de los murales de Chapingo, donde Lupe comparte con Tina Modotti la representación sublimada de un género femenino del cual pensaba poseer la exclusividad, al menos en el imaginario del pintor. Tina Modotti no fue sino la gota que hizo rebasar un vaso ya muy colmado de abandonos, disputas y violencias de toda índole. Sin embargo, es curioso observar cómo Lupe revistió a Tina de los fantasmas que vulneraban su seguridad. Para Lupe, que no sabía disimular un solo sentimiento, que permanecía transparente hasta en las negruras de sus cóleras, Tina Modotti era un enigma que escapaba a su entendimiento y a sus estrategias defensivas. La callada y sinuosa Tina era, para Lupe, la extranjera aureolada por la leyenda de una sexualidad sin par entre las mexicanas. Un dejo de xenofobia se entremezcló en su odio personal: hasta el final de su vida, Lupe se refirió a ella como "la cubana", un mote inspirado por la posterior relación de Tina Modotti con Julio Antonio Mella que pretendía subrayar la extranjería y a la vez desprestigiarla. El aura sexual de Tina Modotti fue seguramente lo que más perturbó la aparente seguridad de Lupe. Tajante y bronca en sus manifestaciones de cariño, Lupe siempre vivió la sexualidad de una manera ambigua que la hacía oscilar entre arranques de disipación y repudios de mocha provinciana. Vivía temporales desenfrenos como si se propusiera vencer el puritanismo que era el verdadero fondo de su alma. Hacia el final de su vida, confesaba que la edad la había liberado de una sexualidad más estorbosa que placentera. Su ocasional fogosidad, su sugestiva belleza, su vocabulario florido, no fueron sino engañosas formas de lidiar con una sexualidad de la que se sentía más esclava que dueña. Así, Tina Modotti se le figuraba una mujer doblemente extraña: por extranjera y por su ostentosa manera de llevar su sexualidad como una segunda piel. Para descalificarla, Lupe asociaba en su campaña difamatoria contra

Tina Modotti la sexualidad y la suciedad, una asociación tal vez más reveladora de su propia configuración psíquica que de la ajena. Ante quien quisiera escucharla, Lupe se indignaba de que Diego la engañara con una mujer tan desaliñada y sucia, como si la limpieza corporal de su rival fuera más importante que la infidelidad del marido.

La ruptura definitiva con Diego coincidió con el primer viaje del pintor a la Unión Soviética, a finales del verano de 1927, y la aparición en la vida de Lupe de un joven poeta que no tenía aspecto de Don Juan. En los años veinte, la casa de Mixcalco no había sido únicamente el lugar de reunión de los pintores e intelectuales comunistas. También la frecuentaba un grupo de jóvenes que, más tarde, si bien no renegarían de su trato con la pareja, guardarían una prudente discreción sobre sus visitas a la casa del muralista. Es cierto que se hicieron asiduos de la casa de Mixcalco, sobre todo en ausencia de Diego, ante quien preferían a Lupe, siempre dispuesta a maldecir al marido y a vengarse de sus fechorías haciéndose cómplice de sus adversarios. Aparte de Salvador Novo y de Jorge Cuesta, poco se sabe de la asiduidad de otros futuros Contemporáneos a la casa de Mixcalco. "En 1927, uno de los salones preferidos por ellos era sin duda la casa de Lupe Marín, compañera de Diego Rivera", asegura Louis Panabière en su *Itinerario de una disidencia*. Es probable que Xavier Villaurrutia los acompañara de vez en cuando y acaso también Gilberto Owen, pero habría que mantener reservas en cuanto al otro bando, el de los "dobles apellidos". Lupe recordaba que también Agustín Lazo, Enrique González Rojo y Samuel Ramos acudían a su casa. Al tiempo que formaban una corte alrededor de la Lupe pitonisa y maternal, pretendían desafiar al diablo en su propia cueva: no les disgustaba ser confidentes y cómplices de la esposa de quien los atacaba con virulencia. Por otro lado, Lupe era lo suficientemente excéntrica y desenfadada para sumarse a las aventuras clandestinas de los chicos. En el "salón" de Lupe ellos buscaban algo muy diferente a lo que poco después los atraería al de Antonieta Rivas Mercado: más que la cultura y el refinamiento, los imantaba la vitalidad que agitaba la casa de Lupe: la exuberancia de su anfitriona, su vehemencia y su capacidad de transgresión, las fiestas y las célebres posadas, los personajes y los chismes que pululaban entre sus paredes, el tufo comunista que aspiraban como otra manera de encanallarse, la misma vida del barrio que revolvía los colores con los pregones, los pelados con los burócratas, los burdeles con el mercado de La Merced, el otro vientre de la ciudad. Tiempo después, Lupe evocaba para sus amigos la época en que acompañaba a Novo y a Villaurrutia a "levantar soldados" y sus rotundos fracasos en la aventura: "¡Con este joto vestido de mujer, nunca!", contestaban a sus avances, prefiriendo a sus acompañantes, que les parecían más auténticos o apetecibles.

Jorge Cuesta apareció a fines de 1927 como una figura de excepción en muchos sentidos. Dejo a Elías Nandino el encargo de retratarlo:

Jorge Cuesta era alto, delgado, con cabello castaño, con ingesticulante tristeza petrificada en la cara, con manos largas y huesudas, con madurez precoz en su conjunto. Vestía casi siempre en negro, azul negro o gris. Su frente era amplia y su mentón un poco adelantado y fuerte. Su seriedad era de estatua. Sin deuda ninguna con Adonis, creaba fuera de sí una aureola angelical, satánica, sorpresiva, atrayente, que hacía pensar que se estaba junto a un ser superior donde se daban cita la inteligencia y la intuición, la magia y el microscopio.

Hay que añadir a esta semblanza el efecto inquietante de uno de sus párpados, causado por una temprana operación (a los nueve años) para quitarle un tumor popularmente conocido como "enjundia de gallina". Continúa Elías Nandino:

Jorge Cuesta era completamente ajeno a su cuerpo. Su existencia se consumaba por evasión. Como el *radium,* se hacía presente por el poder que esparcía. Su cárcel molecular quedaba borrada ante la fuerza de su irradiación. Por esto su materia no intervenía en su palabra. Cuando hablaba se hacía oír, pero no se sabía de dónde venía su palabra; era el ventrílocuo de sí mismo, y las frases que transmitía daban la impresión de nacer de los fantasmas del aire [...] Era como si el cielo y el infierno en matrimonio indisoluble vivieran bajo el yugo de premio y de castigo, en amorosa acción procreadora de una tempestad amortajada en máscara de piedra.

Octavio Paz corrobora, pero matizándola, esta característica de Jorge Cuesta, al evocar su primera conversación con él:

Esas horas fueron mi primera experiencia con el prodigioso mecanismo mental que fue Jorge Cuesta. Al hablar de mecanismo no pretendo deshumanizarlo; era sensible, refinado y profundamente humano. [...] Pero su inteligencia era más poderosa que sus otras facultades; se le veía pensar y sus razonamientos se desplegaban ante sus oyentes con una suerte de fatalidad invencible, como si fuesen algo pensado no *por* sino *a través* de él.

Claro que el Jorge Cuesta de 24 años que se apareció en casa de Lupe, a finales de 1927, no era tan definitivo como lo sugieren las palabras de Nandino y de Paz. Sin embargo, ya estaban en él todos los signos precursores de su figura de excepción y de su enigma sólo parcialmente descifrado. Louis Panabière especula sobre lo que sucedió del lado de Cuesta en su encuentro con Lupe:

> La ley de los contrarios funcionó. Cuesta quedó fascinado con esta mujer sensual, frívola, viva, totalmente incomprensible para un personaje como él. Pero más que pasión fue curiosidad lo que ella le inspiró [...] Lupe Marín fue para él una experiencia en la acepción científica del término, aunque el experimento debía resultar particularmente doloroso.

Del lado de Lupe sería preciso apelar a la misma ley de los contrarios, pero para oponer a Jorge Cuesta con Diego Rivera. No hay que ser especialmente sagaz para entender que eran los polos opuestos: en el físico, en el carácter, en sus intereses, en sus ambiciones, en su ideología, en su concepción de la historia y del arte, en fin, en tal cantidad de aspectos que no sería exagerado afirmar que el único punto en común que tuvieron fue precisamente Lupe.

Cuesta escribió, hacia 1934, un texto sobre la pintura de Diego Rivera y aprovechó la oportunidad para ensayar una visión del personaje: "Su don de gentes, su trato humano, su carácter cosmopolita, su calidad de hombre de mundo, difícilmente corresponden a una mentalidad popular y cándida, a un espíritu fanático y al pie de la letra." Agregaba después Jorge Cuesta:

> [...] resulta absurdo considerar la pintura de Rivera como expresión de una fe, como instrumento de una convicción, como producto de la sinceridad. La pintura de Rivera está muy lejos de ser una pintura popular, ingenua, que cree

que lo que aparece en el escenario es una realidad y no una ficción.

Aunque el texto fue escrito a raíz del escándalo del Rockefeller Center, se percibe que la crítica central de Cuesta hacia Rivera no reside en la elección de sus temas, ni siquiera en su tratamiento pictórico, sino en la falsedad de hacer creer que existe coincidencia entre lo representado y el pensamiento ideológico. Rivera no es revolucionario porque no crea una revolución en su arte, apunta Cuesta, a diferencia de un Picasso o de un Stravinski. En esto reside el abismo que separa a los dos hombres: en una *moral* que, eventualmente, se expresa con los calificativos más diluidos de "una fe", una "convicción", "una sinceridad".

¿Habrá percibido Lupe el brillo y el riesgo de esa integridad moral en Jorge Cuesta? ¿Es legítimo pensar que Lupe fue sensible a tales cualidades? Sin alimentar el mito, no habría que menospreciar la intuición de Lupe ni, sobre todo, despojarla de sus circunstancias. Jorge Cuesta aparece en la vida de Lupe en el momento en que ha sido despechada y abandonada a causa de un viaje que, finalmente, representa para Diego una especie de reconocimiento por parte de la URSS, tanto a su obra como a su militancia. La invitación había sido enviada después de una solicitud del pintor y de un prolongado silencio del gobierno soviético. La recibió como una consagración, aunque su estancia resultara un fracaso y no tardara en provocar su salida del Partido Comunista Mexicano en septiembre de 1929. Lupe celebró ese paso certero hacia la consolidación del mito Rivera con sus habituales maldiciones de carácter doméstico: lo amenazó con dejarlo si se iba al país de las "chichonas", motivo al cual reducía ella el propósito del viaje de su marido a la URSS. Pero esto no era sino una forma de resumir, en una palabra que minaba su seguridad de mujer, una angustia que justificaba su reciente alumbramiento: acababa de nacer su segunda hija, Ruth (junio de 1927), cuando la otra, Guadalupe, todavía no cumplía los cuatro años.

Por lo tanto, no es descabellado pensar que el reservado Jorge Cuesta se le apareció como un descanso del estruendoso y triunfante Diego Rivera, como una promesa de realizar, en la discreción de la intimidad, el amor que ya no tenía cabida en la plaza pública en que se había convertido la vida del muralista. Si la ley de los contrarios operó en Jorge Cuesta como un imán que lo atrajo hacia Lupe Marín, es probable que en ella jugara una doble ley de los contrarios: en su propio contraste con Jorge Cuesta y en el contraste de éste con su pasado inmediato.

Muchos rumores han corrido sobre el "inexplicable" enlace de Jorge Cuesta con Lupe Marín. Algunos quisieron ver en el matrimonio el cumplimiento de una trama de doble inspiración. Por un lado, se insinuó que Lupe se habría casado con Jorge Cuesta con el único objeto de vengarse de Diego Rivera y, por el otro, que los amigos del escritor (léase, en primera fila, Salvador Novo) habrían urdido el enlace para burlarse del muralista. Suscribir cualquiera de estas dos hipótesis equivaldría a menospreciar el libre albedrío de los dos personajes o bien a sobrevalorar su capacidad de sacrificio: es imposible creer tanto en un Jorge Cuesta que accediera a casarse con el único propósito de satisfacer el espíritu de burla de sus amigos, como en una Lupe que subordinara su decisión a un cálculo tan cargado de consecuencias y de dobleces.

Es cierto que antes de consumar la boda, Lupe le mandó a Diego Rivera un aviso que podría sugerir que todavía pensaba en la posibilidad de su regreso y de una reconciliación. Pero, a un año de ausencia, también es factible creer que el aviso cumplía las veces de una obligada cortesía hacia el padre de sus hijas, o de justa información hacia su marido ante Dios, pero no ante los hombres. Según Lupe, la amenaza habría viajado más bien desde la URSS hacia México: "Si te casas con Jorge Cuesta, no regreso", le telegrafió Diego Rivera. A principios de 1928 le escribía Lupe con un aplomo quizá en parte fingido:

Le dije a tu hermana María que se llevara tus cosas y no quiso porque no tenía dónde ponerlas. Pablo [O'Higgins] no quiso tampoco. Nadie, nadie quiere llevarse tus cosas. Tal vez las acepten en la Legación [de la Unión Soviética]; es necesario que tú lo arregles. Tengo dos hijas y no puedo estar cuidando otras cosas. Quiero mudarme el 15 de abril y si no hay alguien que se haga cargo de tus cosas, he pensado dar las pinturas a Ramón Martínez; en cuanto a lo demás, lo voy a tirar... Es probable que para entonces me haya casado con Jorge Cuesta por lo civil... En medio de toda esta gente que me ha tratado de lo más canalla, él es el único de quien he recibido consideraciones. Aun cuando me parece muy inteligente y tal vez demasiado joven, es probable que yo acepte. No sé si te gustará vernos juntos; por lo que a mí toca, no me importa nada que vivas con otras.

Sin embargo, las cartas de Jorge Cuesta que datan de esa época traicionan las vacilaciones, los despechos y regateos de Lupe, que no corresponden a la contundencia de las sentencias dirigidas a Diego Rivera. Más de una vez, Jorge Cuesta la presiona para conocer la suerte que reservará a Diego Rivera y, por lo tanto, a su propia vida, que pende de un hilo en la espera de una resolución. Lupe parece utilizar los dos ases que tiene en la mano, además de otras cartas menores, para desafiar a uno y probar al otro, pero también es legítimo pensar que es presa de una confusión innegociable entre un pasado que se niega a morir y un futuro que se anuncia cargado de absolutos. El acoso epistolar de Jorge Cuesta ennoblece a su autor por la insistencia de su entrega:

No vivir conmigo, Lupe, es como si me mataras, como si me quitaras todo. Nada puedo tener sin ti. Lo que no es para ti, no es para mí, no es mío. Ni gentes, ni libros, ni cosas me interesan fuera de ti. [...] Yo no sé si Diego tenga su vida sólo *por ti;* yo no sé si la pierda sin ti, pero no lo creo. Yo sí.

He ahí una de las tantas variantes de su profesión de amor por Lupe. También es cierto que los excesos de la pasión abruman y asustan a sus destinatarios, aun cuando éstos sólo anhelen reavivar sus propios rescoldos.

El matrimonio se postergó a causa de la indecisión de Lupe y de un viaje a Francia que hizo Jorge Cuesta, justo después de la publicación de la *Antología de la poesía mexicana moderna* (mayo de 1928). Enviado por su padre en una clara tentativa de disuadirlo de su propósito de casarse con Lupe Marín, la víspera de embarcarse, el 24 de mayo de 1928, le escribía a Lupe:

Que el azar me pruebe en este viaje absurdo; yo probaré en él mi suerte. Abandonado a Dios, literalmente, he cerrado los ojos y me dejo llevar, y aun cuando quisiera hacerle trampa sabiendo ocultamente que no me voy nunca de ti, no me alcanza mi fuerza para sentir que tú serás la que me llame siempre.

En otra carta, le aseguraba:

Que esta separación nos sirva, Lupe, para probarnos nuestra compañía, como la vida, dicen, que es una ausencia de Dios, sirve para probar Su existencia. Yo voy a probar tu presencia, la voy a probar probando mi constancia. Y estoy tan seguro de todo que la obscuridad de mi dolor de cabeza se me disuelve, los días que voy a estar lejos de ti se me adelgazan y te veo en el fondo de ellos oyéndome las palabras que te voy a decir al regreso.

Lejos de gozar su estancia, Jorge Cuesta la padeció durante escasos dos meses, instalado en un cuarto del Hotel de Suez y deambulando por un París cuyas calles le interesaba menos recorrer que las páginas de *La Nouvelle Revue Française*. El 14 de julio de 1928 le escribió a su madre una carta de la cual Louis Panabière cita este fragmento:

He conocido gentes de París, de las que, para mí, son más interesantes y cuyo trato me daría muchísimo provecho, pero me lo llegaría a dar con el tiempo. Mi francés defectuoso y mi condición de salvaje mexicano no me dejan sentirme cómodo entre ellos, sino impaciente y molesto. He visto los lugares interesantes sólo para descubrir que era muy poca mi curiosidad por ellos. Es inútil y ya insoportable que me quede más tiempo aquí.

Sin duda, le interesaba más leer y pensar a Francia que vivirla. ¿Acaso se podría conjeturar, a partir del episodio parisiense, la clase de curiosidad que animaba a Jorge Cuesta? Desde luego, se infiere cierto desdén por la experiencia como fuente de conocimiento, cierto desprendimiento reflexivo ante las personas y las cosas, que habría que inscribir, según Panabière, en "aquella obsesión que tenía de vencer a la materia". Si el amor es una forma de conocimiento, un misterio que se trata, a un tiempo, de preservar y de penetrar, Jorge Cuesta pudo haber visto a Lupe como una encarnación por antonomasia de su tan peculiar obsesión intelectual. Pero tampoco habría que deshumanizar a Jorge Cuesta, como lo recalca Octavio Paz, ni obviar la pasión que lo consumía, para sustituirla por una simple curiosidad del intelecto. La escasa correspondencia que se conserva de esa época muestra a un hombre habitado por una pasión cuya radicalidad es intrínseca al sentimiento, así como a la probidad moral del personaje. Si algunas veces su expresión es trágica —"¿Sentirás ahora que fuera de ti no vivo? Eres tú, es toda mi vida lo que estoy jugando, y hay momentos en que el suelo se hunde bajo mis pies"—, en otras, las menos, la alegría se manifiesta, contradiciendo la imagen torturada y taciturna del poeta:

Muevo un brazo y la vida grita de placer en mí. Veo lo que se prolonga en el tiempo en esta sensación de vida y toda la que tengo en ese minuto se carga de toda la que voy a tener. Y creo que no voy a poder contenerla y viene más y más, aunque cierre los ojos y no vea nada; aunque me distraiga de lo que veo y de lo que toco; aunque me olvide de todo lo que siento: en *nada* se presenta a mí y me penetra y me embriaga.

¿Era Lupe también motivo de la impaciencia que el poeta confesaba a su madre en la víspera de su regreso? Seguramente, porque Jorge Cuesta volvió decidido a llevar a cabo su experimento conyugal. La estrategia disuasiva ideada por el padre no surtió efecto.

Las razones de Néstor Cuesta para oponerse al matrimonio de su hijo son previsibles. Lupe Marín resumía prácticamente todo lo que su conservadurismo y su tiranía patriarcal le hacían aborrecer; además, la nuera tenía dos hijas que representaban una carga adicional a la suma de "pecados" contabilizados por el suegro. La rebeldía de Jorge Cuesta hacia su padre podría considerarse como una sana y natural necesidad de emancipación si no entroncara con otro componente de la relación entre padre e hijo: "Este *pater familias* era hermético, autoritario y orgulloso —escribe Louis Panabière—. De otra parte, y esto podría explicar la hostilidad de Jorge Cuesta ante la pasión y los desbordamientos, era en extremo sensual." La rebelión hubiera funcionado mediante la identificación o, a lo sumo, la aceptación de una sensualidad que compartía con su padre, con quien, por lo demás, no quería compartir nada. De allí se deduciría que el posterior fracaso del matrimonio —"la hostilidad de Jorge Cuesta ante la pasión y los desbordamientos"— se habría debido a un rechazo de la sensualidad que Jorge Cuesta habría aceptado casándose con Lupe. Psicodinámicamente, la explicación tiene coherencia y hasta da pie a una impecable lógica de deducciones. Pero contribuye sospechosamente a la edificación de un mito simplista: el sacrificio del cuerpo en favor de una inteligencia pura que, además, encuentra confirmación en el suicidio de Jorge Cuesta. Inevitablemente, la realidad matiza los colores vivos del mito.

Sobre la pasión plena que vivieron los dos por lo menos hasta los primeros tiempos de su instalación en la hacienda El Potrero, en julio de 1929, no hay muchas dudas. Antes de viajar a las cercanías de Córdoba, la pareja vivió unos meses en una casa de San Ángel, con una fuente en la entrada que Jorge Cuesta llenó de helechos, lirios acuáticos y peces de colores para regocijo de las dos hijas de Lupe. Jorge Cuesta estaba haciendo el aprendizaje de su papel de padrastro, simultáneamente con el de marido redentor. Guadalupe Rivera Marín reconoce que, más allá de la hostilidad que le inspiraba Jorge Cuesta por haber sustituido a su padre, era un buen marido y no escatimaba esfuerzos ni afecto para acercarse a ella y a su hermana.

A pesar del odio que le guardaría durante buena parte de su vida y que haría público en su novela autobiográfica *La única,* Lupe relata una noche en la hacienda:

Esa noche, Marcela [Lupe] volvió a creer en el amor. Vio amanecer, con el placer que pocas veces se experimenta después de no haber dormido en toda la noche, pero que se siente recuperar mucho tiempo de vida perdida. Esas noches, que quisiera uno eternas y no dormir, para que no cambiara el sentido de ellas. En las que amanece, y no quiere admitir que sea otro día, y que haya que ocuparse de otras cosas propias de las horas. Esas noches, que no llegan a diez en la vida de uno, y, que ya tres, pueden dejar un recuerdo consolador; que serían peligrosas si fueran frecuentes y que prolongadas podrían ser la muerte. Así fue esa noche.

Es difícil creer que esas líneas que subsistieron al odio sistemático de su autora hayan sido inspiradas por un hombre hostil a la pasión y a los desbordamientos.
Lupe cuenta:

Me acuerdo de que alguna vez, por ese tiempo, tuvimos una discusión muy peculiar, yo como analfabeta y él como sabio, acerca de Goethe y Dostoievski. Él consideraba muy superior al alemán y yo al ruso. Yo estuve bastante grosera y ninguno convenció al otro. Todavía ahora sigo siendo admiradora de Dostoievski y no de Goethe. Y que me perdonen los escritores preciosistas, pero a mí me interesan más las pasiones, la vida.

Indudablemente, con todos sus excesos y defectos, Lupe estaba del lado de la vida: *era la vida*. Más que por un rechazo a la pasión, tal vez Jorge Cuesta optó por renunciar al puente con la vida que le tendía Lupe. Este drama no puede sino evocar otro que tuvo como protagonistas a Franz Kafka y a Milena Jesenski. Poco tiempo antes de morir, recluido en el sanatorio Kierling, cerca de Viena, Kafka le confesó a su médico Max Brod:

Cuando Ehrenstein estuvo aquí hace poco, me dijo más o menos que en Milena se me tendía la mano de la vida y que yo podía elegir entre la vida y la muerte; una manera demasiado pomposa de decirlo (en lo que se refiere a mí, no a Milena), pero que en su esencia guardaba algo muy cierto, si bien absurdo, ya que parecía creer en una posibilidad de elección para mí. Si todavía existiera un oráculo de Delfos, le habría consultado y hubiera respondido: "¿Elegir entre la vida y la muerte? ¿Cómo puedes tener dudas?"

Kafka y Cuesta parecen coincidir en la imposibilidad de una elección entre la vida y la muerte; en ambos casos existe una conciencia aguda de lo absurdo de esta imposibilidad, así como la lúcida conciencia de que la vida está al alcance de una mano y de que, sin embargo, su destino les impide estrecharla. En una carta anterior al matrimonio, Jorge Cuesta le advierte a Lupe en un tono enigmático y fatalista:

[...] que yo sufro más horriblemente y que el mayor mal que me ha hecho la vida y que *todavía puede hacerme* es que *tenga que* hacerme daño *fatalmente*, sin que nada en

265

mí pueda evitarlo, a pesar de que todo en mí llora de verlo y se enloquece de sentirlo. [Las cursivas son de Jorge Cuesta.]

¿A qué se refiere? ¿A qué fatalidad apela? Imposible saberlo. Octavio Paz recapitula sobre el fin del poeta mexicano:

Su muerte fue absurda no por falta sino por exceso de razón. Fue un caso de intoxicación racional. A Jorge Cuesta le faltó sentido común, es decir, esa dosis de resignada irracionalidad que todos necesitamos para vivir.

En un texto que Jorge Cuesta dedicó al amor, o mejor dicho a "Una teoría sexual: Bertrand Russell", publicado en noviembre de 1930 (es decir, cuando aún vivía con Lupe), el escritor expone bastante claramente su concepción del amor conyugal:

El matrimonio no debe contener otro cumplimiento moral que el de las satisfacciones de la paternidad y de la clase de amor que le es propio, dejando a las aspiraciones sexuales que encuentren la suya tan libremente como su fantasía las dirija, tanto antes del matrimonio como simultáneamente con él, emancipando moralmente también a las mujeres.

Éstas no son las convicciones de un hombre que sacrifica las pasiones del cuerpo sino, al contrario, de quien pide la libertad de realizarlas para ambos sexos y cualesquiera que sean sus circunstancias. La oposición de Lupe a semejante idea del matrimonio surgió cuando Jorge Cuesta la puso en práctica, primero con Isabel Marín, la hermana de Lupe, y luego con una mujer llamada Margarita Bell, de cuya existencia sabemos a través de las declaraciones de Natalia Cuesta, hermana del poeta.

266

Las dificultades que llegaron a abrumar a la pareja no son, en el fondo, muy distintas de las que habían exasperado a Lupe en su matrimonio anterior. Junto a la animosidad de la familia Cuesta que ya había probado con la madre de Diego Rivera, volvía a asomarse el mismo reclamo: Lupe se resistía a dejar de ser "la única" entre los intereses de Jorge Cuesta. No se trataba todavía de infidelidades conyugales, sino de ese tipo de infidelidad más insidioso e incomprensible para Lupe que significaban las lecturas y los trabajos de su marido, quien, en mayo de 1929, se sumaba a la nómina de colaboradores de la revista *Contemporáneos*. Paralelamente a su empleo de químico en la hacienda cañera, Jorge Cuesta comenzaba sus experimentos con las sustancias enzimáticas cuya ingestión, junto con otras sustancias más peligrosas, sería para él un posible motivo de la transformación sexual que creía sufrir y sobre la cual se explicó en la famosa "Carta al doctor Lafora".

Las complicaciones mentales de Jorge Cuesta se reducían, para Lupe, a un proceso de abandono del que se sentía nuevamente la víctima. Sólo muchos años después Lupe reconoció que:

> A Jorge Cuesta todas las células le funcionaban mal, no era nada normal, [...] las células como que no enchufan [...] empezaron crisis espantosas y Jorge sufrió como pocas gentes pueden haber sufrido en la vida, porque en sus ratos de lucidez se daba cuenta de su gravedad y era un sufrir horrendo.

Según sus propios términos en *La única,* "sabía también que después de él, su vida tomaría un camino difícil; jugábase, en pocas palabras, la última carta". La maternidad fue otro factor de deterioro en la relación. Lupe nunca vivió la maternidad como un regocijo; ninguno de sus tres hijos ocupó un lugar central en su vida, y menos aún Antonio Cuesta, que nació en la capital el 13 de marzo de 1930. Durante el embarazo de Lupe sucedieron varios reacomodos en la vida de la pareja y en los satélites más cercanos. Ella regresa a la ciudad de México a finales de 1929, harta de la familia Cuesta, del verdor húmedo del Potrero, de la soledad campestre, pero no de su alquimista, a quien insta a fuerza de cartas apasionadas a reunirse con ella en la capital. Jorge Cuesta la alcanza en enero de 1930, después de muchas discusiones con su madre y de una nueva ruptura con su familia. El 21 de agosto de 1929 Diego Rivera se casa con Frida Kahlo, reequilibrando así la situación familiar que recobra, por unos meses, una curiosa y promiscua armonía.

En efecto: los dos matrimonios compartieron, durante un tiempo, la casa de Tampico 8, a un costado de Chapultepec, que Lupe había construido gracias al dinero que Diego Rivera le había depositado en un banco canadiense, antes de partir a la URSS. En rigor, la casa pertenecía tanto a Lupe como a su ex marido. Mientras se terminaba la obra de Tampico, Diego y Frida experimentaron la vida de comuna en una casa ubicada en el Paseo de la Reforma y Niza, en la que habitaron junto con Siqueiros, Xavier Guerrero Galván y sus respectivas compañeras. Quizá la experiencia allí no fue muy grata, puesto que Diego exigiría después ocupar uno de los tres pisos de la casa de Tampico, aun cuando la convivencia pudiese resultar más difícil que con sus antiguos compañeros de ruta. Así, Diego y Frida se instalaron en la planta baja, mientras que Cuesta, Lupe y las niñas lo hacían en el tercer piso, prudentemente separados por el doctor Cejudo y su familia en el segundo. La casa no era tan grande como para permitir una autonomía de sus partes. Hay que pensar que había cruzamientos en la escalera, intercambios de saludos en la calle, quizá hasta visitas de un piso a otro y las fatales indiscreciones que padecen los vecinos de un mismo edificio. Poco se sabe sobre el desarrollo de esa corta convivencia; aparentemente fue mucho más apacible que lo que dejarían suponer las personalidades de los implicados. A no ser que, por un breve lapso, decidieran lavar la ropa sucia únicamente en el patio interior de Tampico 8.

Al nacimiento de Antonio, los overoles elefantiásicos de Diego Rivera ya no colgaban junto a las pulcras camisas de Jorge Cuesta en la azotea de Tampico. Los matrimonios habían recobrado un espacio propio y sanamente distanciado. Lupe fue quien no se recobró del parto que la hizo anticiparse a Jorge Cuesta en el camino a la locura. El poeta recibió con alegría el nacimiento de su hijo, pero con total desconcierto los trastornos físicos y mentales que causó en Lupe. No se trataba sino de violentos desequilibrios hormonales que, sin embargo, se confundieron con los signos de la locura. Los delirios de Lupe, similares a los del *delirium tremens,* no podían atribuirse al alcoholismo, puesto que no bebía. Pero Lupe deliraba día y noche: sentía que animales le recorrían el cuerpo, que temperaturas extremas la hacían sucesivamente hervir y escalofriarse, que fuerzas oscuras la acechaban hasta crearle una semiparálisis física y mental. Dejó de comer, de asearse, casi no se movía de un sillón. Los trastornos *post partum* no podían ser las únicas causas del estado de Lupe; a ellos se aunaban el rechazo al hijo y una previa fragilidad emocional que favorecieron el cuadro psicótico. Jorge Cuesta tomó algunas providencias: mandó a su hijo con su familia, a Guadalupe y a Ruth con sus abuelos tapatíos, pero no se le ocurría qué hacer con su mujer. Las más de las veces solía tomar su sombrero para salir a la calle y huir del infierno doméstico. Según Lupe, salía a reunirse con otra mujer (no se sabe si su relación con Margarita Bell coincidió con la enfermedad de Lupe o fue posterior a ella); según los amigos de Jorge Cuesta, se le veía mucho en el café París o el Cosmos, donde su milimétrica conversación se perdía entre el amplio humo de los cigarros. A nadie hablaba de su vida íntima; nunca se supo nada de su paso por la antesala del infierno conyugal. Octavio Paz atestigua el hermetismo de Jorge Cuesta, aunque se refiera a los años posteriores a ese episodio: "A veces Cuesta me leía sus poemas y ensayos, otras yo era el que le leía mis cosas; nunca, a pesar de que esos años fueron los de sus desastres, cedió a la confidencia o a la queja."

Es curioso observar cómo Jorge Cuesta se desentendió de la "locura" de su mujer cuando, años después, se dedicaría con tanta minuciosidad a examinar los síntomas de la suya. La misma credibilidad que le reclamaría al doctor Lafora se la negaba a Lupe. Ni siquiera la curiosidad intelectual que lo atenazaba lo llevó a indagar en el "caso" de su esposa. Parece que aceptó con demasiada prontitud, y tal vez con alivio, la solución propuesta por los médicos: encerrar a Lupe en un manicomio, motivo del rencor que Lupe le tendría durante años, antes de que el tiempo convirtiera ese sentimiento en una casi total indiferencia.

El doctor Gastón Melo rescató a Lupe del encierro. Llegó *in extremis,* gracias a la intervención de Malú Cabrera, para diagnosticar y curar el verdadero mal que aquejaba a Lupe. Paradójicamente, en su posterior argumentación al doctor Lafora, Jorge Cuesta subraya, para su caso, la necesidad de "una verificación objetiva... a saber: primero, la forma anatómica del padecimiento; segundo: su naturaleza de efecto enzimático u hormonal; tercero: la influencia que tuvieron en su evolución las sustancias enzimáticas que estuve ingiriendo". Le pedía al psiquiatra lo mismo que, en su momento, parecía reclamarle Lupe:

> Lo que a mí me interesa —pide Cuesta— es que un médico con la competencia que usted tiene examine objetivamente mi padecimiento antes de valorizarlo... La impaciencia, la excitación que usted ha podido notar en mí no tienen otro origen que el de ver desatendido, por considerarlo *a priori* falto de realidad más *físicamente* viva.

Una extraña situación en que una fuera el espejo de la otra enfrenta a las dos figuras en la soledad de sus padecimientos y en su mutua incomprensión, a pesar de los desfases del tiempo. Lupe realizó su recuperación afectiva por la vía del odio y del rencor; Jorge Cuesta se alejó de ella para vivir su propio viacrucis hacia el suicidio.

Se separaron en 1933, casi 10 años antes de la muerte del poeta. Jorge Cuesta se fue a vivir a un departamento en la esquina de Álvaro Obregón y Morelia, donde tenía como vecino y amigo a Luis Cardoza y Aragón, recién desembarcado en México. Lupe asegura que dos años después del divorcio Jorge Cuesta volvió a proponerle matrimonio y que ella lo rechazó. Lupe siempre rehusó bañarse dos veces en las mismas aguas: Diego Rivera también le haría el mismo ofrecimiento, después de la muerte de Frida Kahlo, y con la misma contundencia Lupe le negaría una segunda oportunidad.

Lupe no tuvo una responsabilidad directa en el suicidio de Jorge Cuesta; a lo sumo, le dejó una de las tantas cicatrices que nunca lograron cerrarse y que él mismo reabrió, el 13 de agosto de 1942, mutilándose los genitales y ahorcándose con la sábana de su cama. "Porque me pareció poco suicidarme una sola vez. Una sola vez no era, no ha sido suficiente", escribió Jorge Cuesta una noche, augurando lo que todavía no había hecho y que no tardaría en ejecutar como la implacable reiteración de su destino. La noticia de la muerte de Jorge Cuesta no sorprendió, o no afectó, a Lupe. Su hija Ruth fue quien la instó a ir a la agencia funeraria, atrás de la Alameda, donde se velaba el cuerpo mutilado del "más triste de los alquimistas". Ruth tenía un genuino afecto por el hombre que, a fin de cuentas, había sido su padre en su primera infancia. Llegaron hacia las 12 del día, no había nadie en la sala de velación. Ruth, que le llevaba gardenias y lirios morados, tal vez en recuerdo de la fuente de San Ángel, se arrodilló ante el ataúd y rezó. Lupe, erguida a su lado, no ocultaba su impaciencia: tenía prisa en irse, en trazar una raya definitiva sobre el "asunto Cuesta".

Consumado su segundo divorcio, en 1934, comenzó para Lupe una vida distinta, que poco se modificaría hasta el final de sus días. Trabajaba como maestra de corte y confección, en la escuela Sor Juana Inés de la Cruz, cerca de La Ciudadela. Pero antes de abrazar su vocación magisterial, que fue seguramente la más constante de su vida (recibió la medalla Altamirano por sus 50 años de enseñanza), Lupe fue a conocer París, un viejo sueño que le financió Diego Rivera, no se sabe si movido por el remordimiento o la generosidad. El viaje le significó un feliz paréntesis que, hasta su muerte, reabriría al menos cada dos años para pasear, saludar a sus amigos en París, Roma y Madrid, comprar telas y visitar museos y exposiciones, aunque siempre regresara con la convicción de que "¡como México, no hay dos!".

Jorge Cuesta no fue su "última carta" sentimental, como ella lo anunciaba en *La única*, sino la penúltima, que barajó con épocas de disipación erótica, las cuales, según ella, terminaron en 1942, con el último suspiro de su sexualidad. Volvió a enamorarse, esta vez de un torero y abogado jalisciense, Sergio Corona, que no alcanzó fama en los toros ni en la abogacía ni en su pasión por Lupe. ¿Quién, por lo demás, hubiera podido competir con los dos mitos más grandes y más contrastados del México contemporáneo: el monumental Diego Rivera y el trágico Jorge Cuesta?

Se antoja que Lupe, después de probar sin mucha fortuna la difícil convivencia con los mitos, decidió entregarse a vivir plenamente el suyo propio. Y digo bien: *vivir*, y no construirlo, porque ésta es una actitud que le fue siempre ajena. Si hoy pudiera hablarse de una "leyenda" Lupe Marín habría que pensar en una vida totalmente desprovista de los heroísmos sobre los que suelen edificarse los mitos vivientes o póstumos. Los testimonios de sus amistades demuestran que nadie la frecuentaba porque había sido la mujer de Diego Rivera o de Jorge Cuesta. La buscaban por ella misma, por el espectáculo de sí misma, por el goce de sus propias palabras, por su vitalidad y su inagotable asombro.

Por lo demás, con raras excepciones, Lupe no era dada a las confidencias sobre su pasado. Tal vez por estrategia de sobrevivencia, o por egoísmo, como dicen algunos, vivía en un perpetuo presente del cual era el centro único. Como en la más absoluta de las monarquías, ella dictaba las leyes y los horarios, llamaba y despedía a sus súbditos, declaraba las guerras y las treguas, decretaba las costumbres, los usos y las modas del México que desfilaba por su reino. Cosía para mantenerse y para sus amigas —la mayoría de sus clientas acabaron siendo sus amigas—, a las que imponía su gusto personal como si fuera el único posible y operante en el mundo. Cuando alguna protestaba o se atrevía a sugerir un cambio durante una prueba, Lupe aplacaba los reclamos clavando certeros alfileres en la cintura de la levantisca. También era conocida su afición por las joyas, que compraba y transformaba para su uso personal o para revenderlas. Sus limitados recursos no le permitían adquirir piezas de gran valor que, de todas maneras, no la complacían. Sobre los diamantes, prefería los ámbares, los azabaches, las turquesas o los granates; es decir, prefería los colores al valor monetario de las piedras. Y entre todas las joyas, los collares eran sus adornos predilectos. Nunca se conformaba con un diseño tradicional: necesitaba imprimirle una huella personal que hábiles artesanos se encargaban de realizar. El Monte de Piedad era su principal abastecedor y su meca casi cotidiana; los empleados conocían sus gustos y le apartaban las piezas que la miseria acababa abandonando en sus arcas. Lupe tenía una sensibilidad nata por los colores —era capaz de comprar una sandía sólo por el regocijo visual de su carne— y una devoción pagana por los adornos. Ella, que se preciaba de un impecable buen gusto, a veces tenía las veleidades de una Odette de Crécy.

El casi medio siglo de vida que le quedó después de su ruptura con Cuesta fue un largo proceso de desprendimiento que la condujo hacia una especie de ascetismo sentimental y material. Las únicas excepciones que hacía a su semirretiro mundano eran las idas al cine, las partidas de canasta acompañadas de sabrosas meriendas, los cafés que tomaba con algunos amigos, temprano en la mañana; durante una época hasta animó un programa de televisión que le significaba una pequeña entrada y la satisfacción de sus dotes histriónicas. Sabía vivir con poco dinero, con pocas cosas a su alrededor: aborrecía el falso lujo barroco y las imposturas intelectuales. Una vez le confesó a una amiga suya que su vida sería *perfecta* si tuviera 80 dólares más al mes. La amiga se los ofreció y Lupe aceptó con una sola condición: la ayuda se suspendería el día en que ella avisara que ya no los necesitaba. Durante ocho meses, Lupe se benefició de ese modesto mecenazgo que le permitió conocer la *perfección* del bienestar material.

Sin embargo, no era insensible al lujo que, para ella, se cifraba en las cosas genuinas. Por ejemplo, despreciaba todos los materiales sintéticos, que bautizó como "políferes", y sólo usaba la seda, el algodón, el lino y la lana. No era una cuestión de esnobismo, sino de afrenta a su sensualidad. Luchaba por la primacía de lo natural sobre el artificio, como si se tratara de una cuestión de honor, de una batalla estética y moral, una resistencia de francotirador a la falta de autenticidad que creía percibir en el mundo moderno. Extendía su lucha a todos los aspectos de la vida doméstica, a su arreglo personal, a sus gustos artísticos y literarios, a sus juicios sobre la conducta pública y privada del *tout Mexico*. Su cruzada contra la inautenticidad a veces tomaba las armas de la arbitrariedad y, sobre todo, de la doble moral que reprueba en los demás lo que concede a uno mismo. Si ella nunca se quedaba con una maldición en el paladar, reprendía a todos los que decían una palabrota en su presencia. Y nada le enfurecía más que se le hicieran notar esas contradicciones.

Solía escribir cartas públicas para ajustar sus diferencias con sus enemigos; las distribuía como si fueran manifiestos políticos o asuntos que interesaran a la vida civil del país. Pretendía así denunciar las hipocresías y los golpes bajos de sus contemporáneos y, al hacer la denuncia pública, predicar contra las murmuraciones y la cobardía. Se vengaba de cualquier mezquindad con la pretensión de estar redimiendo al mundo. Lamentablemente, no se conocen sino fragmentos de esas cartas, que los destinatarios fueron los primeros en destruir. En una entrevista, la misma Lupe cita un párrafo de la que le mandó a Salvador Novo, a raíz de la divulgación de la *Sátira:*

No creas que al dirigirme a ti, voy a usar un lenguaje soez y difamatorio, como el que debes esperar. ¡No! Eso te lo dejo a ti, a ti en exclusiva y al Marqués de Sade en el que toda tu vida te has inspirado. Tú, como cronista de la ciudad, eres la injuria número uno para un pueblo ingenuo y humilde. ¿Y por qué esa superficialidad de publicar nuestra vida sencilla y pobre en la casa de Mixcalco, de dónde tú no salías? ¿Que no sabes que el que vive con la verdad jamás es cursi? Cursis son tú y tus amigos que se reúnen a comer para no hablar más que de quesos y vinos importados.

La muestra es suficiente para dar una idea del tenor y del estilo de las cartas públicas de Lupe. También escribió dos novelas: *La única* (1938) y *Un día patrio* (1941), que podrían leerse como extensas cartas públicas, en las que el rencor no alcanza la fuerza del odio y entorpece el estilo. Ambas son marcadamente autobiográficas, pero tuvieron la fugaz relevancia de las novelas en clave. Al respecto, Salvador Novo observa con loable equidad, puesto que él era un villano en las dos novelas:

Los libros "en clave", novelados sobre personajes contemporáneos, tienen el defecto, el peligro, de que si como ocurre con los que Lupe recoge en el suyo *(La única)*, carecen de una personalidad vigorosa, imparten a la obra que animan una vigencia limitada, por aquella gran parte que componen, al tiempo corto en que se pueda, por su presencia en la vida, por su circulación, reconocerlo. Luego quedan en jeroglíficos, y su valor documental se extingue en el interés que sigan teniendo exclusivamente para el autor que, de su vida, les incorporó su obra. Yo sí pude, claro, reconocerme en *Un día patrio;* pero más a causa de que Lupe puso en él mi nombre con todas sus letras, que porque mi retrato sea en ese libro más, digamos, que mi foto en una credencial a estas fechas inválida.

En su afán de venganza contra Jorge Cuesta, Lupe pretendía armar un escándalo con la publicación de *La única,* pero no consiguió sino un silencio generalizado en la prensa de la época. El único que recogió el anzuelo, insistentemente picado por la misma Lupe, fue José Juan Tablada, pero lo hizo, ante todo, para puntualizar las razones del silencio:

Creo, y muchos creen conmigo, que si la crítica ha mantenido silencio unánime sobre esa obra, no es por miedo al escándalo, pues el que pueda contener no es para infundir miedo. El libro, mejor que escandaloso, podría llamarse repugnante, indiscreto y hasta deletéreo.

Sus juicios están a la medida de su indignación humana y literaria:

Sus páginas son como trapos con pringue o máculas secretas, exhalando ingratísimos olores... Es, en síntesis, un chiquihuite de ropa sucia por su contenido y por su forma burda y mal tramada. Esposa primero de un gran pintor y después de un letrado, la autora pudo darse un barniz de cultura, pero tan leve, que *il craque sous l'ongle* —poniéndose a su nivel— podríamos decir que en materias culturales "vacila de olete"...

Lupe se consideraba una mujer valiente, es decir, como a ella le gustaba repetirlo, se sentía más hombre que la mayoría de los representantes del sexo masculino. Pero el valor o la valentía eran, para ella, casi sinónimos de transgresión, de una osadía rayana en la bravuconería. Gozaba de romper los precarios equilibrios sociales, de levantar los velos de la clandestinidad o de la hipocresía, de destapar las ollas podridas que husmeaba con infalible olfato, de lanzar granadas de improperios a la faz de los que juzgaba timoratos e impostores. Las más de las veces, porque su ingenio era chispeante, dejaba a su víctima sin habla, como si le hubiese propinado un gancho al hígado. Así, una noche, en el afamado salón de baile Leda, le dio un certero nocaut a un pelado enturbiado por el alcohol. El individuo se acercó a la pareja que formaban Lupe y Juan Soriano en el centro de la pista, intrigado por la desproporción física entre los dos bailarines. Pero en lugar de cuestionar la escasa estatura del pintor, dirigió su agresividad a Lupe: "Oiga usted, ¿qué es: hombre o mujer?" Sin dudar un solo segundo, ella le replicó: "¡Soy más hombre que tú y más mujer que tu chingada madre!"

También hubo veces en que sus contrincantes resultaron ser tan ágiles como ella en el arte de las justas verbales. Durante la visita de Rafael Alberti a México, en

1935, tuvo lugar un debate sobre artes plásticas en el Palacio de Bellas Artes. Los duelistas eran David Alfaro Siqueiros y Diego Rivera; sus respectivos padrinos: los Alberti y Genaro Gómez, un líder trotskista. El debate era un claro enfrentamiento político entre el comunismo, defendido por Siqueiros y recién abrazado por Alberti, y el trotskismo, con el que coqueteaba Diego Rivera después de su salida del PCM. María Teresa León, la compañera de Alberti, oficiaba de maestra de ceremonias y hacía algunas propuestas metodológicas para llevar a cabo la discusión, cuando se oyó, desde la parte más lejana del lunetario, el inconfundible acento tapatío de Lupe que le gritaba: "¡María Teresa León, devuélvele los güevos a Alberti!" El mismo Siqueiros cuenta lo que sucedió a continuación:

Naturalmente, la talentosa española no se quedó callada y en medio de las carcajadas generales, le dijo: "No losh huevosh, porque ésosh los ponen las gallinas, sino losh cojones de Alberti son los que a ti te interesan... pero, por la vida de la Virgen de Guadalupe, tu patrona, que no los tendrásh." El tremendo murmullo que se levantó en la sala ya no dejó escuchar el último acto de defensa de Guadalupe. En privado le he preguntado: "Bueno, ¿y qué fue lo que le respondiste al final?" Y ella se ha limitado sólo a decirme: "Oye, pos no me acuerdo."

Otros combates le daban un miedo pavoroso: la muerte, el dolor físico o el sufrimiento afectivo eran puertas que ni siquiera se atrevía a empujar y que prefería cancelar, una tras otra. Cuando su hija Ruth se enfermó de cáncer, Lupe quiso huir del enfrentamiento con el dolor, y algunos confundieron su cobardía con un egoísmo contra natura. A la muerte de Ruth, en 1969, se recluyó en su casa de Cuernavaca, como los felinos se esconden en una guarida para lamer sus heridas. Aulló a las estrellas y rasguñó el polvo de sus huesos, hasta caer en un estado de catatonia, cuando hubo vaciado su cuerpo del dolor que lo apresaba. Se liberó de él como si se tratase de parirlo: por segunda vez expulsaba a su hija de sus entrañas; pero ahora expulsaba a una muerta, tan difícil de cargar como la vida misma.

Poco a poco fue cancelando su vida afectiva y se volvió una fortaleza a fuerza de salvaguardarse de todo riesgo de vulnerabilidad. Decía que con las feministas coincidía en un punto: "¡Qué necedad la de las mujeres de pensar que se necesita a un hombre! Más pronto se entienda, mejor." Sin embargo, se sorprendía de que a sus pasados 70 años el erotismo todavía perturbara sus sueños. Un día confió a una amiga que se había pasado la noche haciendo el amor con Marcello Mastroiani, en el piso de congo amarillo de su casa de Mixcalco. Por supuesto, era un sueño, pero Lupe no sabía si lamentarse de que sólo fuera una fantasía o si indignarse de que el demonio erótico no perdonara sus más que respetables años.

Vivía rodeada de fieles e incondicionales amigas, todas mucho más jóvenes que ella, y de homosexuales, a los que festejaba el veneno de sus palabras y la sensibilidad de sus almas. Pero, al mismo tiempo, defendía su soledad y su independencia con la ferocidad de la que sólo son capaces los que se sienten colmados de sí mismos. Su resequedad sentimental se tradujo en un ritmo de vida tan metódico como inflexible. Se levantaba con el alba y se acostaba con las gallinas; después de las siete de la noche, el mundo dejaba de existir para ella. Tendida en el silencio de su cama, leía y releía a Dostoievski, a Balzac y a Shakespeare, que eran los únicos escritores que toleraba en su panteón de las bellas letras. Con la misma intransigencia con la que sancionaba la literatura nacional y universal, rompía los lazos con sus antiguas amistades por una nadería, por una coma mal puesta entre el sujeto de sus afectos y el verbo de sus anatemas. Aun así, es asombrosa la permanencia de su hechizo en las víctimas de su enemistad. Lola Álvarez Bravo, que había sido una de sus más cercanas amigas y a quien Lupe motejaba de "tipeja" después de un altercado que puso punto final a su amistad, evocaba al personaje con generosidad:

> Era una mujer desbordante del todo, guapísima, hermosísima, con una cabeza maravillosa. La belleza de su cabeza en pocas gentes la he visto, la fuerza que tenía en la cara y en los ojos. Era muy simpática, buena amiga, muy ocurrente para platicar, muy chistosa, pero si una noche soñaba algo malo de ti o contigo, pues te odiaba al día siguiente; era terriblemente peligrosa.

Hasta muy poco tiempo antes de su muerte, Lupe caminaba las calles del centro de la capital como una peregrina que honra cotidianamente sus modestas mecas. Las suyas eran el Monte de Piedad, el mercado Juárez, el Sanborn's de los Azulejos, el Palacio de Hierro de la avenida 20 de Noviembre. Desde su departamento en el Paseo de la Reforma recorría esas distancias a pie o en camión, con una vitalidad que sus piernas atestiguaban y su prestancia corroboraba. Es probable que ningún transeúnte haya reconocido en esa anciana presurosa, vigorosa y árida como algunos árboles que no mueren ni reverdecen, a la sensual mujer reclinada en los muros públicos, a escasas calles de allí. ¿Cuántos turistas se habrán cruzado con ella al terminar la visita a la Secretaría de Educación Pública o a la Preparatoria Nacional, sin sospechar que rozaban el tiempo, después de haber admirado la ilusión de un parpadeo de eternidad?

Lupe Marín murió el 16 de septiembre de 1982, a consecuencia de una arteriosclerosis intestinal. La ironía del destino la hizo morir un día de fiesta nacional, cuando los fuegos artificiales iluminan la noche con los colores patrios. Ella, que fue una explosión vital y colorida, se extinguió con los últimos cohetes que rayaron el cielo de la ciudad.

ENTREVISTAS Y AGRADECIMIENTOS

Agradezco muy particularmente a Patricia van Rhijn y a Juana Inés Abreu las facilidades que me dieron para consultar la correspondencia y los archivos personales de Machila Armida y Ninfa Santos. Quiero dejar constancia de su magnífica disposición para esclarecerme las entretelas de la vida de sus progenitoras durante las entrevistas formales e informales que sostuve con ellas. Semejante fue la actitud de Guadalupe Rivera Marín cuando la entrevisté acerca de su madre, Lupe Marín.

Mis agradecimientos al doctor Héctor Pérez-Rincón por prestarme la correspondencia de Jorge Cuesta con Lupe Marín, así como por sus observaciones de especialista psiquiátrico sobre los trastornos mentales del poeta.

Quiero expresar mi gratitud a María Vara, Juan Soriano, Alfonso Vadillo, Gilberte de Charentenais, Berta Maldonado, Norma Nicéforus, Ruth Alvarado, Pedro Diego Alvarado, Lourdes Chumacero, Margit Frenk, Consuelo Sánchez-Latour y Alfonso Enrique Barrientos por las horas que me dedicaron, por su memoria y su talento para evocar a estas cinco *Damas de corazón*. Sin ellos, este libro no hubiera sido posible.

Agradezco a mis colegas del Centro de Estudios Literarios del Instituto de Investigaciones Filológicas, UNAM, por sus comentarios sobre los avances del trabajo.

Finalmente, mis agradecimientos al profesor Derek Harris, quien me invitó a residir durante un mes en el Thomas Reid Institute de la Universidad de Aberdeen, Escocia.

BIBLIOGRAFÍA

Abreu Gómez, Ermilo, *Epístola a Ninfa Santos*, edición de autor, México, 1935, 6 pp.

Arreola, Juan José, *La feria*, Joaquín Mortiz, México, 1963, 199 pp.

Barrientos, Alfonso Enrique, *Enrique Gómez Carrillo*, Editorial José de Pineda Ibarra, Guatemala, 1973, 306 pp.

Buber-Neumann, Margarete, *Milena*, Tusquets, Barcelona, 1987, 291 pp.

Benítez, Fernando, *Los hongos alucinantes*, ERA, México, 1964, 126 pp.

Cabrera Infante, Guillermo, *Mea Cuba*, Plaza y Janés, Barcelona, 1992, 484 pp.

Cardoza y Aragón, Luis, *El río, novelas de caballería*, Fondo de Cultura Económica, México, 1986, 898 pp.

___ , *Tierra de belleza convulsiva*, El Nacional, México, 1991, 766 pp.

Colín, Mario (recopilador), *María Asúnsolo*, edición de autor, México, 1955, 63 pp.

Cuesta, Jorge, *Poesía y crítica*, selección y presentación de Luis Mario Schneider, Consejo Nacional para la Cultura y las Artes, México, 1991, 361 pp.

___ , *Ensayos críticos*, introducción de María Stoopen UNAM, México, 1991, 519 pp.

Debroise, Olivier, Rojo Alba C. de, *Rivera, iconografía personal*, Fondo de Cultura Económica, México, 1986, 103 pp.

Deschodt, Eric, *Saint-Exupéry, Biographie*, J. C. Lattès, París, 1980, 396 pp.

Escudero, Salvador, *No escuche quien no sabe de estas cosas*, Tipográfica Alpha, México, 1929, 218 pp.

Gide, André, *Journal*, 1889-1939, Gallimard, Bibliothèque de la Pléiade, París, 1951, 1 378 pp.

Giroud, Françoise, *Leçons particulières*, Fayard, París, 1990, 300 pp.

Herrera, Hayden, *Frida: Una biografía de Frida Kahlo*, Diana, México, 1985, 440 pp.

Louys, Pierre, *Aphrodite*, Fayard, París, 1893, 127 pp.

Manrique, J. A., y Teresa del Conde, *Una mujer en el arte mexicano. Memorias de Inés Amor*, UNAM, Instituto de Investigaciones Estéticas, México, 1987, 271 pp.

Marín, Guadalupe, *La única*, Ed. Jalisco, México, 1938, 251 pp.

_____ , *Un día patrio*, Ed. Jalisco, México, 1941, 204 pp.

Moreno Villa, José, *Doce manos mexicanas (Datos para la historia literaria). Ensayo de quirosofía*, Loera y Chávez, México, 1941.

Novo, Salvador, *La vida en México en el periodo presidencial de M. Ávila Camacho*, Ed. Americana, México, 1965, 825 pp.

Panabiere, Louis, *Itinerario de una disidencia*, Fondo de Cultura Económica, México, 1983, 404 pp.

Paz, Octavio, *Juan Soriano: retratos y visiones*, GRUPASA, México, 1989, 61 pp.

_____ , *Obras completas*, t. 4, *Generaciones y semblanzas, Dominio mexicano*, Círculo de Lectores, Barcelona, 1991, 429 pp.

Phillips, Charles, *Pasión por pintar. El arte y la época de Tamara de Lempicka*, Mondadori, Barcelona, 1988, 191 pp.

Pla Brugat, Dolores, *Los niños de Morelia*, INAH, México, 1985, 159 pp.

Rivera Marín, Guadalupe, *Un río, dos Riveras. Vida de Diego Rivera, 1886-1929*, Alianza Editorial Mexicana, México, 1989, 211 pp.

Saint-Exupéry, Antoine de, *Oeuvres complètes*, Gallimard, París, 1950, 1027 pp.

_____ , *Lettres de jeunesse*, Gallimard, París, 1953.

Saint-Exupéry, Consuelo de, *Oppède*, Brentano's, Nueva York, 1945, 290 pp.

Santos, Ninfa, *Amor quiere que muera*, Alejandro Finisterre editor, México, 1985, 53 pp.

Siqueiros, David Alfaro, *Me llaman el Coronelazo*, Grijalbo, México, 1977, 527 pp.

Torres, Edelberto, *Enrique Gómez Carrillo, el cronista erran-te*, Librería Escolar, Guatemala, 1956.

Ugarte, Manuel, *Escritores iberoamericanos de 1900*, Ed. Vértice, México, 1947, 269 pp.

Vasconcelos, José, *Memorias*, tomos I y II, Fondo de Cultura Económica, México, 1982.

Webster, Paul, *Saint-Exupéry. Vie et mort du petit prince*, Éditions du Félin, París, 1993, 296 pp.

Wolfe, Bertram D., *La fabulosa vida de Diego Rivera*, Diana, México, 1972, 366 pp.

HEMEROBIBLIOGRAFÍA

Alemán Bolaños, Gustavo, "Odisea de Consuelito Suncín", *El Imparcial*, Guatemala, 12-29 de mayo de 1953.

Appendini, Guadalupe, "Entrevista a Lupe Marín", *Excélsior*, México, 24-26 de noviembre de 1971.

Colín, Mario, *Álbum hemerográfico de María Asúnsolo*, 1951, inédito.

Marín, Lupe, "De cómo Tito, el yugoslavo, vivió con Diego, y otras cosas importantes", *México en la Cultura*, entrevista, México, 14 de enero de 1962.

Martínez Assad, Carlos, "Más vida para sufrir más. La mística de Concepción Cabrera de Armida", *Eslabones*, núm. 1, México, enero-junio de 1991, pp. 37-44.

"Saint Exupéry, Deuxième époque, 1930-1936", *Icare*, revue de l'aviation française, París, invierno de 1974-1975.

Páramo, Roberto, "Entrevista a Lupe Marín", *El Sol de Toluca*, Toluca, 5 de junio de 1977.

Poniatowska, Elena, "De cuando en México la gente era sincera y no decía mentiras", entrevista a Lola Álvarez Bravo, *La Jornada*, México, 3 de agosto de 1993.

___ , *Novedades*, entrevistas a Lupe Marín, México, 11-17 de abril de 1976.

Sánchez, Pedro, "Gómez Carrillo y su matrimonio con la Suncín", *Diario de Guatemala*, Guatemala, 14 de diciembre de 1927.

Tablada, José Juan, "Libro de doña Lupe Marín", *Excélsior*, México, 12 de enero de 1938.

Vela, Arqueles, "Últimos momentos de Gómez Carrillo", *El Imparcial*, Guatemala, 17 de enero de 1928.

ÍNDICE

Esta edición, cuya tipografía y formación realizó *Mauricio Vargas Díaz* en el Taller de Composición Electrónica del Fondo de Cultura Económica y cuyo cuidado estuvo a cargo de *Jorge Sánchez y Gándara*, se terminó de imprimir en abril de 1995, en los talleres de Impresora y Encuadernadora Progreso, S.A. de C.V. (IEPSA), Calz. de San Lorenzo, 244; 09830 México, D.F.

El tiro fue de 3,000 ejemplares.

Fabela, Isidro. *Historia diplomática de la Revolución mexicana (1912-1917), II.*

Farías Martínez, Luis M. *Así lo recuerdo. Testimonio político.*

Flores Magón, Ricardo. *Epistolario y textos.*

García Cantú, Gastón. *Idea de México, I. Los Estados Unidos.*

García Cantú, Gastón. *Idea de México, II. El socialismo.*

García Cantú, Gastón. *Idea de México, III. Ensayos 1.*

García Cantú, Gastón. *Idea de México, IV. Ensayos 2.*

García Cantú, Gastón. *Idea de México, V. La derecha.*

García Cantú, Gastón. *Idea de México, VI. El poder.*

Gómez, Marte R. *Vida política contemporánea. Cartas de Marte R. Gómez.*

González Parrodi, Carlos. *Memorias y olvidos de un diplomático.*

González Ramírez, Manuel. *La revolución social de México, I. Las ideas. La violencia.*

González Ramírez, Manuel. *La revolución social de México, II. Las instituciones sociales. El problema económico.*

González Ramírez, Manuel. *La revolución social de México, III. El problema agrario.*

Gortari, Eli de. *La ciencia en la historia de México.*

Hoyo Cabrera, Eugenio del. *Jerez, el de López Velarde.*

Iglesias Calderón, Fernando. *Las supuestas traiciones de Juárez.*

Jiménez de Báez, Yvette. *Juan Rulfo. Del páramo a la esperanza: una lectura crítica de su obra.*

Juárez, Benito. *Epistolario.*

Krauze, Enrique. *Daniel Cosío Villegas. Una biografía intelectual.*

Krauze, Enrique (comp.). *Daniel Cosío Villegas, el historiador liberal.*

León, Luis L. *Crónica del poder. En los recuerdos de un político en el México revolucionario.*

Leonard, Irving Albert. *Don Carlos de Sigüenza y Góngora. Un sabio mexicano del siglo XVII.*

Levy, Daniel C. *Universidad y gobierno en México. La autonomía en un sistema autoritario.*

López Portillo y Weber, José. *El petróleo de México. Su importancia, sus problemas.*

López Tijerina, Reies. *Mi lucha por la tierra.*

Macías, Carlos (prólogo, introducción y notas). *Plutarco Elías Calles. Pensamiento político y social. Antología (1913-1936)*.

Macías Carlos (introducción, selección y notas). *Plutarco Elías Calles. Correspondencia personal, 1919-1945, I*.

Macías, Carlos (introducción, selección y notas). *Plutarco Elías Calles. Correspondencia personal, 1919-1945, II*.

Macías, Carlos (prólogo, introducción y notas). *Plutarco Elías Calles. Pensamiento político y social, antología (1913-1936)*

Martínez, José Luis. *Nezahualcóyotl. Vida y obra*.

México: cincuenta años de revolución. I. La economía.

México: cincuenta años de revolución. II. La vida social.

México: cincuenta años de revolución. III. La política.

México: cincuenta años de revolución. IV. La cultura.

México: cincuenta años de revolución. La economía. La vida social. La política. La cultura.

Moreno Rivas, Yolanda. *Rostros del nacionalismo en la música mexicana. Un ensayo de interpretación*.

Noyola Vázquez, Luis. *Fuentes de Fuensanta. Tensión y oscilación de López Velarde*.

Panabiére, Louis. *Itinerario de una disidencia. Jorge Cuesta (1903-1942)*.

Paz, Octavio. *El laberinto de la soledad*.

Prieto, Carlos. *De la URSS a Rusia. Tres décadas de experiencias y observaciones de un testigo*.

Quezada, Abel. *Nosotros los hombres verdes*.

Reyes Heroles, Federico (coord.). *50 preguntas a los candidatos*.

Robles, Gonzalo. *Ensayos sobre el desarrollo de México*.

Robles, Martha. *Entre el poder y las letras. Vasconcelos en sus memorias*.

Sáenz, Aarón. *La política internacional de la Revolución. Estudios y documentos*.

Salinas de Gortari, Raúl. *Agrarismo y agricultura en el México independiente y posrevolucionario*.

Schärer-Nussberger, Maya. *Octavio Paz. Trayectorias y visiones*.

Sheridan, Guillermo. *Los contemporáneos ayer*.

Silva Herzog, Jesús. *El agrarismo mexicano y la reforma agraria. Exposición y crítica*.

Torre Villar, Ernesto de la. *El triunfo de la república liberal (1857-1860)*.

Torre Villar, Ernesto de la. *La intervención francesa y el triunfo de la república*.

Valender, James (comp.). *Luis Cernuda ante la crítica mexicana. Una antología.*

Vargas Arreola, Juan Bautista. *A sangre y fuego con Pancho Villa.*

Varios. *México. 75 años de revolución. I. Desarrollo económico. 1.*

Varios. *México. 75 años de revolución. I. Desarrollo económico. 2.*

Varios. *México. 75 años de revolución. II. Desarrollo social. 1.*

Varios. *México. 75 años de revolución. II. Desarrollo social. 2.*

Varios. *México. 75 años de revolución. III. Política. 2.*

Varios. *México. 75 años de revolución. III. Política. 1.*

Varios. *México. 75 años de revolución. IV. Educación, cultura y comunicación, 2.*

Varios. *México. 75 años de revolución. IV. Educación, cultura y comunicación, 1.*

Varios. *Rodrigo Gómez. Vida y obra.*

Villaseñor, Eduardo. *Memorias-testimonio.*

Villegas, Abelardo. *Filosofía de lo mexicano.*

Zaid, Gabriel. *Daniel Cosío Villegas. Imprenta y vida pública.*

Zaragoza, Ignacio. *Cartas y documentos.*